湖南省发改委创新研发课题、湖南省社会科学院（湖南省人民政府发展研究中心）哲学社会科学创新工程资助项目

阐释与批评丛书（第一辑）

卓今　主编

宋代出使行记的异域叙事与文化阐释

刘师健◎著

中国社会科学出版社

图书在版编目（CIP）数据

宋代出使行记的异域叙事与文化阐释 / 刘师健著.
北京：中国社会科学出版社，2024. 8. --（阐释与批评丛书）. -- ISBN 978-7-5227-3975-5

Ⅰ. D829

中国国家版本馆 CIP 数据核字第 20245BA286 号

出 版 人 赵剑英
责任编辑 喻 苗
责任校对 胡新芳
责任印制 王 超

出　　版 中国社会科学出版社
社　　址 北京鼓楼西大街甲 158 号
邮　　编 100720
网　　址 http://www.csspw.cn
发 行 部 010-84083685
门 市 部 010-84029450
经　　销 新华书店及其他书店

印　　刷 北京君升印刷有限公司
装　　订 廊坊市广阳区广增装订厂
版　　次 2024 年 8 月第 1 版
印　　次 2024 年 8 月第 1 次印刷

开　　本 710×1000 1/16
印　　张 12.75
插　　页 2
字　　数 181 千字
定　　价 76.00 元

凡购买中国社会科学出版社图书，如有质量问题请与本社营销中心联系调换
电话：010-84083683

目　录

导　言

作为文化思维的产物：文字记述的书、图形与符号描绘的地图，都反映着作者创作时代的领域感，也即是说，对它们的研究和使用，不能只留意时间角度的史料价值而忽视写作者的空间感。法国历史学家的著作就很强调历史背后的地理，Michelet《法国史》书中即指出："没有地理基础，人民——历史的创造者，似乎只能行进在大气中"。远东学院（EFEO）的蓝克利先生（C. Lamouroux）曾用剖析中国宋朝南、北方人对"大宋国"领土的疆域观，重新审视宋人使辽语录。他发现奉使记事与宋人的心态有着千丝万缕的联系。宋人"对胡虏的实证认识确实在很大程度上是透过疆土而积累起来的。……他们的分析，即使故意贬低，也始终离不开中国体制的概念框架，特别是这些官员总是把辽国当作中国的翻版进行解释"。"这些南方人就在关外和幽州附近发现北国土地的过程中，认识到宋国疆土的特性。谁有可能比这些南方人更善于从空间出发，由奇及异地确定一种相异性?"还如法国学者劳格文（J. Lagenwey）指出他在研究客家传统社会时的重点在了解传统社会而不是研究客家，因而发现中国传统社会具有地区性，不能笼统地归纳某些特点来涵盖整个中国社会，需要运用历史人文地理的区域类型分析的方法，依不同的地区分别进行阐释。

中国学者同样有此认识。李孝聪在《传统文化与地域空间》一文中指出："重视写作者的空间感有时会带来意想不到的成果。"并认为："从历史的角度来说，一种文化特征不能被看作一个民族聚居区或者一个封闭的场，而应被看作一个综合体和一种碰撞的产物。每个民族的历史与文化发展都与一个动态的过程分不开，这个过程包括民族的迁移，不同文化的接触，相互影响以及由此所产生的改变。在某些历史时期中，不同民族居住地区的合并，以及民族特质的融合，逐渐使各种影响融为一种明确的文化特征。"可直到今天，当人们谈论10世纪至13世纪时在中国北方出现的事件、名物或古迹时，还是习惯于用"这是宋代发生、建立的……"如何如何，也是反映人们观察问题的某些既定的地域文化心态。鉴于此，诸多学者提出对中国宋代社会的研究要重视宋人对空间的了解，地方对自己空间的了解，特别是当时的行政机构利用什么手段来认识空间，决定政策。

出使行记作为宋代文学创作版图中活跃且高产的重要组成部分，自宋辽书写至宋金写作，创作实践始终与空间位移带来的意义表征相关联。目前，关于宋代出使行记的研究，主要集中在文献搜集、整理及史料价值研究方面。王国维较早就对此进行了辑录，其辑录笺注的行记由罗福葆统编在一起，名为《古行记校录》，收录在《王国维遗书》外编中。20世纪80年代，贾敬颜数篇疏证稿结集为《五代宋金元边疆行记十三种疏证稿》（2004）。赵永春在贾敬颜考证的基础上，以文注分离的形式继续推进对行记的考证工作，其《奉使辽金行程录》（1995）以使者出使时间先后为序，每篇"语录"之前撰一简要题解，考证篇幅更加丰富。2017年商务印书馆出版《奉使辽金行程录（增订本）》，在1995年版的基础上又增加了10个篇目。出使行记文献的史料价值研究一般不涉及行记文体本身的探讨，只是为某一特定的主题研究提供文献资料，主要是通过对行记的文献、材料梳理，以达到补充文学史料，反映社会现实的目的。

行记作为一种书写体式的研究及其异域书写方面，鲜有文献论及。使者出使客观上造成的空间移动带来地理景观之变化：一是附着于其物理形态上的社会空间与行人心理空间的变化，二是沿途目之所及的地貌山川、水文植被变化以及亲身经历的季节气候差异，这些均成为使者构建其艺术空间的基本素材。由此，这种空间移动不只是直观上地域空间随行人出使路线而发生迁移，参与空间构成的其他元素也在悄然变化。

同时，宋代出使行记虽然多记写异域，但在预期读者方面大多面向出使地宋代，这使得出使行记在空间层面既拥有着异域视野带来的主题广度和叙事格局，又有着从来不曾削弱的民族性，往来奔走于不同政权间的使者不只肩负着政治使命，作为本土文化的代表在出使异域过程中亦有潜在的文化交流功能。其所承载的，不仅仅是历史发展的真实脚印，还是特定时代政治、经济、军事、文化等多重领域的综合反映，文化意蕴深厚，它包含了南北方地域文学，以及汉与契丹、女真不同民族文学间的差异，是集历史性、空间性与社会性三大要素的研究对象。

宋人出使行记作品为研究其出使踪迹提供了大量依据，参以部分史料记录，大体可描绘双方使者的出使线路及重要外交接待城市。而这些地域的选择与行人的流动轨迹又蕴含着深层的社会、文化因素。以空间视角去解读宋辽金时期行人出使过程中的文化因素，除了能够较全面地兼顾到行人出使本身这一政治使命及其附加值外，还可以说，通过对宋人出使行记的异域书写的细致考察，直观表现出当时民族之间丰富多彩的社会生活，深切感受到他们的民族心理与处世感悟。

宋代，除了与辽、金、西夏等王朝的战和关系，与世界其他国家以及藩属国均有使臣往来。笔者查阅大量资料，考证宋代使臣出使期间的行记作品，宋与辽、金、高丽等交聘情况的记录比较详细，作品留存状况良好，且较具代表性。因此，本书所涉及的出使行记主要以宋代使臣出使辽、金、高丽的创作为主。拟自其异域书写，导入士人的思想世界，进行文学、文化与史论双向并行、互证甚至辩证之研究，意图开展一个认知诠释的新尝试。

一、力求从动态的角度研究出使行记。主要以宋朝与辽、金交聘为观照点、切入点，总览出使行记创作的时局背景。本书选择有特殊且具有代表性的辽国、金国，目的是以点带面，以主流体现主体。出使行记是在交聘实践中产生的，如果只着眼于行记本身，也许这些行记与宋代其他文学作品相比要逊色得多、简单得多、枯燥乏味得多，但是，当行记文本与具体的历史背景、空间结合起来的时候，行记本身就变得灵动、具体而丰满。历史的文本只有回到历史中去，才能使文本的作用彰显出来。本书在研究出使行记时，以文本为贯穿，通过探讨这些行记产生的背景与叙写的空间来窥探特定时期的文化内涵，寻根性较为明显。

二、本书不是静态地分析行记本身，而是从文本产生过程，厘清行记起源、发展、演变以及行记与其他文类之间的关系，探讨宋代出使行记的文学价值以及在整个文学进程中的地位。同时，通过考察行记对异域空间的叙写，透过景观书写总结宋朝特定时期的文化观念，进而探寻这些行记在改写宋人已有观念思想中所起的重要作用。这些研究不是孤立进行的，而是将其放置在历史的进程与比较中，对宋代出使行记中所反映出的时人对异域世界的历史建构、文化观念及其旅行心态等问题进行研究。

三、以现实的眼光审视历史，挖掘宋代出使行记的认知意义。本书注重用文化的角度去审视宋代出使行记，研究出使行记所蕴含的政治的、文化的、礼俗的、社会心理等的内涵，并努力从出使行记的研究中探寻文化发展的趋势，观照民族之间文化、文学的相互渗透与影响融合对于研究中华民族文化大一统等社会问题的重要意义。这是学术研究的目的和归结点所在，也是本书的研究价值所在。

本书的主要结构内容如下所示。

第一章　滥觞与演变：宋前出使行记考述。“行记”系“行程记”“旅行记”的简称，基本职能是专述古人出行的经历、见闻、感受，在中国文章学的体系里面，古代行记始终只是一种史地类著述，并非独立性的普遍意义的文章体裁。行记是如何兴起的？行记与传记、地记、游记、日记等之间有着怎样的关联？宋代出使行记是在怎样的背景中繁盛的？其相较前代有何值得书写的成绩？本章主要探讨有关行记起源与发展的问题。考辨行记文体的叙事特性，由此探寻其与先秦史官文化的内在关联，并溯源其具体的文献篇目。在此基础上，论析汉代、魏晋、唐代出使行记的创作概况。

第二章　勃兴与发展：宋代出使行记概述。宋与辽、金之间遣使往来先后长达两百余年，正是在这样的大背景下，出使行记的创作在宋代迎来了高潮。因此了解出使行记的创作背景、使臣的出使心态对于我们研究行记的内容来说十分重要。而迄今为止，各种书目对出使行记的记载已十分少见，残存下来的行记就弥足珍贵。有鉴于此，本章着重考察宋代出使行记的创作背景、存佚情况以及使臣的出使心态等内容。

第三章　由奇及异：出使行记的异域书写。借奉使之机，使臣得以目睹异国的人文风俗、山川地理，于是他们随笔记录，结集成书。使臣为何要在外交活动中著书？这是一个值得深入探讨的问题。政治是影响宋代出使行记创作的客观因素。但是，出使行记的创作又与使臣的主观意愿密切相关，他们有选择创作与否的自由。使臣出使足迹勾画出地域空间的移动轨迹，而地域空间的移动又必然导致隐藏于其后的社会空间的变化，作为使者，其精神空间势必会因物理和社会空间的迁移变化而出现波动，其出使有助于行人丰富旅程见闻、体味异域社会空间的别样风情。本章结合出使行记的创作动因，考察使臣的异域记写。

第四章　展现异族他者：出使行记的文化阐释。在异国旅程中，尤其是南宋使金的使臣，他们的目光经常停留于与本国相关的事物。这是因为猎奇之外，尚有更深刻的历史文化指引着他们的视线。在不同使臣那里，家国盛衰之感的个人书写和华夷之辨心态下的历史记忆，遵循着相似的表达策略，共享着某些强化或遮蔽机制。出使行记作为思想文化史建构的重要资料，其所呈现出的这种中国历史和文明内部的多元性、丰富性、异质性，给我们重新认识10—13 世纪的文明提供了一个独特视角。其在中国文学史中的突出意义，并不仅仅是具体某部作品的文学或文献价值，而是其蕴含的丰富的文化意义。本章考察出使行记文本的外部联系和内部修辞，重绘行记文本的认知绘图。

第五章　世变下知识分子的生命困境与自我安顿——以洪皓为中心的考察。宋代使臣出使异域，也正是它们找寻自我定位的历程，一种新的价值取向、一种新的士大夫形象，冉冉升起。就洪皓而言，出使金国，守节不移的忠诚、困厄求生的坚毅、对平息战乱的和平渴望令其名垂青史。《松漠纪闻》作为其羁留金国期间的见闻，记录了金国内部的种种现状，在史鉴的写作自觉中表达着作者的政治见解。相较洪皓的其他文字，《松漠纪闻》在直笔与曲笔的书写中，其杂家化的写作方式对于认识其思想、学术具有独特的认识价值。本章，以洪皓为个案，重构其入金后的身份抉择与文化认同，采用精神史、心态史方法，意图开展一个认知诠释的新尝试。

第一章

滥觞与演变：宋前出使行记考述

二十世纪初的新史学学者认为，对历史的追溯往往源于当下的困惑，历史的价值很大程度上在于解释存在的意义[①]。以此观点，对行记渊源的追问，可理解为后人在探究行记演变的过程中遇到了难以解释的现象，诸如，行记是如何兴起的？宋代出使行记是在怎样的背景中繁盛的？其相较前代有何值得书写的成绩？这些问题都是本书无法回避的。

◇◇ 第一节　行记的渊源

从发生学的角度而言，文学是在劳动实践中产生的。郭英德在《论中国古代文体分类的生成方式》《由行为方式向文本方式的变迁——论中国古代文体分类的生成方式》中都曾指出了从行为方式向文本方式变迁对文体生成的重要性[②]。如“中国古代的文体分类

---

① 鲁滨逊《新史学》认为历史经验并不能“解决现代问题”，“当我说历史可以使我们懂得我们自己和人类的问题与前景时，我含有另一种意义，我的用意是叫读者把注意力集中到对于他们自己历史的应用上面来”，“因为我们充分理解了过去，便可以充分理解现状”。（见［美］詹姆斯·哈威·鲁滨逊着《新史学》，齐思和译，商务印书馆1989年版，第15、17页）

② 郭英德：《由行为方式向文本方式的变迁——论中国古代文体分类的生成方式》，《陕西师范大学学报》（哲学社会科学版）2005年第1期；《论中国古代文体分类的生成方式》，《学术研究》2005年第1期。

首先萌生于人们对特定的社会行为的分类，不同行为方式的分类是中国古代文体分类原初的生成方式。”[①] 其观点对我们探求行记文体的生成即有重要的参考价值。

行记是中国古代特有的一种文类，其文体功能在于存录古人出行的经历、见闻、感受。在中国文章学中始终只是一种列在史部的史地类著述，各类书目都不曾为其单独立目。行记之“记”的最初性质即是动词，核心意义是“记识”。刘熙《释名·释言语》中曰：“纪，记也，记识之也。”[②]《释名·释典艺》中亦曰：“记，纪也，纪识之也。”[③]《广雅》中也云：“记，识也。”[④] 诸多文献中均指出了“记”的“记识”内涵，由此在文字记录中，“记”常被用作指代文字记录的动作行为。如《广雅》：“书，记也。”[⑤]《玉篇》：“记犹录也，书记所以录识之。”[⑥] 在从行为方式向文本方式转变的过程中，特定的社会行为即记录行为，而记录行为完成以后就会产生的对应的文本，“记”由此从纯粹的动词演变为兼有动词与名词的双重性质。

以事件为记录对象必然会进行叙事，而叙事是史家最根本的笔法，南宋真德秀（1178—1235）在《文章正宗·纲目》里曾说过“叙事起于古史官，具体有二：有纪一代之始终者，《书》之《尧典》、《舜典》，与《春秋》之经是也。后世本纪似之。有纪一事之始终者，《禹贡》、《武成》、《金縢》、《顾命》是也。后世志记之属似之。”[⑦] 由此，“记”从一开始就与史结下了不解之缘。先秦时

① 郭英德：《论中国古代文体分类的生成方式》，《学术研究》2005 年第 1 期。

② （汉）刘熙撰，（清）毕沅疏：《释名疏证》，中华书局 1985 年版，第 102 页。

③ （汉）刘熙撰，（清）毕沅疏：《释名疏证》，中华书局 1985 年版，第 192 页。

④ （魏）张揖撰，（清）王念孙疏证：《广雅疏证》，江苏古籍出版社 1984 年版，第 72 页。

⑤ （魏）张揖撰，（清）王念孙疏证：《广雅疏证》，江苏古籍出版社 1984 年版，第 158 页。

⑥ （梁）顾野王撰，胡吉宣校释：《玉篇校释》，上海古籍出版社 1989 年版，第 1771 页。

⑦ （宋）真德秀：《文章正宗·纲目》，景印文渊阁《四库全书》第 1355 册，台北：台湾商务印书馆 1983 年版，第 6 页。

期，“记”指代叙事类作品时，其含义基本上都是“史记”。《周礼·春官·小史》云：“小史掌邦国之志。”“外史掌书外令，掌四方之志。”郑玄在注“外史掌四方之志”时说：“志，记也，谓若鲁之《春秋》、晋之《乘》、楚之《梼杌》。”① 《史记·周本纪》：“周太史伯阳读史记曰：‘周亡矣。’”张守节正义：“诸国皆有史以记事，故曰史记。”② 又晋杜预《春秋经传集解序》云：“《春秋》者，鲁史记之名也。”③

王皓对此在其《宋代外交行记与语录研究》中指出：“早在成周时期，就建立了行人奉使采录经见成书的礼制。”④ 《周礼·秋官·小行人》记载：“及其万民之利害为一书，其礼俗政事教治刑禁之逆顺为一书，其悖逆暴乱作慝犹犯令者为一书，其札丧凶荒厄贫为一书，其康乐和亲安平为一书。凡此五物者，每国辨异之，以反命于王，以周知天下之故。”⑤ 贾公彦解释：“此总陈小行人使适四方，所采风俗善恶之事，个个条录，别为一书，以报上也。”⑥ 孙诒让注解：“輶轩之使即行人，此五物之书即輶轩使者奏籍之书也。”⑦ 可见，行人录五物成书，这标志着行记的滥觞。

在先秦文体意识尚未明确的环境中，从理论上讲，“记”是后来行记文体的生长土壤。章学诚（1738—1801）曾就先秦经籍与后代文体的渊源关系作过如此的论述：

周衰文弊，六艺道息，而诸子争鸣。盖至战国而文章之变

① （汉）郑玄：《周礼郑氏注》，中华书局1985年版，第171、174页。

② （汉）司马迁：《史记》，中华书局1982年版，第147—148页。

③ （晋）杜预：《春秋经传集解》，文学古籍刊行社1955年版，第7页。

④ 王皓：《宋代外交行记与语录研究》，博士学位论文，四川师范大学，2012年，第4页。

⑤ （清）孙诒让：《周礼正义》卷72，中华书局1987年版，第3007页。

⑥ （唐）贾公彦：《周礼注疏》卷37，（清）阮元校刻：《十三经注疏》，中华书局1980年版，第894页。

⑦ （清）孙诒让：《周礼正义》卷72，中华书局1987年版，第3007页。

> 尽，至战国而著述之事专，至战国而后世之文体备，故论文于战国，而升降盛衰之故可知也。战国之文，奇邪错出，而裂于道，人知之；其源皆出于六艺，人不知也。后世之文，其体皆备于战国。①

章氏在这里指出战国秦汉时期的诸多书籍中其实已经包含了后世诸多文体的要素，并且，当“著述之事专”后，便会有“文章之体备”，由此，他进而指出：“子史衰而文集之体盛，著作衰而辞章之学兴。文集者，辞章不专家，而萃聚文墨……经学不专家，而文集有经义；史学不专家，而文集有传记；立言不专家，而文集有论辨。后世之文集，舍经义与传记、论辨之三体，其余莫非辞章之属也。而辞章实备于战国，承其流而代变其体制焉。”② 按照章氏的分析，先前的著述中总是内在的包含着后来著述的种类与文体要素。就古行记的文体演变而言，其实也内在地体现着章氏所言的这种文体演变发展的规律。

叙事与史紧密相关，最早的史书《尚书》自然成为对记体文溯源的首选。《尚书》中大部分篇目以记言为主，有些篇目甚至通篇都是言论，而《禹贡》《顾命》是《尚书》中仅有的叙事性文章之一。明人艾南英在《禹贡图注·序》中曾说“《禹贡》一书，古今地理志之祖者”③，《禹贡》以“禹敷土，随山刊木，奠高山、大川”开篇④，概括了全文的内容：禹分别区划以为九州，循行诸山，标记需要治理的地点，指定名山大川为各州的疆界，接着详细记录了禹如何治理九州和山川，最后以“东渐于海，西被于流沙，朔南暨声教讫于四海。禹锡玄圭，告厥成功”作结，指出天子的声威教

---

① （清）章学诚著，叶瑛校注：《文史通义校注》，中华书局1985年版，第60页。

② （清）章学诚著，叶瑛校注：《文史通义校注》，中华书局1985年版，第61页。

③ 艾南英：《禹贡图注》，中华书局1985年版，第1页。

④ 顾颉刚：《〈禹贡〉全文注释》，侯仁之编《中国古代地理名著选读》（第一辑），学苑出版社2005年版，第1—53页。

化东边浸润及东海，西方被覆达沙漠，北方、南方同声教都到达外族居住的地方。帝乃赐禹玄圭，庆告他的成功。

吴讷《文章辨体序说》中即指出："西山曰：'记以善叙事为主。《禹贡》《顾命》，乃记之祖。'"① 徐师曾《文体明辨序说》亦云："《禹贡》《顾命》，乃记之祖。"② 恽敬在《与王广信书》文中说：记之体，始于《禹贡》，记地之名也。③ 吴讷、徐师曾、恽敬均以《禹贡》或《顾命》为"记"之源头，将其追溯至《尚书》，这折射出中国文学史上一贯的文源五经的宗经观念。文源五经即认为古代各类文章体制都发源于《诗》《书》《礼》《易》《春秋》五大经典和一部分释经的传。晋代挚虞《文章流别论》将赋、颂以及三言、五言、六言、七言、九言等文体皆上溯到《诗经》。任昉《文章缘起》说："六经素有歌诗诔箴铭之类。"④ 刘勰《文心雕龙·宗经》曰："故论、说、辞、序，则《易》统其首；诏、策、章、奏，则《书》发其源；赋、颂、歌、赞，则《诗》立其本；铭、诔、箴、祝，则《礼》总其端；纪、传、盟、檄，则《春秋》为根。"⑤ 北齐颜之推《颜氏家训·文章篇》曰："夫文章者，原出五经。"⑥ 在宗经思想的惯性影响下，后世学者都希望在先秦经典中为行记找到源头。虽然《禹贡》《顾命》并没有直接以"记"为名，但其叙事性为之赢得了后人心目中记体文之祖的地位。这反映了后世文人对行记文体性质的认定，这也符合我们所说的行记文字起源时与史事记叙关系密切的事实。

---

① （明）吴讷撰，于北山、罗根泽校点：《文章辨体序说》，人民出版社 1962 年版，第 41 页。

② （明）徐师曾撰，于北山、罗根泽校点：《文体明辨序说》，人民出版社 1962 年版，第 145 页。

③ （清）恽敬：《大云山房文稿》，国学整理社 1937 年版，第 230 页。

④ （梁）任昉撰，（明）陈懋仁注：《文章缘起注》，中华书局 1985 年版，第 1 页。

⑤ （梁）刘勰撰，周振甫注：《文心雕龙今译》，中华书局 1986 年版，第 30 页。

⑥ （北齐）颜之推撰，王利器集解：《颜氏家训》，中华书局 1980 年版，第 221 页。

◇◇ 第二节 汉代出使行记的概况

最早的行记是两汉使臣撰写的出使行记。此类行记与两汉时期与周边民族政权互相遣使活动、以及汉代的周边外交有关。最有代表性的作品是陆贾的《南越行记》、张骞的《出关志》，写法比较单一，与后起的专述行程的旅行记录有很大区别，但是，其出现，却标志着行记文体孕育阶段的完成。

西汉初年，北方匈奴不断入侵汉朝边境，严重威胁其边疆的安全，西汉积极经营西域，在丝绸之路沿线设置烽燧、戍堡等军事设施，并在西域实行屯垦戍边策略。东汉延续了西汉屯垦戍边的策略，西域屯田与边疆稳定的关系也更为凸显。在向西域拓展的过程中，汉朝政权大量派遣使者采集相关信息情报。汉武帝建元三年（前 138），准备联合大月氏共击匈奴，派张骞出使大月氏。途中被匈奴俘获，留十余年，方得逃脱，经大宛、康居到大月氏，但联合计划遭到拒绝。后到大夏，停留一年多返回，归途中又被匈奴擒获，再被扣留一年多，最终于武帝元朔三年（前 126）得以返回汉朝。张骞将其出使西域各国的见闻撰写成《出关志》一书，是书已佚。《隋书·经籍志》中即著录了此书："张骞为郎，使月氏，撰《出关志》一卷。"[①] 后《通志·艺文略》《玉海·异域图书》均著录"张骞《出关志》一卷。"[②] 又《册府元龟》云："张骞为郎，使月氏，撰《出关志》一卷。"[③] 目前《出关志》的内容主要见存于《史记·大宛列传》，司马迁称："大宛之迹，见自张骞。"[④] 可

① 《隋书》卷三三《经籍志》，中华书局 1973 年版，第 985 页。

② 郑樵：《通志》卷六六《艺文略》地理类行役，中华书局 1987 年版，第 783 页。王应麟：《玉海》卷一六《异域图书》，汉异物志，广陵书社 2007 年版，第 299 页。

③ 王钦若等编纂，周勋初等校订：《册府元龟》卷五六〇《国史部·地理》，凤凰出版社 2006 年版，第 6422 页。

④ 《史记》卷一二三《大宛列传》，第 3157 页。

见《大宛列传》应该是参考《出关志》写成。另外，章宗源《隋书经籍志考证》地理类还指出："张骞《出关志》一卷。崔豹《古今注》曰：酒杯藤出西域，国人竇之，不传中土，张骞出大宛得之。事出张骞《出关志》。洪遵《泉志》外国品亦引张骞《出关志》。"①

除此，班氏家族亦曾出使西域。班超于汉明帝永平十六年（73）出使西域，至汉和帝永元十四年（102）返回洛阳，在西域前后停留了三十余年之久。班勇字宜僚，永元十三年（101）班超遣班勇随安息使者入朝。汉安帝永初元年（107），西域反叛时，"以勇为军司马。……迎都护及西域甲卒而还。"延光二年（123），又"以勇为西域长史，将兵五百人出屯柳中。"② 长期在西域生活使班勇对当地的地理环境、社会风俗都了解甚深，也为《西域风土记》的创作提供了充足的条件。关于班勇行记的文献著录有：顾櫰三《补后汉书艺文志》舆地类记作"班勇《西域记》"，③ 而姚振宗《后汉艺文志》地理类则分别载有班超和班勇的《西域风土记》"④。是书已佚。目前《西域风土记》的内容主要见载于《后汉书·西域传》，云：班固记诸国风土人俗，皆已详备前书，今撰建武以后其事异于先者，以为《西域传》，皆安帝末班勇所记云。"⑤ 严可均《全后汉文》卷二六亦说班勇"有《西域诸国记》若干卷，今全卷在范书。"⑥ 惠栋《后汉书补注》在注《西域传》"世传明帝梦见金人，长大，顶有光明"一句时，又特别指出："世传以下，范氏续

① 章宗源：《隋书经籍志考证》卷六，《二十五史补编》（第四册），中华书局1955年版，第4993页。

② 《后汉书》卷四七《班勇传》，中华书局1965年版，第1587、1589页。

③ 顾櫰三：《补后汉书艺文志》卷五，《二十五史补编》（第二册），第2199页。

④ 姚振宗：《后汉艺文志》卷二，《二十五史补编》（第二册），第2376—2377页。

⑤ 《后汉书》卷八八《西域传》，第2912—2913页。

⑥ 严可均：《全上古三代秦汉三国六朝文》，中华书局1958年版，第617页上。

述所闻，非班勇之文也。”① 由此可知，班勇《西域风土记》因赖范晔所撰《西域传》而得以遗存。

除这些西域行记之外，汉代行记还有陆贾《南越行纪》。汉高祖十一年（前196），“使陆贾赐尉他印为南越王。”② 他不辱使命，成功说服南越王臣服汉朝。《滇略》著录陆贾行记，称：“滇中掌故，则汉陆贾《南中行记》一卷。”③《云南通志》在“杂纪遗文”部份著录此书，云：“汉陆贾传，载《崇文总目》。”④ 明人《国史·经籍志》在“史类”“行役”下著录一卷，与张骞《出关志》以及后来诸多行记并列著录在一起。是书早佚，今有佚文数条。

此外，三国东吴时期的朱应和康泰，二人同时出使扶南，各自撰有《扶南异物志》和《扶南土俗》（又名《扶南传》、《扶南记》、《外国传》）等。《梁书·诸夷传》载吴孙权时，遣宣化从事朱应、中郎康泰通使扶南。“其所经及传闻，则有百数十国，因立记传。”⑤ 今《隋书·经籍志》《旧唐书·经籍志》《新唐书·艺文志》均著录有朱应撰“《扶南异物志》一卷”⑥《太平御览·四夷部》蒲罗中国载：“吴时，康泰为中郎，表上《扶南土俗》。”⑦ 说明二人均撰有出使行记。二书皆已失传。据考查，康泰行记多有文献引录，朱应行记则未见任何引录。对此，有学者认为：不论康泰诸书抑或康泰、朱应两人所撰，均为同一部著作，一人为主要作

① 惠栋：《后汉书补注》卷二十，载张舜徽主编《二五史三编》（第四册），岳麓书社1994年版，第268页。

② 《史记》卷九七《陆贾列傅》，中华书局1982年版，第2697页。

③ 谢肇淛：《滇略》卷八，《文渊阁四库全书》第494册，第215页上。

④ 靖道谟等编纂：《云南通志》卷三十《杂记·遗文》，《文渊阁四库全书》第570册，第745页下。

⑤ 《梁书》卷五四《诸夷传》，中华书局1973年版，第783页。

⑥ 《隋书》卷三三《经籍志》，中华书局1973年版，第984页。《旧唐书》卷六《经籍志》，中华书局1975年版，第2015页。《新唐书》卷五八《艺文志》，中华书局1975年版，第1505页。

⑦ 李昉等：《太平御览》卷七八七，中华书局1960年版，第2485页上。

者，一人因系主使官而得以名列于前[①]。

从上述记载来看，能够见载于文献记录汉晋行记并不多，多近乎亡佚，留下来的佚文也大多支离破碎、残缺不全，很难反映一部出使行记的整体面貌。为此，本书尽量通过这些行记残文，略陈汉晋出使行记的几个基本特征：

其一，记录行程。对于出使行记而言，记录行程是一种较为常见的创作方式。在汉晋时期的出使行记中，仅根据陆贾《南越行纪》的书名，就可以预知此书必定有记程的内容。只是从《南方草木状》所存录的两则《南越行纪》佚文来看，均与南越异物相关，故其书记程情况尚难细知。目前能够反映记程特征的出使行记，主要是张骞《出关志》和班勇《西域风土记》，二书因史书的修撰被参编而得以保存。它们的记程情况表现为：《史记·大宛列传》以大宛为中心记录了周边各国的行程距离，《后汉书·西域传》则记录了西域内属诸国之间的行程距离，如："自安息西行三千四百里至阿蛮国。从阿蛮西行三千六百里至斯宾国。从斯宾南行度河，又西南至于罗国九百六十里。"[②] 此外，还往往同时记录西域内属诸国与"长史所居"、洛阳之间的距离，诸如："于寘国：居西城，去长史所居五千三百里，去洛阳万一千七百里。""大月氏国：居蓝氏城，东去长史所居六千五百三十七里，去洛阳万六千三百七十里。"[③] 根据《史记·大宛列传》《后汉书·西域传》的记录，可以了解到张骞《出关志》和班勇《西域风土记》的记程形式是：或以一地为中心记录周边各地的距离，或记录各地之间的行程距离。另外，康泰的《扶南土俗》也有记程内容，如："优钹国者，在天竺之东南可五千里。"又如："扶南之西南有林阳国，去扶南七千

---

① 参见陈佳荣《康泰、朱应首使扶南之探究》，原载《南洋学报》五十六卷，新加坡南洋学会 2002 年 12 月。

② 《后汉书》卷八八《西域传》，第 2918 页。

③ 《后汉书》卷八八《西域传》，第 2917、2920 页。

里。”[①] 此书与张、班二人的行记相类，均是以国家作为记录的单元。由此可见，记录行程是汉晋出使行记创作的一个重要内容，同时，详录地名和距离的创作方式，又是汉晋出使行记的一种典型形式。

其二，采录异闻。受客观地理环境的影响，不少汉晋出使行记记录有异闻、异物和异事等内容。如陆贾《南越行纪》，现存佚文都是对异物的记录，云：“南越之境，五谷无味，百花不香，此二花特芳香者，缘自胡国移至，不随水土而变，与夫橘北为枳异矣。彼之女子，以彩絲穿花心，以为首饰。”又云：“罗浮山顶有胡杨梅，山桃绕其际，海人时登采拾，止得于上饱啖，不得持下。”[②] 陆贾为何偏好记录南越异物？根据《史记》《汉书》之《陆贾传》记载：陆贾被南越王留饮数月之后，说到：“越中无足与语，至生来，令我日闻所不闻。”[③] 颜师古注：“言素所不闻者，日闻之。”[④] 可见陆贾对南越的奇闻异物感触最多，采录异闻由此便成为其行记的重要内容。不止陆贾出使行记热衷异域奇闻，汉晋出使行记都有录异猎奇的内容。据《后汉书·西域传》记安息国云：“其土多海西珍奇异物焉。”又记大秦国云：“诸国所生奇异玉石诸物，谲怪多不经，故不记云。”[⑤] 说明班勇在西域也遇到许多珍奇异物，虽然他认为大多谲怪不经，没有必要记录，但实际上，他还是记录了不少奇异的内容，如：西夜国：“地生白草，有毒，国人煎以爲药，傅箭镞，所中即死。”大秦国：“土多金银奇宝，有夜光璧、明月珠、骇鷄犀、珊湖、虎魄、琉璃、琅玕、朱丹、青碧。刺金缕绣，织成金缕罽、杂色绫。作黄金涂、火浣布。又有细布，或言水羊毳，野蚕

① 《太平御览》卷七八七《四夷部》，第3485页。

② 嵇含：《南方草木状》卷上、卷下，《丛书集成初编》第1352册，第1、11、12页。

③ 《史记》卷九七《陆贾传》，第2698页；《汉书》卷四三《陆贾传》，第2112页。

④ 《汉书》卷四三《陆贾传》，第2113页。

⑤ 《后汉书》卷八八《西域传》，第2918、2920页。

茧所作也。合会诸香’煎其汁以为苏合。凡外国诸珍异皆出焉。”①这些事例说明：采录异闻是汉晋出使行记的一个重要特征。

其三，记录风俗。如《西域风土记》和《扶南土俗》，书名中就可见记录当地风俗的内容。还如《后汉书·西域传》记大秦国“人俗力田作，多种树蚕桑。皆髡头而衣文绣，乘辎軿百盖小车，出入击鼓，建旌旗幡帜。”② 又如《梁书·诸夷传》载康泰、朱应使扶南，看见其“国人犹裸，唯妇人著贯头”③。尤其是《扶南土俗》，今存佚文几乎都是记录奉使扶南所闻见的各国风俗。

上述种种情况说明：汉代行记，延续了先秦时期的旅行记录传统，但又有极大的发展。主要能反映记录行程、异闻和风俗三大特征。行记的创作已初具一定形式规范，其体制与内容为后世行记所效仿与借鉴。

◇◇ 第三节　南北朝时期出使行记的概况

南北朝时期政权的分划，构成了南北两个文化区域，两地之间的政治文化交流得以展开，伴随南北外交活动出使行记的创作随之出现了繁盛的情况。

佚名《魏聘使行记》。《隋书·经籍志》著录“《魏聘使行记》六卷。”《旧唐书·经籍志》《新唐书·艺文志》《通志·艺文略》地理类均著录为“《魏聘使行记》五卷。”④ 是书已佚。作者不详。

李谐《李谐行记》。《隋书·经籍志》《通志·艺文略》均著录“《李谐行记》一卷”⑤。是书已佚。《北史·李谐传》载“天平

---

① 《后汉书》卷八八《西域传》，第2917、2929页。

② 《后汉书》卷八八《西域传》，第2919页。

③ 《梁书》卷五四《诸夷传》，第789页。

④ 《隋书》卷三三，第986页。《旧唐书》卷四六，第2016页。《新唐书》卷五八，第1505页。郑樵撰，王树民点校：《通志二十略》，中华书局1995年版，第1583页。

⑤ 《隋书》卷三三，第986页。《通志二十略》，第1584页。

末，魏欲与梁和好，……于是以谐兼常侍、卢元明兼吏部郎、李业兴兼通直常侍聘焉。梁武使朱异觇客，异言谐、元明之美。谐等见，及出，梁武目送之，谓左右曰：朕今日遇勍敌，卿辈常言北间都无人物，此等何处来？’谓异曰：‘过卿所谈。’是时邺下言风流者，以谐及陇西李神俊、范阳卢元明、北海王元景、弘农杨遵彦、清河崔赡爲首。”① 据此可知，《李谐行记》应是李谐聘梁时的记行之作。

李绘等《聘梁记》。《隋书·经籍志》著录“《封君义行记》一卷”，注“李绘撰”②。《通志·艺文略》亦有著录，但未署名。《魏书·孝静本纪》载兴和四年（539）“夏四月丙寅，遣兼散骑常侍李绘使于萧衍”③。《北齐书·李绘传》亦载：“武定初，（李绘）兼常侍，为聘梁使主。”《酉阳杂俎》续集卷四“贬误”条引录李绩、封君义《聘梁记》曰：“梁主客贺季指马上立射，嗟美其工。绘曰：‘养由百中，楚恭以为辱。’季不能对。又有步从射版，版记射的，中者甚多。绘曰：‘那得不射麞？’季曰：‘上好生行善，故不为麞形。’自麞而鹿，亦不差也。”④ 案：“李绩”当为“李绘”之误。可见李绘使梁当撰有行记，但此行记似乎非李绘一人所撰。据《魏书·高恭之传》记载：高恭之为御史中尉，“选用御史，皆当世名辈，李希宗、李绘、阳休之、阳斐、封君义、邢子明、苏淑、宋世良等四十人。”⑤ 这里所说的封君义，乃指封述，“君义”是其字。又据《北齐书·封述传》记载：“梁散骑常侍陆晏子、沈警来聘，以述兼通直郎使梁。”⑥ 可知李绘、封君义都充当过聘梁使，但

---

① 《北史》卷四三，中华书局 1974 年版，第 1604 页。

② 《隋书》卷三三，第 986 页。

③ 《魏书》卷一二《孝静纪》，第 305 页。

④ 段成式撰，方南生点校：《酉阳杂俎》续集卷四“贬误”条，中华书局 1981 年版，第 237—238 页。

⑤ 《魏书》卷七七，第 1716 页。

⑥ 《北齐书》卷四三《封述传》，中华书周点校本 1972 年版，第 573 页。

二人的奉使时间并不相同。对此，姚振宗《隋书经籍志考证》认为："《南史·梁武帝本纪》大同六年秋七月，遣散骑常侍陆晏子报聘。七年夏四月戊申，东魏人来聘。盖即李骞、封述为使报陆晏子之聘也。时为东魏孝静帝兴和三年，其后梁使明少遐报聘。明年四月，东魏乃以李绘为使主使梁，是封君义为使在李绘之前一年，非与绘同时将命者。此题《封君义行记》，则撰人、书名已具，而又注李绘撰，明是撰录其书，似与前《李谐行记》皆为绘所撰集，疑即在《魏聘使行记》之中，此其佚出别行之本也。"[①] 姚先生这种怀疑是有见地的，目录书著录《魏聘使行记》至少都在五卷以上，其实，当时出使行记是很难有这样大的篇幅的，其书名也很像是一部魏聘使行记的总集，完全有他人集录的可能。但这并不代表集录者就是李绘，根据《酉阳杂俎》对《聘梁记》的引述方式似乎表明李、封二人均有合撰此书的可能，也就是说李绘更有可能是集自己与封氏之作而成《聘梁记》。因为在后世的外交活动中，就有后使参阅前使之书，以致影响到后使之行记创作，有些使臣甚至续撰前使之书，或补录前使之疏，从而形成了一批内容更加丰富的出使行记。所以我们回头再看《隋书经籍志》的著录，很有可能是对这一现象产生了误解。故《通志·艺文略》依照《隋书·经籍志》著录时，其它南北朝出使行记作者都照录不误，唯独此处省去，也许正是不明《隋书·经籍志》著录所致。

江德藻《聘北道里记》（又名《北征道理记》、《聘北道记》）。《隋书·经籍志》和《通志·艺文略》地理类均著录有江德藻撰"《聘北道里记》三卷"[②]。《陈书·江德藻传》载陈文帝天嘉四年（563），江德藻"兼散骑常侍，与中书郎刘师知使齐，著《北征道理记》三卷"[③]。据《陈书·南康愍王昙朗传》记载陈文帝时，使

---

① 姚振宗：《隋书经籍志考证》卷二一，《二十五史补编》第四册，第5411页。

② 《隋书》卷三三，第986页。《通志二十略》，第1583页。

③ 《陈书》卷三四《江德藻传》，中华书局点校本1972年版，第457页。

昙朗为质于齐。后北齐背盟，将昙朗杀害，陈人不知。文帝即位，天嘉二年（561）与齐人结好，方知昙朗已死，于是“遣兼郎中令随聘使江德藻、刘师知迎昙朗丧柩，以三年春至都”[①]。如果《昙朗传》所记属实，那么江德藻等使齐当在天嘉二年与三年之间。《聘北道里记》早已失传，今《太平寰宇记》《酉阳杂俎》《北户录》等文献均存录有佚文。

刘师知《聘游记》。《隋书·经籍志》和《通志·艺文略》地理类均著录有刘师知撰“《聘游记》三卷”[②]，是书已佚。《册府元龟》记载：“江德藻，为散骑常侍。与中书郎刘师知使北齐，德藻撰《聘北道里记》三卷，师知撰《聘游记》三卷。”[③] 可见《聘游记》当是师知奉使时的记行之作。

姚察《西聘道里记》（又称《西聘道里》、《西聘》）。《册府元龟》载：“姚察为吏部尚书，使隋，著《西聘道里》一卷。”[④] 是书已佚。《陈书·姚察传》载姚察“寻兼通直散骑常侍，报聘于周。江左耆旧先在关右者，咸相倾慕。沛国刘臻窃于公馆访《汉书》疑事十余条，竝为剖析，皆有经据。臻谓所亲曰‘名下定无虚士。’著《西聘道里记》，所叙事甚详。”又载其著述，有“《汉书训纂》三十卷，《说林》十卷，《西聘》、《玉玺》、《建康三锺》等记各一卷，悉穷该博，并《文集》二十卷，竝行于世。”[⑤] 由此可知，《西聘道里记》当是姚察的奉使之作。

上述南北朝出使行记大多亡佚，透过为数不多的佚文以及书名，我们可以发现南北朝出使行记的内容主要是记录道里行程和聘使见闻。如江德藻《聘北道里记》，《酉阳杂俎》续集卷四“贬误”引：“江德藻《聘随记》云：‘自邵伯棣三十六里至鹿筋，梁先有

---

① 《陈书》卷一四《南康愍昙朗传》，第 211 页。
② 《隋书》卷三三，第 986 页，《通志二十略》，第 1583 页。
③ 《册府元龟》卷五六〇《国史部地理》，第 6424 页。
④ 《册府元龟》卷五六〇《国史部地理》，第 6424 页。
⑤ 《陈书》卷二七，第 348—349、354 页。

逻。此处足白鸟，故老云，有鹿过此，一夕为蚊所食，至晓见筋，因以爲名。'"" 文中记述了北朝驿站名“鹿筋”的来源。其书又引《聘北道记》云：“北方婚礼必用青布幔为屋，谓之青庐。于此交拜，迎新妇。夫家百余人挟车，俱呼曰：‘新妇子催出来。’其声不绝，登车乃止’今之催粧是也。以竹杖打埍为戏，乃有大委顿者。江德藻言为异，明南朝无此礼也。至于奠雁曰鹅，税缨曰合髻，见灼举乐，铺母卺童，其礼太紊，杂求诸野。”① 此处记述了北方的婚嫁习俗。《北户录》卷三“无名花”条引“《聘北道里记》云：‘木龙寺，寺有三层砖塔，侧生一大树，萦绕至塔顶，枝干交横，上平，容十余人坐，枝杪、四向下垂，团团如柏子帐，经过莫有辨者。梁武帝曾遣人图写树形，还都，大抵屈盘似龙，因呼爲木龙寺。'"② 此处记述了木龙寺的特点。可见，南北朝出使行记的主要内容依然是记录奉使行程距离，采录往来趣闻异事。

此外，这一时期的部分行记还记录了一些外交活动中的对话。如前引《酉阳杂俎》中所存录的一条李绘、封君义《聘梁记》，就是记录李绘与梁主客郎中贺季宴射时的对话。《北齐书李绘传》中也存录有一段梁武帝与李绘的对话：“梁武帝问绘：“高相今在何处?”绘曰：“今在晋阳，肃遏边寇。”梁武曰：“黑獭若为形容?高相作何经略?”绘曰：“黑獭游魂关右，人神厌毒，连岁凶灾，百姓怀土。丞相奇略不世，畜锐观衅，攻昧取亡，势必不远。”梁武曰：“如卿言极佳。”与梁人汎言氏族。袁狎曰：“未若我本出自黄帝，姓在十四之限。”绘曰：“兄所出虽远，当共车千秋字耳”一坐大笑。”③ 从记录内容而言，这段对话应该与李绘的出使行记有着紧密的关联。从中可见，南北朝出使行记对表现外交活动中的机智饶有兴致。

① 段成式：《酉阳杂俎》，第 237、241 页。
② 段公路：《北户录》卷三，《丛书集成初编》第 3021 册，第 48 页。
③ 《北齐书》卷二九《李绘传》，第 395 页。

除上述内容外，南北朝出使行记还呈现以下两个特点：其一，单次聘使不止一人撰写行记。如江德藻、刘师知二人，同时奉使北齐，均撰有行记，并且卷数都一样，同为三卷。这一现象在三国东吴时期亦有一例，朱应、康泰二人奉使扶南各自撰有《扶南异物志》和《扶南土俗》。其二，出现了收录出使行记的聘使总集。前文提到过《魏聘使行记》，姚振宗怀疑此书是对魏使臣行记的辑录。因为在同时期还出现了《梁、魏、周、齐、陈、朝聘使杂启》一书，共九卷，《隋书·经籍志》、《通志·艺文略》均有著录[①]。这说明在南北朝时期，人们已经有意识地开始整理出使行记。

◇◇ 第四节　唐朝时期出使行记的概况

唐代行记多载西域、天竺、南海事，主要有以下诸种。（隋）常骏等《赤土国记》。《旧唐书·经籍志》、《新唐书·艺文志》、《通志·艺文略》地理类均著录有常骏等撰“《赤土国记》二卷”[②]。隋炀帝大业四年（608）三月“丙寅，遣屯田主事常骏使赤土，致罗刹”[③]。今《隋书》、《北史》皆存录有常骏等使事细节，当与《赤土国记》相关，略云：“炀帝即位，募能通绝域者。大业三年，屯田主事常骏、虞部主事王君政等请使赤土。帝大悦，赐验等帛各百匹，时服一袭而遣。赍物五千段，以赐赤土王。其年十月，骏等自南海郡乘舟，昼夜二旬，每值便风。……月余，至其都，王遣其子那邪迦请与骏等礼见。……浮海十余曰，至林邑东南，并山而行。……循海北岸，达于交阯。骏以六年春与那邪迦于弘农谒，帝

---

① 《隋书》卷二五，第1089页。《通志二十略》，第1792页。

② 《旧唐书》卷四六，第2016页。《新唐书》卷五八，第1505页。《通志二十略》，第1586页。

③ 《隋书》卷三《炀帝本纪》，第71页。

大悦，赐骏等帛二百段，俱授秉义尉，那邪迦等官赏各有差。”[①]

（隋）韦节《西蕃记》。《通典》卷一九三《边防》引“韦节《西蕃记》云：……”[②]，记录了康国的社会风俗，达二百余字。据《隋书西域传》载：“炀帝时，遣侍御史韦节、司隶从事杜行满使于西蕃诸国。至罽宾，得码碯杯；王舍城，得佛经；史国，得十儛女、师子皮、火鼠毛而还。”[③] 可见《西蕃记》当为韦节出使西蕃诸国时所撰之行记。

（唐）韦机《西征记》。《新唐书艺文志》杂传记类著录“韦机《西征记》”[④]。是书已佚。韦机（《新唐书》又作“韦弘机”[⑤]）“贞观中为左千牛胄曹，充使往西突厥，册立同俄设为可汗。会石国反叛，路绝，三年不得归。机裂裳录所经诸国风俗物产，名为《西征记》。及还，太宗问蕃中事，机因奏所撰书，太宗大悦，擢拜朝散大夫，累迁至殿中监。”[⑥]

（唐）王玄策《中天竺国行记》。《法苑珠林》卷一百载：“《中天竺行记》十卷，皇朝朝散大夫王玄策撰。”[⑦]《旧唐书·经籍志》、《新唐书·艺文志》、《通志·艺文略》地理类均著录为王玄策“《中天竺国行记》十卷”[⑧]，是书已佚。王玄策曾唐太宗、高宗朝频繁出使西域，《法苑珠林》引《西域志》称：“大唐使人王玄策等前后三回往彼。”又说：“使至西域，前后三度”[⑨]。《中天竺国行记》即是他奉使时的记行之作。

---

① 《隋书》卷八二《赤土国传》，第1834—1835页。又见《北史》卷九五《赤土国传》，第3160—3161页。

② 杜佑：《通典》，中华书局点校本1988年版，第5256页。

③ 《隋书》卷三《西域传》，第1841页。

④ 《新唐书》卷五八，第1485页。

⑤ 《新唐书》卷一百《韦弘机传》，第3944页。

⑥ 《新唐书》卷一百《韦弘机传》，第4795页。

⑦ 释道世着，周叔迦、苏晋仁校注：《法苑珠林校注》，中华书局2003年版，第2885页。

⑧ 《旧唐书》卷四六，第2016页。《新唐书》卷五八，第1505页。《通志二十略》，第1586页。

⑨ 《法苑珠林校注》卷三五、五五，第1107、1661页。

（唐）达奚通《海南诸蕃行记》。《崇文总目》地理类著录达奚通《诸蕃行记》一卷，《新唐书·艺文志》、《通志·艺文略》地理类则作《海南诸蕃行记》，《遂初堂书目》地理类记为《西南诸蕃记》，《宋史·艺文志》地理类则分列为二书：达奚弘通《西南海蕃行记》和达奚洪（一作“通”）《海外三十六国记》。[①]《玉海唐西域记》亦著录此书，注云：“书目云：‘《西南海诸蕃行记》一卷，唐上元中唐州刺史达奚弘通撰。弘通以大理司直使海外，自赤土至虔那，凡经三十六国，略载其事。’”[②] 是书已佚，唯《六帖补》存录佚文一条[③]。

（唐）杜环《大食国经行记》。《通典·边防》记载“族子环随镇西节度使高仙芝西征，天寶十载至西海，寶应初（762），因贾商船舶自广州而回，著《经行记》”[④]。杜环《经行记》早佚，今存录于《通典》的仅一千五百余字。《通典》、《太平御览》、《太平寰宇记》、《通志》、《文献通考》等书均有转录。

（唐）顾愔《新罗国记》。《新唐书·艺文志》地理类著录“《新罗国记》一卷”，云：“大历中，归崇敬使新罗，愔为从事。”[⑤]《崇文总目》、《通志·艺文略》、《宋史·艺文志》地理类亦著录“顾愔《新罗国记》一卷”[⑥]。是书已佚。唐代宗大历二年（767），新罗景德王宪英卒，“国人立其子乾运为王，仍遣其大臣金隐居奉表入朝，贡方物，请加册命。三年，上遣仓部郎中、兼御史中丞、赐紫金鱼袋归崇敬持节赍册书往吊册之。以乾运为开府仪同

---

① 王尧臣等编次，钱东垣等辑释：《崇文总目》卷二，《丛书集成初编》第21册，第91页。《新唐书》卷五八，第1508页。《通志二十略》，第1585页。尤袤：《遂初堂书目》，《丛书集成初编》第32册，第16页。《宋史》卷二〇四，第5152、5154页。

② 王应麟：《玉海》卷一六，广陵书社2007年版，第301页上。

③ 详见李德辉《晋唐宋行记辑校》，辽海出版社2009年版，第126页。

④ 《通典》卷一九一，第5199页。

⑤ 《新唐书》卷五八，第1508页。

⑥ 《崇文总目》卷二，《丛书集成初编》第21册，第91页。《通志二十略》，第1585页。《宋史》卷二〇四，第5154页。

三司、新罗王，仍册乾运母为太妃。”[①]《新唐书·新罗传》亦载：“诏仓部郎中归崇敬往吊，监察御史陆珽、顾愔为副册授之”[②]。今《绀珠集》《观林诗话》《说郛》（宛委山堂本）等文献存录有佚文[③]。

（唐）赵憬《北征杂记》。《直斋书录解题》传记类著录“《北征杂记》一卷”，云：“唐宰相赵憬撰。贞元四年，咸安公主下降回纥，憬副关播为册礼使，作此书纪行。”[④]《宋史艺文志》地理类亦有著录。是书已佚。

（唐）袁滋《云南记》。《新唐书·艺文志》地理类著录袁滋《云南记》五卷。是书已佚。《旧唐书·袁滋传》载：“贞元十九年，韦皋始通西南蛮夷，酋长异牟寻贡琛请使，朝廷方命抚谕，选郎吏可行者，皆以西南遐远惮之。滋独不辞，德宗甚嘉之，以本官兼御史中丞，持节充入南诏使。未行，迁祠部郎中，使如故。来年夏，使还，擢为谏议大夫。……因使行，著《云南记》五卷。”[⑤]《唐会要》载：“十三年六月，宰臣袁滋，撰《云南纪》五卷上之。”[⑥]《册府元龟》云：“袁滋，贞元中为祠部郎中，持节入南诏慰抚，因使行，著《云南记》五卷。”[⑦]《云南通志》亦著录“《云南纪》五卷”，云：“贞元十年，袁滋使南诏，元和十三年上之。”[⑧]以上文献皆记《云南记》为五卷，唯《通志·艺文略》记作一卷[⑨]。今《蛮书》《新唐书·地理志》《本草纲目》等文献存录有

① 《旧唐书》卷一九九《新罗国传》，第533页。
② 《新唐书》卷二二〇《新罗传》，第6205页。
③ 详见《晋唐两宋行记辑校》，第134页。
④ 陈振孙着，徐小蛮、顾美华点校：《直斋录解题》卷七，上海古籍出版社1987年版，第197页。
⑤ 《旧唐书》卷一八五，第4830—4831页。
⑥ 王溥：《唐会要》卷三六，中华畜局1955年版，第661页。
⑦ 《册府元龟》卷五六〇《国史部地理》，第6426页。
⑧ 《云南通志》卷三〇，《文渊阁四库全书》第570册，第746页上。
⑨ 《通志二十略》，第1585页。

佚文。[①]

（唐）李宪《回鹘道里记》（又名《入蕃道里记》）。《旧唐书·李宪传》载唐穆宗长庆元年（821），“穆宗即位，以太和公主降回鹘，命金吾大将军胡証充送公主使，命宪副之。使还，献《入蕃道里记》，迁检校左散骑常侍，兼太府卿。”[②]《新唐书·李宪传》亦载其“入为宗正少卿，副金吾大将军胡証为送太和公主使。还，献《回鹘道里记》，迁太府卿。”[③] 是书已佚。

（唐）刘元鼎等使吐蕃经见记。两《唐书》之《吐蕃传》均载录有刘元鼎出使吐蕃的闻见，《新唐书·吐蕃传》引称：“元鼎所经见，大略如此。”[④] 唐穆宗长庆元年（821）九月“吐蕃遣其礼部尚书论纳罗来求盟。庚戌，以大理卿刘元鼎为吐蕃会盟使。”[⑤]《旧唐书·吐蕃传》亦载“命大理卿、兼御史大夫刘元鼎充西蕃盟会使，以兵部郎中、兼御史中丞刘师老为副，尚舍奉御、兼监察御史李武、京兆府奉先县丞兼监察御史李公度为判官。”[⑥] 刘元鼎等使吐蕃事迹，详见于《新唐书·吐蕃传》记载：“元鼎踰成纪、武川，抵河广武梁，故时城郭未隳，兰州地皆秔稻，桃李榆柳岑蔚，户皆唐人，见使者麾盖，夹道观。至龙支城，耋老千人拜且泣，问天子安否，……过石堡城，崖壁峭竖，道回屈，虏曰铁刀城。右行数十里，土石皆赤，虏曰赤岭。……赤岭距长安三千里而赢，盖陇右故地也。曰闷怛卢川，直逻娑川之南百里，臧河所流也。河之西南，地如砥，原野秀沃，夹河多柽柳。山多柏，坡皆丘墓，旁作屋，赪涂之，绘白虎，皆虏贵人有战功者，生衣其皮，死以旌勇，殉死者瘞其旁。度悉结罗岭，凿石通车，逆金城公主道也。至麋谷，就

① 详见《晋唐宋行记辑校》，第136—138页。

② 《旧唐书》卷一三三，第3685页。

③ 《新唐寿》卷一五四，第4874页。

④ 《新唐书》卷二一六，第6104页。

⑤ 司马光：《资治通鉴》卷二四二《唐纪》，中华书局1956年版，第7799页。

⑥ 《旧唐书》卷一九六，第5264页。

馆。臧河之北川，赞普之夏牙也。……唐使者始至，给事中论悉答热来议盟，大享于牙右，饭举酒行，与华制略等，乐奏《秦王破阵曲》，又奏《凉州》、《胡渭》、《录要》、杂曲，百伎皆中国人……”[①] 据以上文字可知刘元鼎等使吐蕃时当撰有行记。

（唐）韦齐休《云南行纪》。《郡斋读书志》伪史类著录韦齐休“《云南行纪》二卷”，说：“齐休，长庆三年（823）从韦审规使云南，记其往来道里及其见闻。”[②]《宋史·艺文志》地理类记作《云南行记》二卷[③]。是书已佚。今《太平御览》《大事记续编》等文献存录有佚文。[④]

（唐）张建章《潮海国记》。《崇文总目》《新唐书·艺文志》《通志·艺文略》《宋史·艺文志》地理类均著录有“张建章《潮海国记》三卷”[⑤]。是书已佚。今《北梦琐言》《考古编》《野客丛书》等文献存录有佚文[⑥]。

（唐）窦滂《云南行记》《云南别录》。《新唐书·艺文志》地理类著录“窦滂《云南别录》一卷、《云南行记》一卷。”[⑦]《玉海异域图书》亦著录“窦滂《云南别录》一卷（叙南蛮族类及风土、《云南行记》一卷。”[⑧] 二书已佚。《资治通鉴》载唐懿宗咸通十年（869）“南诏遣使者杨酋庆来谢释董成之囚，定边节度使李师望欲激怒南诏以求功，遂杀酋庆。西川大将恨师望分裂巡属，阴遣人致意南诏，使入寇。师望贪残，聚私货以百万计，戍卒怨怒，

---

① 《新唐书》卷二一六，第6102—6104页。

② 晁公武撰，孙猛校证：《郡斋读书志校证》卷七，上海古籍出版社1990年版，第288页。

③ 《宋史》卷二〇四，第5154页。

④ 详见《唐两宋行记辑校》，第159—161页。

⑤ 《崇文总目》卷二，《丛书集成初编》第21册，第91页。《新唐书》卷五八，第1508页。《通志二十略》，第1585页。《宋史》卷二〇四，第5154页。

⑥ 详见《晋唐两宋行记辑校》，第162页。

⑦ 《新唐书》卷五八，第1508页。

⑧ 《玉海》卷一六《异域图书》，第303页上。

欲生食之，师望以计免。朝廷征还，以太府少卿窦滂代之。滂贪残又甚于师望，故蛮寇未至，而定边固已困矣。是月，南诏骠信酋龙倾国入寇，引数万衆擊董春乌部，破之"①。由此可知窦滂于咸通十年代李师望为定边军节度使，到任后被南诏所败，二书可能撰于此时。

（唐）徐云虔《南诏录》。《直斋书录解题》地理类著录"《南诏录》三卷"，说："唐岭南节度巡官徐云虔撰。乾符中，邕州遣云虔使南诏所作。上卷记山川风俗，后二卷纪行及使事。"②《新唐书·艺文志》、《宋史·艺文志》均有著录。是书已佚。关于《南诏录》，《唐会要》载："五年七月，说遣从事徐云叟通和。凡水陆四十七程，至鄯阐府，遇骠信游猎，尚去云南一十六程，叙好而还。进《南诏录》三卷。"③ 今《资治通鉴考异》引录佚文一条，云："四年二月，南诏国号鹤拓，亦号大封人。"注曰："徐云虔《南诏录》曰：'南诏别名鹤拓，其后亦自称大封人，是以封为国号也。'"④

（南唐）章僚《海外使程广记》（又名《海外行程记》）。《直斋书录解题》地理类著录《海外使程广记》三卷，云："南唐如京使章僚撰。使高丽所记海道及其国山川、事迹、物产甚详。史虚白为作序，称己未十月，盖本朝开国前一岁也。"⑤ 按：陈氏所云"本朝开国前一岁"当为公元959年。《通志·艺文略》地理类著为"《高丽国海外使程记》三卷"，注称"升元中录。"⑥《宋史·艺文志》地理类亦有著录⑦。是书已佚。今《演繁露》《十国春秋》

① 《资治通鉴》卷二五一《唐纪》，第8150—8151页。
② 《斋书录解题》卷八，第266—267页。
③ 《唐会要》卷九九，第1766页。
④ 司马光：《资治通鉴考异》卷二四，《文渊阁四库全书》第311册，第243页。
⑤ 《直斋录解题》卷八，第266页。
⑥ 《通志二十略》，第1584页。
⑦ 《宋史》卷二〇四，第5155页。

等文献存录有佚文[①]。

（后晋）平居诲《于阗国行程录》。《崇文总目》《通志·艺文略》地理类均著录平居诲撰“《于阗国行程记》一卷”，《宋史·艺文志》地理类则作“《于阗国行程录》一卷”[②]。《新五代史》载：“晋天福三年（938），于阗国王李圣天遣使者马继荣来贡红盐、郁金、牦牛尾、玉氎等，晋遣供奉官张匡邺假鸿胪卿，彰武军节度判官高居诲为判官，册圣天为大宝于阗国王。是岁冬十二月，匡邺等自灵州行二岁至于阗，至七年冬乃还。而居诲颇记其往复所见山川诸国，而不能道圣天世次也。”“居诲记曰：……。”[③] 存其文字七百余。今《演繁露》《游宦纪闻》《重修政和经史证类本草》《研北杂志》等文献亦存录有佚文[④]。

（南唐）公乘镕使契丹进元宗蜡书。今陆游《南唐书》《十国春秋》均录有公乘镕使契丹进元宗蜡书一篇，云：“臣镕自去年六月离罂油，七月至镇东关，遣王朗奉表契丹。九月，乃有番官夷离毕部牛车百余乘及鞍马沿路置顿。十月至东京，留三日。契丹主遣闲厩使王廷秀称诏劳问，兼述泰宁王、燕王九月同行大事。兀欲郡世，母妻并命。又辽东以西，水疗坏道数百里，车马不通，今年正月方至幽州，馆于愍忠寺。先迎御容入宫，言先欲见唐皇帝面。乃引见如旧仪。问国书中机事，臣即述奕世欢好，当谋分裂之事。契丹主喜，问复有事否。臣曰：‘军机别有密书。’契丹主接至袖间，乃云：‘吾与唐皇帝一如先朝往来。’因置酒合乐，又论臣曰：‘使人泛巨海而至，不自意变起骨肉，道路有闻，亦忧恐。’手斟一玉锺酒先自啜，乃以劝臣令饮醑，自旦至日晡始罢。自时数遣使宣

① 详见《晋唐宋行记辑校》，第174—175页。

② 《崇文总目》卷二，《丛书书集成初编》第21册，第93页。《通志二十略》，第1586页。《宋史》卷二〇四，第5156页。

③ 《新五代史》卷七四《四夷附录》，中华书局1974年版，第917—919页。

④ 详见《晋唐两宋行记辑校》，第176—177页。

劳，三日一赐食。谨遣王朗賫骰号子归闻奏。”①

除上述著述外，隋唐五代时期的出使行记还有：《旧唐书·经籍志》、《新唐书·艺文志》、《通志·艺文略》地理类均著录有“《奉使高丽记》一卷。”② 皆未注明作者，是书已佚。又《新唐书·艺文志》、《宋史·艺文志》地理类均著录有“张建章《戴斗诸蕃记》一卷。”③《玉海》亦录，云：“唐幽州判官张建章撰，一卷。载朔漠㪷蕃回鹘等族类本末，及道里远近。”④ 是书已佚。再有《新唐书·地理志》引录有刘希昂、佚名的关于南诏、吐蕃的记行文字各一段，均疑为当时的出使行记。⑤

从上可见，隋唐五代时期的出使行记主要内容是记录使程和见闻。

其一，详记使程。袁滋《云南记》所记为蜀中入南诏道之一的石门路，即西汉中期唐蒙所开通西南夷的旧道，入唐以来逐渐荒废。《新唐书·地理志六》戎州条自注保存了贞元十年（794）袁滋使程的一段记载，其中提及十余个地名，交代了驿程远近与走向，自石门镇以南全系云南界内部落所居地名称，当是袁书的主要内容之一。韦齐休《云南行纪》所记为成都通南诏东西两道的西道——邛崃、清溪道，贞元中韦皋所凿，为唐诏用兵及通使之主线。贞元中，为通使节，达王命，乃诏修此路、凿通道路、添置馆驿。杨巨源《送许侍御充云南哀册使判官》：“荒外开亭候，云南降旌”指的正是这件事。此道为唐代官道，沿途经邛、雅、黎诸州，所记均上述诸州方物。《新唐书·地理志六》州、姚州目保存

① 陆游：《南唐书》卷一八，《丛书集成初编》第3854册，第408—409页。《十国春秋》卷二三《公乘镕传》，第329页。

② 《旧唐书》卷四六，第2016页。《新唐书》卷五八，第1506页。《通志二十略》，第1584页。

③ 《新唐书》卷五八，第1508页。《宋史》卷二〇四，第5155页。

④ 《玉海》卷一六《异域图书》，第302页下。

⑤ 详见《晋唐两宋行记辑校》，第139、152页。

了贞元十四年（798）内侍刘希昂等入南诏使程，其所据唐人行记疑即韦齐休等书。《蛮书》卷一“云南界内途程”、卷十“南蛮疆界”记册封南诏路线行程颇为详细，疑其曾参阅袁滋、韦齐休南诏行记。

其二，详载见闻。包括山川、风俗、事迹和物产等内容。《太平御览》录《云南行记》二十一条①，载川滇地区出产的香稻、山茶、鹅鸭、白鹇、嘉鱼、丈松子、实心竹、大腹槟榔、干蒲萄、甘橘、蛤、椰子、余甘子、诸葛菜、野藤等，皆中原内地所无，其中亚热带方物颇多，还写到南诏特有的民居———板屋。还如韦节《西蕃记》云：“康国人并善贾，男年五岁则令学书，少解则遣学贾，以得利多为善。其人好音声。以六月一日为岁首，至此日，王及人庶并服新衣，剪髮鬚，在国城东林下七日马射。至欲罢日，置一金钱于帖上，射中者则得一日为王。俗事天神，崇敬甚重。云神儿七月死，失骸骨，事神之人每至其月，俱著黑叠衣，徒跣抚胸号哭，涕泪交流。丈夫妇女三五百人散在草野，求天儿骸骨，七日便止。国城外别有二百余户，专知丧事，别筑一院，其院内养狗。每有人死，即往取尸，置此院内，令狗食之，肉尽收骸骨，埋殡无棺椁。”② 韦节记述了康国人“善贾”、“岁首马射”、“俗事天神”、“丧事”等风土人情，精要地表述了他在当地的所见所闻。

此时期部分以时间为线索的行记在结撰成文时，则出现了一些新变。此类行记在以日期为线索结构全篇时，不再如南北朝行记一样突出具体时间段内里程的演进，而更加注重记述具体时间段内发生的大小诸事。或者说，此时期的行记，有从主记行程向主记事件的转向。如常骏《赤土国记》，写其隋炀帝大业三年（607）出使

---

① 《太平御览》所引，书名多题作《云南记》，易与袁滋同名书相混，但《御览》实未引袁书，该书引《云南记》二十一条，其中“韦齐休”之名出现三次，知出韦书，向达《唐代长安与西域文明》亦有考证。

② 杜佑：《通典》，第5256页。

赤土国时的闻见：

> 大业三年，屯田主事常骏、虞部主事王君政等请使赤土……其年十月，骏等自南海郡乘舟，昼夜二旬，每值便风……又行二三日，西望见狼牙须国之山……月余，至其郡……其日未时，那邪迦又将像二头，持孔雀盖以迎使人……后数日，请骏等入宴，仪卫导从如初见之礼……既入海，见绿鱼群飞水上。浮海十余日，至林邑东南，并山而行……舟行一日不绝……骏以六年春与那邪迦于弘农渴帝，大悦……[①]

这种按日期记事行记，更倾心于记事而非记行。虽然作品中所记内容还仅是某一时间段内的事情梗概，还未能精确到每日之事皆记，但作者在行文中有意凸显日期变化以记事的叙述方式，无疑影响到了后来日记体文体的形成。

此外，隋唐五代出使行记与此前的行记相比篇幅有所增力，如《赤土国记》二卷、《中天竺行记》十卷、《云南记》五卷、《云南行纪》二卷、《渤海国记》三卷、《南诏录》三卷、《海外使程广记》三卷等。

从文学发展流变的脉络中论析出使行记的发展，会发现行记体制上，主要包括行踪、风土以及行程体验三方面的内容。汉代行记初创，其内容由单纯记录九州之内延伸到了域外；南北朝时期，出使行记蔚为大观，其产生与当时的政治、军事、文化的发展密不可分。唐代之际的行记，记事时内容还比较简略，对山川地理的记述也还不能充分展开，不过已经初步形成了以日期系事和以行程系事两种文体模式。

---

① 李德辉：《晋唐两宋行记辑校》，第75—76页。

第二章

勃兴与发展：宋代出使行记概述

赵宋王朝偏安一隅，先后与辽、金、元政权形成对峙。其间，南北外交往来频繁。正是在这样的大背景下，出使行记的创作在宋代迎来了高潮。本章拟对出使行记创作的时代外交背景、使臣出使心态及创作概况进行分析。

◇◇ 第一节　出使行记勃兴的外交背景

中国历史上，“朝贡关系”通常被认为是中原王朝处理与北族关系的唯一的总体系。这种体系的核心是以中原王朝为中心，令臣服的诸国按时入贡。[①] 但罗萨比在《均势中的中国：10—14 世纪的中国与其邻国》一书中，对此观点提出了质疑，[②] 其在该书的导言中指出：“所谓以中国为中心的世界秩序，并不是从公元前二世纪到鸦片战争这一整个时期一直都存在。从十到十三世纪，中国并没有教条地强迫外族服从这个体系。宋朝是这一段时期重要的朝代，

---

① 可参阅费正清在《中国的世界秩序》一书中的导论。J. K. Fairbank, ed. , *The Chinese World Order*, Cambridge Mass. , Harvard Univ. Press, 1968。

② Morris Rossabi, ed. , *China among Equals*: *The Middle Kingdom and ItsNeighbors*, 10*th* – 14*th Centuries*, University of California Press, London, 1984. 该书是 1978 年在华盛顿召开的有 17 位学者参加的 10 世纪至 14 世纪的东亚多国关系讨论会的论文集，最后由罗萨比（Morris Rossabi）结集而成。

它就能比较弹性地处理对外关系。”[①] 20 世纪 80 年代初，陶晋生在其《宋辽关系史研究》一书中亦表达了与上述观点类似的认识，[②]他指出：“以中国为中心的世界秩序及朝贡制度，虽然是传统中国对外关系的主要模式，但是朝贡制度不足以涵盖整个传统中国历史上的对外关系。在漫长的中外关系史上，仍有各种不同的对外模式值得探究。当理想的世界秩序不能实现的时候，中国与外族之间不得不勉强发展各种形式的实质关系，平等的外交关系也就是这种无可奈何的实质关系的一种。”从中我们可以得知，学者们都十分敏锐地注意到了中国历史上多国时期的多种关系问题，并且特别强调其中的“对等外交关系”。实则在“对等关系”中还是会存在“朝贡体系的理想”，只是在中原王朝的“威”“德”不足以臣服“夷狄”时，方会退而以“夷狄”不来扰边为满足，以和平为首要，在操作层面发展另一种对等的体系。

对等的民族交往体系由来已久，春秋战国时期即已见出平等外交的端倪，春秋会盟中的外交礼节、惯例的实行，诸如使节的交换，条约的缔订，仪式的举行，以及外交辞令的运用，都体现着平等的原则。[③] 南北朝时期，南北间互派使节，外交礼节同样以平等为原则。[④] 还有学者认为五代时期也是一个多国关系的时期，北方相继兴起的五代处于中原的领导地位（晋除外），南方诸国之间则普遍存在着外交上的对等关系。[⑤]

迨至宋代，同样面临着汉族与少数民族的关系问题，而且情况更为特殊。一方面，在北方辽、西夏、金政权的攻击下，宋朝总是

---

① Morris Rossabi, ed., *China among Equals: The Middle Kingdom and Its Neighbors, 10th – 14th Centuries*, University of California Press, London, 1984, p. 4.

② 陶晋生：《宋辽关系史研究》，台北：联经出版公司 1984 年版。

③ 参见陶晋生《宋辽关系史研究》，第 5—6 页。

④ 参见逯耀东《北魏与南朝对峙期间的外交关系》，《新亚书院学术年刊》1966 年第 8 期。

⑤ 参见 Edmund H. Worthy, JR: Diplomacy for Survival: Domestic and Foreign Relations of Wu Yueh, 907 – 978, China among equals, pp. 17 – 47。

处于守势；另一方面，凭着先进的政治制度，博大的思想文化，汉族又在东亚始终占据着重要地位。关于宋、辽、金之往来，清人秦蕙田就敏锐地意识到不同于以往的“蕃国朝贡”关系，曰：“宋、辽、金交聘与蕃使朝贡有别，因无类可归，故附见于此，而着其说云。”[①]“从十到十三世纪，中国并没有教条地强迫外族服从这个体系。宋朝是这一段时期重要的朝代，它能比较弹性地处理对外关系。”[②] 史家多将两宋与辽、金的对峙，称为中国史上的第二次南北朝时期。[③]

一　宋、辽平等关系的实质

在对外关系上，面对强势的辽国，宋太祖始终保持着戒备心理，采取防御策略，以制度的平缓调适换取边境的稳定，“来则掩杀，去则勿追”[④]，力求避免与辽发生军事冲突。这种外交模式在宋太宗时期得到了进一步的发展，太宗灭亡北汉后，想乘胜向燕京进军，一举收复燕云，完成统一大业。可是从太平兴国四年（979）到雍熙三年（986）三次攻伐燕云都惨遭失败，统治阶级内部即出现了严重的恐辽情绪，太宗由此再也不愿谈及收复燕云之事，彻底丧失了与北方政权交战的信心，“自是宋不敢北向”[⑤]。雍熙战争后，以对辽政策为主的宋代对外政策发生了根本转变，这一转变因澶渊之盟承认以双方实际控制线作为疆界得以实现[⑥]，宋、辽关系

---

① （清）秦蕙田：《五礼通考》卷226，《景印文渊阁四库全书》。

② Morris Rossabi, ed., *China among Equals: The Middle Kingdom and Its Neighbors, 10th – 14th Centuries*, University of California Press, 1984, p. 3.

③ 陈述：《辽金两朝在祖国历史上的地位》，载《辽金史论集》第1辑，上海古籍出版社1987年版。

④ 《宋史》卷266《钱若水传》，第9168页。

⑤ 《辽史》卷83《耶律休哥传》，中华书局1983年版，第1803页。

⑥ 景德誓书之“（岁币于）雄州交割。沿边州军，各守疆界”等约定即表明双方承认既有边界。另，《续资治通鉴长编》卷137庆历二年（1042）七月壬戌载，宋辽交涉关南地，宋仁宗称关南十县是宋朝祖宗故地，“且澶渊之盟，天地神祇，实共临之”（第3285页）。重申这是澶渊之盟约定的边界。

中的主要障碍——燕云问题被暂时搁置，两国逐步形成了明确的对等国家关系，并通过一系列的用语、仪式和制度加以体现和规定。王庚武称这一关系为“在中国历史上直到现代为止最接近平等关系”①。宋人是否心安理得地视其为平等关系，又或在这一关系中，宋人有着怎样的微妙心理，他们有着怎样的言行表现。我们不妨通过以下方面展开分析。

（一）辽宋史官关于双方首倡交聘动议之争

公元974年，宋、辽双方开启了互派使者访问的首次友好交聘。关于此事，辽朝史官是如此记载的：保宁六年（974）“三月，宋遣使请和，以涿州刺史耶律昌术（一名合住，汉名琮）加侍中与宋议和。”②“七年春正月甲戌朔，宋遣使来贺。”③ 据此，我们可获取这样的信息：宋、辽首次交聘开始谈判的时间是公元974年3月，辽朝是在“宋遣使请和”与此前“数遣人结欢”的情况下派遣使者耶律昌术与宋谈判议和的。④ 双方经过近一年的协商，遂达成了某些协议，和谈取得成功。两朝谈判成功后，辽保宁七年（宋太祖开宝八年，975）春正月“宋遣使来贺”，宋朝首次派往辽朝贺正旦的使臣。这也就是说，在辽人看来，因宋朝主动，辽、宋首次交聘得以实现。

---

① 《王庚武自选集》，上海教育出版社2002年版，第71页。

② 《辽史》卷8《景宗上》，中华书局1974年版，第94页。据傅乐焕考证，耶律昌术“局本作耶律昌珠。按辽史八六耶律合住（改本作合卓）传：拜涿州刺史。宋数遣人结欢，合住表闻。帝许议和云云。所记情节与吕术事迹合。又圣宗纪：统和廿三年遣太保合住（改本作合卓）使宋。是年续长编记耶律昌主来使；是昌主合住（合卓）确为一人。契丹语昌术铁也，故昌术当为易术之误。”（见傅乐焕《辽史从考》，中华书局1984年版，第181页）又据罗继祖、陈述等先生考证，《辽史》所载的耶律合住、耶律昌术即宋人所记之耶律琮。可见，吕术、合住、琮实为一人三名，已成共识。但傅乐焕先生把圣宗统和二十三年（1005）遣太保合住使宋时的合住，与《辽史》卷86之耶律合住视为一人，显系有误。据《耶律综神道碑》所载，琮至少在保宁十一年（979）（本年十一月改元乾亨）前已卒。参见盖之庸《内蒙古辽代石刻文研究》，内蒙古大学出版社2002年版，第49页。

③ 《辽史》卷8《景宗上》，第94页。

④ 《辽史》卷86《耶律合住传》第1321—1322页，载：“数遣人结欢，冀达和意，合住表闻其事，帝许议和。”

同样是此事，北宋中期，宋人是如此记载的：杨亿《杨文公谈苑》之《耶律琮求通好书》称："开宝中，虏涿州刺史耶律琮遗书于我雄州刺史孙全兴，求通好曰'兵无交于境外，言即非宜；事有利于国家，专之亦可。'其文采甚足观。"[①] 北宋末南宋初成书的《宋朝事实类苑》和《类说》均对杨文予以全文收录，只是略加改动了个别字句，《类说》中将"兵无交于境外"之"兵"字，录为"官"字，后人又将其改为"臣"字等。[②] 这应该是宋人关于耶律琮与宋朝谈判的最早记录。而《辽史》中所记载的保宁六年（974）三月"宋遣使请和"及保宁七年（975）春正月"宋遣使来贺"之事，宋人并没有进行记载，疑宋朝史官有意隐去其遣使之事。

事隔二三十年后，北宋孙逢吉《职官分纪》则曰"国朝契丹自石晋后强盛，太祖平海内，势始衰弱。开宝七年中，使为（通'伪'）涿州刺史耶律琮以书遗雄州孙全兴，愿讲好于朝廷。八年，乃遣款附奉书来聘，自是乃通使矣"[③]。李攸《宋朝事实》同样记载道：开宝"七年十一月，其涿州刺史耶律琮以书遗知雄州孙全兴曰：'琮受君恩，猥当边任。臣无交于境外，言则非宜，事有利于国家，专之亦可。窃思南北两地，古今所同，曷尝不世载欢盟，时通贽币。往者晋氏后主，政出多门，惑彼强臣，忘我大义。干戈以之日用，生灵于是罹灾。今兹两朝，本无纤隙。若或交驰一介之使，显布二君之心，用息疲民，重修旧好，长为与国，不亦休哉！琮以甚微，敢于斯义。远希通悟，洞垂鉴详。'太祖命全兴以书答焉。八年三月（《宋史》作四月），遣款附使克沙骨慎思奉书来聘，

---

① 宋元笔记从书《杨文公谈苑》之《耶律琮求通好书》，上海古籍出版社 1993 年版，第 166 页。

② 参见（宋）江少虞《宋朝事实类苑》卷 78《安边御寇·契丹》，上海古籍出版社 1981 年版，第 1017 页；（宋）王汝涛等《类说校注》，《类说》宋人曾慥撰，福建人民出版社 1996 年版，第1585 页。

③ （宋）孙逢吉：《职官分纪》卷 45《国信使》，中华书局 1988 年版，第 829—830 页。

称契丹国。上命阁门副使郝崇信至境上迓之”[1]。此类记载，还可见之与稍晚于李攸的彭百川《太平治迹统类》卷2《太祖经略幽燕》之中。[2] 从这些记录中，我们可以得知如下信息：耶律琮首次与宋朝和谈的时间是在宋太祖开宝七年中至开宝七年十一月这一时间段内。透过“其文采甚足观”的《耶律琮求通好书》中的用词情形，诸如“求通好曰”“愿讲好于朝廷”可得知，在宋人看来，宋、辽首次交聘的实现则是辽朝主动的。

迨及南宋，士人同样有这样的看法，南宋王称在其《东都事略》中即称：“七年，其涿州刺史耶律琮以书遗雄州孙全兴乞修好。其书有云：‘臣无交于境外，言则非宜，事有利于国家，专之亦可。’全兴以闻。太祖命以书答之。遂遣其臣克妙骨谨思来聘，太平兴国二年，复遣使来贺。”[3] 其语气与观点与以往文书无异。

由此看来，关于宋、辽交聘，双方都刻意强调是对方主动请和的。尤其是宋人，反复陈述辽朝向宋朝主动请求和好之事，其文集、笔记、私史甚至官方史书在叙述宋辽初期关系时，均以耶律琮的《耶律琮求通好书》以示区别宋、辽两朝之身份地位的不同，在他们看来，夷狄番邦主动向天朝大国称臣纳贡，请求通好是亘古不变的礼仪。无疑，974年宋、辽走上了和谈的道路，经过长时间协商，至本年底，双方决定结束对抗，达成某些协议，宋、辽之间首次实现了平等的交聘关系。至辽景宗保宁元年（969）、宋太宗太平兴国四年（979）二月，两朝信使往来不绝，交往聘问之礼仪不断

---

① （宋）李攸：《宋朝事实》卷20《经略幽燕》，中华书局1955年版，第317页。格什古星什，据傅乐焕《辽史丛考》云“长编云：‘先是涿州遗孙全兴书云遣使克卜茂固舒苏，至是发书但云克舒苏’。据此辽国中仅作‘克舒苏’。宋会要蕃夷门作‘克慎思’，盖未改时面目。又其全名宋史作‘克沙骨慎思’，宋会要作‘克妙骨慎思’，东都事略太平治迹统类作‘克沙骨谨思’”。总之，各版本的汉字书写不一，但发音大体一致。

② （宋）彭百川：《太平治迹统类》卷2《太祖经略幽燕》。《四库全书》第408册，第35页。

③ （宋）王称：《东都事略》卷123《附录一》。赵铁寒主编之：《宋史资料萃编》第1辑，文海出版社1967年版，第1893—1894页。

规范，交聘制度得以初步确立，实现了真正意义上的和平。

（二）从“澶渊之盟”看宋、辽关系的实质

宋真宗景德元年（1004），辽圣宗南侵，深入宋境，宋真宗从寇准之议亲征，双方在澶州对峙，经宋降将王继忠从中斡旋，于十二月间（1005年1月）与辽订立盟约，因澶州在宋朝亦称澶渊郡，故史称“澶渊之盟”。澶渊盟约内容如下：

> 维景德元年岁次甲辰十二月庚辰朔七日丙戌。大宋皇帝谨致誓书于大契丹皇帝阙下。共遵成信，虔奉欢盟。以风土之宜，助军旅之费：每岁以绢二十万匹，银一十万两，更不差臣专往北朝，只令三司差人般送至雄州交割。沿边州军，各守疆界。两地人户，不得交侵。或有盗贼逋逃，彼此无令停匿。至于陇亩稼穑，南北勿纵惊骚。所有两朝城池，并可依旧存守。淘壕完葺，一切如常。即不得创筑城隍，开拔河道。誓书之外，各无所求。必务协同，庶存悠久。自此保安黎献，慎守封陲，质于天地神祇，告于宗庙社稷。子孙共守，传之无穷。有渝此盟，不克享国。昭昭天鉴，当共殛之。远具披陈，专俟报复。不宣谨白。[①]

就其誓书内容而言，并没有什么不平等之处，除宋每年送给辽岁币银十万两、绢二十万匹外，其他的规定对双方都具有同样的约束力。如互不骚扰边界，互不容纳叛亡，互不增加边防设备。而岁币是“以风土之宜，助军旅之费”，况且三十万匹两，对北宋来说并非什么大数目，《续资治通鉴长编》卷58就记载：曹利用谈判归来，“真宗遣内侍问曹利用岁币几何，利用以三指加额，内侍以为三百万，遂禀告真宗”，真宗这时的表现是：“上失声曰：‘太多。’

① （宋）庄绰：《鸡肋编》卷中，中华书局1983年版。

既而曰：'姑了事亦可耳。'"可见在宋人看来，以三十万换得边境的安宁，还是相当划算的。[①] 其实，早在澶渊盟约订立之前，宋真宗就非常迫切地想与辽达成和解，他认为："若屈己安民，特遣使命，遗之货财，斯可也。所虑者，关南之地曾属彼方，以是为辞，则必须绝议，朕当治兵誓众，躬行讨击耳。"[②] 从这里可见，宋真宗谈判的底线即是不割地，至于财物金钱之类都在所不惜。也就是在此时，宰相寇准建议进一步扩大战果，真宗回答是："数十年后，当有捍御之者"[③]，在宋真宗看来，对辽的首选出路即是和谈，其对辽的恐惧心理可见一斑。而实际上，当时真宗亲征，辽已是强弩之末，情况大不如前，"契丹西畏大兵，北无归路，兽穷则捕搏，物不可轻，余孽尚或稽诛，奔突亦宜预备。大河津济，处处有之，亦望量屯禁兵，扼其要害，则请和之使，不日可待"[④]。从中可知，宋并非完全没有抵抗能力，尚有取胜的可能，却订立了给予辽一定经济利益，有失体面的盟约。

概而言之，维护和好局面是宋、辽双方的基本意愿。如，韩德让去世时，宋朝担心的是辽朝"国主懦弱，自今恐不能坚守和好"。同时，宋真宗也坚信："朝廷始终待以诚信，彼之部族，亦当顺从也。"[⑤] 契丹征高丽败衄，宋真宗和王旦讨论还是认为"契丹或微弱，则愈依朝廷，必无负约之理。所虑弟兄之间，自相离异"[⑥]。辽圣宗闻宋真宗去世，"集蕃汉大臣，举哀号恸"，同时又担心："闻皇嗣尚少，恐未知通好始末，苟为臣下所间，奈何?"[⑦] 宋仁宗说："契丹，吾兄弟之国，未可弃也。"[⑧] 辽兴宗也说："南北修好岁久，

① （宋）李焘：《续资治通鉴长编》卷58。
② 《续资治通鉴长编》卷57，景德元年（1004）八月癸酉，第1269页。
③ （明）陈邦瞻：《宋史纪事本末》卷21《契丹盟好》，中华书局1977年版，第145页。
④ 《宋史》卷306《孙何传》，第10100页。
⑤ 《续资治通鉴长编》卷73，大中祥符三年（1010）正月丁巳，第1650页。
⑥ 《续资治通鉴长编》卷87，大中祥符九年（1016）六月丙申，第1996页。
⑦ 《续资治通鉴长编》卷98，乾兴元年（1022）六月乙巳，第2282页。
⑧ （宋）苏轼：《苏轼文集》卷18《富郑公神道碑》，中华书局1986年版，第525页。

恨不得亲见南朝皇帝兄。”[①]

实则，作为东亚最大的两个帝国，宋、辽都把对方既看作最大伙伴又看作最大的对手。如欧阳修所说“天下之患不在西戎，而在北敌”[②]。宋、辽双方也都清楚，维持对等关系的不是兄弟叔侄之情，而是实力。澶渊之盟后，宋真宗曾说：“国家虽怀柔示信，亦不废戎事，亦安敢渝盟？”苏颂在谈到契丹与西夏、高丽关系时说：“臣恐契丹见利投隙，而区区之盟誓岂足以保其心，而恃以为安乎？”[③] 王安石曾说：“今北朝又遣使生事，即南朝不免须修守备。修守备，缘不敢保北朝信义故耳。”[④] 萧韩家奴提醒辽朝皇帝说：“国家大敌，惟在南方。今虽连和，难保他日。若南方有变，屯戍辽邈，卒难赴援。我进则敌退，我还则敌来，不可不虑也。”[⑤] 他也指出，和平是以实力为基础的。宋、辽的国家关系是建立在各自国家利益基础上的，其实质是国家利益，而非兄弟亲情。宋辽交聘制度实质上就是两朝间确立的相互交往的某些礼仪规制，取用古代诸侯对等交往、友好聘问的形式来解决民族争端与纠纷，无疑是一种明智的选择，或者说是一种无奈的选择。

二　南宋人的外交理想

12 世纪初，女真族是辽朝统治下的一个部族，建国后十余年的时间中，“以小取大，以寡取众”[⑥]，先后推翻了政治、经济制度先进的辽、北宋，旋即又逼迫南宋王朝割让淮水以北的大片土地，并令其俯首称臣，宋金对峙局面形成。

---

① （宋）沈括：《梦溪笔谈》卷 25《杂志二》，大象出版社 2006 年版，第 190 页。

② 《历代名臣奏议》卷 326《御边》，上海古籍出版社 2012 年版，第 4222 页。

③ （宋）刘挚：《忠肃集》卷 6《论备契丹奏》，中华书局 2002 年版，第 131 页。

④ 《续资治通鉴长编》卷 251，熙宁七年（1074）三月乙巳，第 6113 页。

⑤ 《辽史》卷 103《萧韩家奴传》，第 1447 页。

⑥ （明）黄淮、杨士奇：《历代名臣奏议》卷 96，《景印文渊阁四库全书》第 435 册，台北：台湾商务印书馆 1983 年版，第 694 页。

（一）南宋人对“澶渊之盟”的评价

宋金之间的关系随着双方实力的变化而发生变化。宋金交往初期，依据“宋辽关系”的模式，实行“对等关系”。宣和五年（1123）三月，金人遣使来问：“今后通好，不知或为弟兄，或为叔侄，或为知友。”王黼说：“敌国往来，只可用知友之礼。”[①]《宣和乙巳奉使行程录》载：“金人既灭契丹，遂与我为敌国；依契丹旧例，以讲和好。每岁遣使，除正旦、生辰两番永为常例外，非泛庆吊别论也。”同书又说：“行人并依奉使契丹条例，所至州备车马，护送至界首。”[②] 可见，此时的宋金关系是对等的。但“靖康之难”后，宋金彼此之间的地位则发生了根本性的变化。宋金之间依次确立过“绍兴和议”（1142）、“隆兴和议”（1164）、“嘉定议和”（1208）三个和议。[③] 其中，“绍兴和议”规定“世世子孙，谨守臣节……岁贡银绢二十五万两、匹”，南宋由此完全沦为金的属国。“隆兴议和”后，金、宋的君臣关系改为“世为叔侄”；“嘉定议和”后，又将“世为叔侄”变为“世为伯侄”关系。尽管“隆兴和议”“嘉定议和”宋金之间由君臣关系变为“世为叔侄关系”，稍有改观，但双方的关系同样还是不平等的。迫于这样的现实，南宋人认为如果能与金人建立一种对等的外交关系，则是最佳之选择。这一点从南宋人对澶渊之盟的态度及对宋辽之间平等关系的认可即可清楚地看出。

南宋初期著名主战派代表李纲，就并不反对“盟约”之事，他在《论守御札子》中指出，“臣窃观自秦汉以来制御戎狄未有得上策者，惟本朝与契丹为澶渊之盟，守之以信，结之以恩，百有余

---

① （宋）徐梦莘：《三朝北盟会编》卷15《政宣上帙十五》，上海古籍出版社1987年版。

② （宋）钟邦直：《宣和乙巳奉使行程录》，陈乐素校补本，《求是集》第1集，广东人民出版社1984年版，第254、259页。

③ 有关此三项和议的内容，可参阅何忠礼、徐吉军《南宋史稿》，杭州大学出版社1999年版，第132、209、263页。

年”①。从中可见他对与契丹结盟的认同之意，而且在其看来，送给契丹的岁币仅是宋给予契丹的一种恩惠。其在《制虏论》中还指出：“当时盟誓之信，皎如日月，约束之严，曲为之防，通使有常时，赠贿有常数，燕犒有常礼，仆从有常制。其慰荐抚循，交际威仪，俯仰拜起，纤悉备具。故能结欢修好百有余年。并边之民不识兵革，振古以来所未尝有，谨守盟约，虽传之万世可也。故曰：得御夷狄之全策，惟本朝为然。”② 并且，在李纲看来，澶渊盟约“通使有常时，赠贿有常数，燕犒有常礼，仆从有常制”，两国之间完全是平等的，可见，李纲实际上并不赞成对边疆民族使用武力，认为“古来制御无上策，本朝镇抚诚得宜”③，即与边疆民族结为一种平等、互利、和平的关系是最恰当的。宋高宗也认为与金结盟是仿效“景德讲和”，称：“朕于政事专以仁祖为法。景德与契丹讲和，今日可以遵行。”④ 即使宋金“绍兴和议”与“澶渊盟约”大有不同，但高宗依然以之为法，来为自己开脱。南宋中后期的人亦认为澶渊盟约是北宋维持百余年安定的一项重要保障。王十朋有诗云：“昔在景德初，胡鲁（虏）犯中原。朝廷用莱公，决策幸澶渊。高琼虽武夫，能发忠义言。咏诗退虏骑，用丑枢相颜。銮舆至北城，断桥示不还。一箭毙挞览，夜半却腥膻。至仁不忍杀，和好垂百年。伟哉澶渊功，天子能用贤。”⑤

透过这些材料，我们可以发现，南宋人尽管尚未完全摆脱传统“朝贡”思想的影响，但大多还是从现实出发，予以高度评价“澶渊盟约”，认为澶渊之盟所建立的平等外交关系是可以效法的。

---

① （宋）李纲：《梁溪先生文集》卷 46，凤凰出版社 2011 年版，第 328—329 页。

② （宋）李纲：《梁溪先生文集》卷 143，清福建刻本，第 297 页。

③ （宋）李纲：《梁溪先生文集》卷 12《题富郑公画像》，凤凰出版社 2011 年版，第 99 页。

④ （宋）留正等：《增入名儒讲义皇宋中兴圣政中兴两朝圣政》卷 13，宛委别藏本。

⑤ 王十朋：《王十朋全集》卷 1《观国朝故事》，上海古籍出版社 1998 年版。

（二）南宋“和戎”的理论支撑

其实，中原王朝与边疆民族保持的这种对等关系，仅局限于操作层面，并不等同于人们观念上的平等。关于这一点，从历代史家论述的“华夷之辨”中就能找到依据。东汉著名史学家、文学家班固（32—92）就指出：“夷狄之人，贪而好利，被发左衽，人面兽心，其与中国殊章服、异习俗。饮食不同，言语不通，辟居北垂寒露之野，逐草随蓄，射猎为生，隔以山谷，雍以沙幕，天地所以绝外内也。是故圣王禽兽畜之，不与约誓，不就攻伐；约之则费赂而见欺，攻之则劳师而招寇。其地不可耕而食也，其民不可臣而畜也，是以外而不内，疏而不戚，政教不及其人，正朔不加其国；来则惩而御之，去则备而守之。其慕义而贡献，则接之以礼让，羁縻不绝，使曲在彼，盖圣王制御蛮夷之常道也。”① 班固这段论述表明史家有“四夷来朝”的“夷狄观”，同时还有“来则惩而御之，去则备而守之”的“夷狄观”。

班固的这种论点，南宋人对此亦有相应的解释。南宋立国的一个主导思想就是“和戎”，正是在这一历史背景下，产生了“中国”与“夷狄”共生这一理论。李纲《上道君太上皇帝札子》中写道：“臣闻中国夷狄相为盛衰，非徒人为，殆亦天数。”② 南宋中期的陆游同样作诗道：“汉家自古有夷狄，付与穷荒何足惜。”③ 李纲与陆游作为南宋不同时期的抗战派代表，其认识当然具有相当的典型性。宋高宗曾告诫大臣曰：“□□不可责以中国之礼。朕观三代以后，惟汉文帝待匈奴最为得体。彼书辞倨傲则受，而弗了较；彼军旅侵犯则御，而弗逐。谨守吾中国之礼，而不以责口口，此最为得体也。”④ “不以中国之礼责夷狄”，即要求各自安好。高宗虽

① （汉）班固：《汉书》卷94《匈奴传下》，中华书局1995年版。

② （宋）李纲：《梁溪先生文集》卷44《上道君太上皇帝札子》，第320页。

③ （宋）陆游：《剑南诗稿》卷15《明河篇》，岳麓书社1998年版，第372页。

④ （宋）留正等：《增入名儒讲义皇宋中兴圣政》卷27。另此处“□□”显然系清人所删改，疑为“夷狄”二字。

然昏聩，但他的这一认识却是为时人所继承贯彻。永嘉学派的代表人物叶适就曾将这一认识提升到理论高度，曰：“为国，以义、以名、以权。中国不治夷狄，义也。中国为中国，夷狄为夷狄，名也。二者为我用，故其来寇也，斯与之战，其来服也，斯与之接，视其所以来而治之者，权也。中国虽贵，夷狄虽贱，然而不得其义，则不可以治，不得其名，则不可以守，不得其权，则不可以应。”[①]“中国不治夷狄”正是叶适“事功”的价值观在政治领域的体现，其“中国为中国，夷狄为夷狄”各相安的思想实际与儒家“四夷来朝”理想如出一辙，依然是对“夷狄”的一种歧视。

南宋人反复言及“中国”与“夷狄”共生，“不以中国之礼责夷狄”，其实正是他们面对强敌，对“四夷来朝”这一传统理想的一种反思，南宋朝野所向往的依然是“但敷文德怀百蛮，边尘不动弓刀闲。汉人耕种胡人猎，陛下圣寿齐南山”的图景。[②]这在最高统治者都可看出。建炎元年（1127）开始，金兵不断追击南宋朝廷。宋高宗被迫走投无路，最后入海避难方躲过一劫。即便如此，在《诫谕帅臣修饬边备诏》仍说：“朕抚有方夏，收宁万邦，蛮夷向风，稽首来享。蠢兹西戎，昏迷不恭，敢雠大邦，诱逋逃之臣，率犬羊之旅，搔扰疆埸。”[③]即使已俯首称臣，还自诩为“大邦”，可见“向往朝贡”情结的根深蒂固。当时臣民亦是如此。楼钥即曰：“方今边陲虽靖，而夷狄未宾。”[④]李清照同样有诗云：“径持紫泥诏，直入黄龙城。北人定稽颗，侍子当来迎。”[⑤]（按此句中“北人”定是清人所改，原作应是“北虏”之类的称呼。）可见在南宋人的心目中，并不存在“平等之国”的概念，在他们的想象

① （宋）叶适：《水心先生文集》卷4《外论一》，四部丛刊初编本。

② （宋）刘才卲：《檆溪居士》卷2《塞下曲二首》之二，四库全书本。

③ （宋）李纲：《梁溪先生文集》卷36《诫谕帅臣修饬边备诏》，第277页。

④ （宋）楼钥：《攻愧集》卷20《论治道》，四部丛刊初编本。

⑤ （宋）李清照：《上枢密韩公工部尚书胡公并序》，（清）厉鹗《宋诗纪事》卷87，上海古籍出版社1983年版。

中，最好“夷狄来宾”，“侍子来迎”。南宋人回忆初与金人交往之时，说：“夫金虏，女真一小丑耳。当国家全盛之际，所忧者在辽夏，岂知有所谓女真者。”① 认为以堂堂大宋与蕞尔小国结盟，是宋有德于金。故南宋人谈到这段历史总会说，“女真以蕞尔小国结我盟好，受我封建，是我徽宗有大造金虏”②。这种良好的自我感觉，反映的正是宋人心目中一以贯之的“汉族中心主义—朝贡体系”理想。

三 宋人对与周边少数民族政权关系的认识

宋辽平等关系的出现，导致了天下两个政治中心、朝贡中心的出现；南宋统治者主动接受与金天下共主的地位。③ 面对如此巨变，最能体现天下观的“传统中国的华夷观念和朝贡体制”，在宋人思想中就“由实际的策略转为想象的秩序，从真正制度上的居高临下，变成想象世界中的自我安慰”④。这种“想象世界中的自我安慰”在宋人天下观中又具体表现为三个方面。

其一，作为人们疆域思想的一种表现方式，宋人“天下”在传统的实际疆域的基础上，又拓展出了理想疆域的内涵。如：“至道三年，分天下为十五路”中的“天下”，⑤ 就是指向实际疆域。而如：“诚以中原板荡，王业偏安，祖宗大一统之天下，仅存其半，其规模措置，不容不尔也。”⑥ 文中祖宗所开创的大一统天下，则既

---

① （宋）陈宓：《复斋先生龙图陈公文集》卷 23《朝散大夫直秘阁主管亳州明道官（宫）林公行状》，《续修四库全书》第 1319 册，据南京图书馆藏清抄本影印。

② （清）陈准：《北风扬沙录》，载《金史辑佚》，吉林文史出版社 1990 年版。

③ 南宋统治者主动向金称臣：“上（高宗）遣左副元帅宗维书，愿去尊号，用正朔比于藩臣。”李心传：《建炎以来系年要录》卷 23《建炎二年五月乙酉条》，《景印文渊阁四库全书》第 325 册，第 373 页。

④ 葛兆光：《宋代“中国”意识的凸显——关于近世民族主义思想的一个远源》，《文史哲》2004 年第 1 期。

⑤ （元）脱脱：《宋史》卷 85，中华书局 1977 年版，第 2094 页。

⑥ （明）黄淮、杨士奇：《历代名臣奏议》卷 99，台湾学生书局 1985 年版，第 1364 页。

有南宋实际控制的疆域内涵，同时又指向中原旧疆的理想疆域。面对中原板荡的时局，收复无望，士人大一统的社会理想，此时就主要在理论观念中得到表达，拓展出“不以今日之边为边，以祖宗之边为边。则规模必宏，制度必广，而后备御之策全矣”的疆域理想。[①]

其二，面对多样的民族关系，宋人突出了对正统的强调，以示证明自己仍是天下的中心。由此，判别中国之正统的标准，不再是具体的地域、种族，而是通过将“中国”抽象化、义理化，凭借政治传承、文化、民族为主要内容来凸显正统的地位。如陈师道《正统论》中指出“中国”的三要素是“天地之所合”“先王之所治”“礼乐刑政之所出”，[②]从文化、政权继承性等角度对正统性进行了界定。南宋末年，面对时局的变动，中原疆土的相继沦陷，郑思肖极力争正统，在他看来“夷狄素无礼法，绝非人类”[③]，唯有“圣人始可以合天下、中国、正统而一之”。宋作为“粹然一天”是大中至正之归矣，“不以有疆土而存，不以无疆土而亡”。[④]

其三，严华夷之辨成为时代的强音。宋人往往通过对政权、文化、地域等方面的强调，凸显华夏的自我意识。如“诏商贾往外蕃，不得辄带书物送中国官”，此为元祐七年（1092）二月丙辰，因“吴太伯以礼仪变夷之风，今庙貌虽崇而明号未正”[⑤]，宋哲宗为此下诏，诏书中的“中国”，即代指宋政权，天下格局中华夷主次关系的认识依然没有改变，国家政治实体的意义得到凸显。石介在《中国论》严格区分夷狄与华夏，极力论证宋朝的正统性与汉文

---

① （宋）刘达可：《璧水群英待问会元》卷72，《续修四库全书》，上海古籍出版社2002年版，第1218册，第73页。

② （宋）陈师道：《后山居士文集·正统论》卷7，第88册，书目文献出版社1988年版，第425—427页。

③ （宋）郑思肖：《郑思肖集》，上海古籍出版社1991年版，第177页。

④ （宋）郑思肖：《郑思肖集》，上海古籍出版社1991年版，第135页。

⑤ （宋）李焘：《续资治通鉴长编》卷470，中华书局2004年版，第11217页。

明的绝对优势，其关于“中国”与“四夷”的论说是宋代华夷观念严格化的重要体现，篇首便表明了中原与四夷的地域关系是：“夫天处乎上，居天地之中者曰中国，居天地之偏者曰四夷，四夷外也，中国内也。天地为之平，内外所以限也。”① 汉人居天下之中，是宋人中国意识、自我意识强化在地域上的集中体现。“内诸夏外夷狄”深深根植于人的观念之中。

从中可见，宋人既承认与辽的平等关系、与金的臣属关系；又极力维持以自己为中心的朝贡关系。如此巨变对宋人的边界观念产生了极大的影响。一是与以往不同的是，作为人们疆域思想表现形式之一的“天下”，既包括了宋人对现实疆域的认识，更凸显了宋人对理想疆域的认识。二是宋人关于天下中心地位标准的认识发生了变化，由朝贡体系中的中心地位、拥有中原的标准演变成了以正统、文化为标准。更加注重华夷大防，突出以“正统”作为天下中心的标准，政权的合法性与文化传承性成了其“正统”的应有内涵，宋人由此“有了实际的敌国意识和边界意识，有了关于中国有限的空间意思”②。“夷狄犯中国”的焦虑，使他们总是试图证明“中国（宋王国）”的正统性和“文明（汉族文化）”的合理性。③

◇◇ 第二节　使臣的出使心态

出使足迹勾画出地域空间的移动轨迹，而地域空间的移动又必然导致隐藏于其后的社会空间的变化。作为行人本身，其精神空间势必会因物理和社会空间的迁移变化而出现波动。而造成行人心理

① 石介：《徂徕石先生文集·中国论》卷10，中华书局1981年版，第117页。

② 葛兆光：《宋代“中国”意识的凸显——关于近世民族主义思想的一个远源》，《文史哲》2004年第1期。

③ 葛兆光：《宅兹中国——重建有关“中国”的历史论述》，中华书局2011年版，第41—65页。

空间变动的原因便是由社会空间迁移而表现出的行人政治身份的变化和地域环境的改变。外交格局的变化，对使臣的心态有着至深的影响。

一　宋朝遣辽使臣心态

宋宝元元年（1038）出使的韩琦发出疑问，到底该如何看待宋辽关系？他在《过古北口》中写道："天意本将南北限，即今天意又如何？"韩琦站在长城的古北口上慨叹：燕山山脉的南北自然条件优劣不同，加之秦汉所修的长城和燕山连在一起，人为地将中原和夷狄分开，可是到了宋朝，后晋石敬瑭割燕云十六州给辽，使辽朝与宋朝形成共据平原之势，因此他向天发问：到底哪里出了问题？既然改变不了现实，那就只有处理好宋辽关系，宋朝使臣提出要以诚相待。如彭汝砺《望云岭饮酒》："豚鱼尚可及人信，胡越何难推以心。"[①] 豚鱼都可以作为信物，更何况辽人呢？苏颂在《和宿牛山馆》中也追问道："恩信今无外，戎庭肯背盟？"[②] 宋朝推恩信对待辽，辽难道会背盟吗？

在战争与和平之间，当然要息战，维护和平，促进发展，事关宋辽人民的福祉。宋朝遣辽使臣进一步歌颂了宋朝皇恩。如沈遘《烽火台》："烽火销来五十年，居民初不识戈鋋。耕桑满野帝何力，千里边城自晏然。"《答老农》："圣主仁恩务息民，收兵方外卷威神。"郑獬《回次妫川大寒》："安得天子泽，浩荡渐穷荒。"表达了诗人希望在宋辽和平环境下，期望改变朔漠荒凉景色的愿望。苏颂《奚山道中》（后使辽诗）："渐使边氓归畎亩，方知厚泽遍华戎。朝廷涵养恩多少，岁岁轺车万里通。"王安石《澶州》："去都二百四十里，河流中间两城峙。南城草草不受兵，北城楼橹如边城。城中老人为予语，契丹此地经钞虏。黄屋亲乘矢石间，胡

① 《全宋诗》卷903，第16册，第10602页。

② 《全宋诗》卷531，第10册，第6415页。

马欲踏河冰渡。天发一矢胡无酋，河冰亦破沙水流。欢盟从此至今日，丞相莱公功第一。”① 肯定了寇准的贡献，以积极的心态肯定宋辽和平交往策略。

宋朝在军事上积弱，但在文化上还是非常高超的。中原仍然是文化中心，“汉节经过人竞看，忻忻如有慕华心”②，因而宋朝使臣更多表现出优于契丹的大国心态，将宋朝和汉朝相比，自己和贾谊并列。宋朝使臣谈到最多的是三表五饵。苏颂在《广平宴会》中写道：“玉帛系心真上策，方知三表术非疏。”王珪《长兴馆绝句》：“却谢汉恩颁五饵，载讼梳洗向山前。”苏辙《次韵子瞻相送使胡》：“汉家五饵今方验，更愧当年叹息人。”③ 苏辙在《虏帐》中进一步指出：“甘心五饵堕吾术，势类畜鸟游樊笼。祥符圣人会天意，至今燕赵常耕农。”天意就是人民爱好和平，不爱战争，百姓应休养生息。其实“三表五饵”是汉代贾谊提出的，由颜师古注释：“爱人之状，好人之技，仁道也；信为大操，常义也；爱好有实，已诺可期，十死一生，彼将必至：此三表也。赐之盛服车乘以坏其目，赐之盛食珍味以坏其口，赐之音乐妇人以坏其耳，赐之高堂邃宇府库奴婢以坏其腹，于来降者，以上召幸之，相娱乐，亲酌而手食之，以坏其心，此五饵也。”④ 贾谊说和亲并不能制止匈奴侵扰，于是提出“德战”，即怀柔、软化匈奴的五种措施。

在宋朝使臣看来，宋朝也确实推行了这些德战的策略。或用重金来怀柔北方的辽国，如沈遘《老农问》：“使者轺车岁不停，金缯兼载价连城。”⑤ 使臣的轺车每年都不停息地送给辽价值连城的丝和岁币。或以义来怀远，如苏颂的《初过白沟北望燕山》：“今日圣朝恢远略，偃兵为义一隅安。”宋朝皇帝有远略，合乎时宜地停

---

① 《全宋诗》卷542，第10册，第6510页。
② 《全宋诗》卷531，第10册，第6417页。
③ 《全宋诗》卷864，第11册，第10048页。
④ （汉）班固：《汉书》卷48《贾谊传》，中华书局1962年版，第2265页。
⑤ 《全宋诗》卷630，第11册，第7521页。

止战事，振兴文教。宋辽边事平静。或以信来怀柔，如苏颂的《中京纪事》："上心固已推恩信，天意从兹变燠旸。"宋朝坚持以恩德和信誉对待辽，让人感觉似乎天气都变得晴朗、暖和了。或直接提出尚德。如彭汝砺在《尚德》中写道："往日御夷谁似宋，今时尚德如尚尧。"《广平甸》："莫善吾皇能尚德，将军不用霍嫖姚。"[①]霍嫖姚即霍去病，就是说宋朝不会像汉朝那样，起用霍去病这样的大将，不用战争而用德行就可以处理好宋辽关系。刘跂的《使辽诗十四首》："自昔和戎便，于今出使光。胡星宵不见，汉节岁相望。州邑三餐返，沟封一苇航。太平无险固，道德是金汤。"[②] 太平要想保持稳固，不是看得见的长城，而是道德筑起的心理长城。从中，我们可感受到宋朝使臣对宋辽和平关系的肯定以及主动的促成，其积极的使辽心态可见一斑。

二　遣金使臣心态

"靖康之难"后，二帝被掳、中原沦丧。这在宋人心中留下了难以磨灭的伤痕，强烈的民族自尊心油然而生。与此同时，直面故国的忧心更为炽热。

宋朝不甘向金国屈膝，于是使臣就肩负议和、更定交聘礼仪等艰巨任务，前往金国交涉，易遭到金国的拒绝和刁难。尤其在宋、金关系紧张的时期，出使更是要冒着生命的危险。如南宋初期，出使金国的宋朝官员常被扣留，"六飞南渡，使金者几三十辈，其得生渡卢沟而南者，都阳洪公皓、安朱公弁、历阳张公邵，才三人耳。洪公、张公十五年，朱公十七年，其归皆以绍兴癸亥秋八月"[③]。《绍

---

① 《全宋诗》卷904，第16册，第10615页。

② 《全宋诗》卷1072，第18册，第12213页。

③ （宋）胡次炎：《梅严文集》卷7《跋辅轩唱和诗集》，《景印文渊阁四库全书》第1188册，台北：台湾商务印书馆1983年版，第569—570页。

兴甲寅通和录》中也称："建炎以来，朝廷遣使金国者，皆留而不报。"① 又如乾道六年（1170），宋孝宗遣范成大使金，到驿馆，"金主遣伴使宣旨取奏，成大之未起也，金廷纷然，太子欲杀成大，越王止之"，方得以"全节而还"。② 面对这种情况，使臣心怀民族大义，在出使时就已做好了以身殉国的准备，"凶礼强更为吉礼，夷风终未变华风。设令耳与笙镛末，只愿身糜鼎镬中"③。洪皓在漫长的流放生涯中，常以历史上的忠臣义士为楷模，追效其形，秉持忠贞节义。其《次韵学士重阳雪中见招不赴前后十六首》之九："七稔艰难不敢陈，行藏且问蓐收神。远来岂为谋身事，久执无缘厕国宾。妄意合成同晋楚，羞言著节继苏辛。哀哉庾信江南赋，闷读频移玉座春。"④ 洪皓借苏武的故事传达自己忠君爱国的决心。在金廷之上，使臣更是据理力争，力求不辱使命而还，表现出崇高的民族气节。

出使的特殊经历，使他们比常人更加深刻地体会到了家国沦丧的伤痛。其一，由南入北一路历经故国山河，引发社会空间变化，深深冲击着他们的心理，牵萦出强烈的爱国情怀。范成大出使时一路纪行兼抒怀创作使金组诗，其中尤以入汴京的故都重游感触最多，如新宋门外的《护龙河》"六龙行在东南国，河若能神合断流"、奇崛冠京城的《福胜阁》"劫火不能侵愿力，岿然独似汉灵光"、京城最大的《相国寺》"闻说今朝恰开寺，羊裘狼帽趁时新"、旧时御路"州桥南北是天街，父老年年等驾回"、汴京皇宫《宣德楼》"峣阙丛霄旧玉京，御床忽有犬羊鸣"、徽宗称道君时所

---

① （宋）徐梦莘：《三朝北盟会编》卷161《炎兴下帙》引王绘《绍兴甲寅通和录》，第1164页下。

② （元）脱脱等：《宋史》卷386《范成大传》，第11868页。

③ 傅璇琮等主编：《全宋诗》卷2557《留金馆作》，北京大学出版社1999年版，第29656页。

④ 所引用的出使诗均出自《全宋诗》，北京大学古文学研究所编，北京大学出版社1991年版。

居《壶春堂》“芳园留得觚稜在，长与都人作泪垂”。此外，许及之的《车行诗》“纵使中原平似掌，我车只作不平鸣”、《过相台》“魏国九京如可作，锦衣能复故乡留”，曹勋的《过邯郸》“兴废乃尔尔，人事徒营营”和楼钥的《灵璧道中》“膏腴满荆棘，伤甚黍离离”，均体现出行人的怀古、爱国之情。其二，忧见遗民。或是躲避嫌疑的漠视如“异时使者率畏风埃、避嫌疑，闭车内，一语不敢接”。或是无法回应遗民盼回銮驾诉求的遗恨和惭愧。如韩元吉使金时每有机遇便使亲故从行接触遗民，“然后知中原之人，怨敌者故在，而每恨吾人之不能举也”。曹勋也言故宋遗民是“闻南使过，骈肩引颈，气哽不得语。但泣数行下，或以慨叹，仆每为挥涕，惮见也”。或是对遗民恋宋情绪渐退的忧心。绍兴十一年（1141）使金的曹勋过汴京时察觉到这种遗民心理的变化而忧心忡忡：“虽觉人情犹向化，不知天意竟何如?”（《持节过京》）洪皓返宋途中遇遗民后代皆生于兵火之际而不知有宋，垂老遗民无奈言及：“我辈老且死，恐无以系思赵心。”其三，对胡风入中原的顾虑。范成大使金过汴京时已觉察遗民“久习胡俗，态度嗜好与之俱化”不禁感慨：“袨服云仍犹左衽，丛台休恨绿芜深。”（《丛台》）透过这些南宋使臣的诗作，我们可感受到他们面对出使更多呈现的是一种无奈与悲愤的心态。

从上可知，行记作者虽是往往将奉使行程作为记录的主要内容。“纪次其道路”“录其往返地理”等即是录行程的鲜明体现。但行程录的记述也经历了一个不断演变和逐渐完善的过程，由此可区分为不同的记述类型。王延德（939—1006）《西州使程记》以次录奉使高昌行程为轴心，又兼记所经诸地的见闻。[①] 这种只录地

---

① 如到伊州，记：“州将陈氏，其先自唐开元二年领州，凡数十世，唐时诏敕尚在。地有野蚕，生苦参上，可为绵帛。有羊，尾大而不能走，尾重者三斤，小者一斤，肉如熊，白而甚美。又有励石，剖之得宝铁，谓之吃铁石。又生胡桐树，经雨即生胡桐律。”（见王明清《挥麈前录》卷4，上海书店出版社2001年版，第29页）从整篇行记来看，王延德对使高昌行程的记录占有一半篇幅，另一半则记录他所闻见的高昌风俗，以及狮子王邀延德至北庭等事。

名的记程方式为其随后的，如王曾的《契丹志》、薛映的《薛映记》和宋绶的《契丹风俗》等行记所承袭，诸多作品的记录内容均可划分为两个部分：一部分记录使程经见，另一部分则是记录外交事迹和当地风俗。单说使程，王延德虽然将所经地名依次记录，可是几经研读也只能对其行程有一个宏观认识。不过对于宋代出使行记的记程方式而言，尽管这种录地名的书写模式是行记记程的最初原型，处于萌芽状态，但是起着基础性的作用。

正是延续这记程方式，又衍生出了地名（馆驿）加距离的记程模式，如路振的《乘轺录》[①]："六日，自新城县北行至涿州六十里，地下。十五里过横沟河，三十五里过桑河。涿州城南有亭曰'修睦'。是夕宿于永宁馆，城北有亭曰'望云'。"与《西州使程记》相比，《乘轺录》在记录行程的形式上，不仅增加了对馆驿之间距离的记录，而且在两驿之间还采录了较多所经地名及其距离。这一记程模式较《西州使程记》更加详细、具体，更为完整地描述了一条奉使路线。进而将地名（馆驿）加距离的记程模式进一步发展、完善的是沈括《熙宁使契丹图抄》，整篇行记几乎都在纪行，不仅记录了馆驿和距离，还记述了馆驿之间的方位和行进方向，并且对馆驿之间经见的记述更加细微，更为全面地介绍了行程细节，不仅将记程模式向前推进了一步，而且其表述行程的细致程度也远高于上述行记。而这其中真正把"程"的概念写入行记的，则是《宣和乙巳奉使金团行程录》，云："本朝界内一千一百五十里，二十二程，更不详叙。今起自白沟契丹旧界，止于虏廷冒离纳钵，三千一百二十里，计三十九程。"[②] 这种对行程次第的标明是为丰富和完善了对出使行程的记录。

可见，宋代行记的记程方式，大致经历了从次录地名到地名（馆驿）加距离，再到地名（馆驿）、距离和方位三者复合式记录

① （宋）路振：《乘轺录》，《丛书集成新编》第93册，第698页。

② （宋）确庵、耐庵编，崔文印笺证：《靖康稗史笺证》，中华书局1988年版，第2页。

的创作过程。只是记程体行记几乎省去对宋朝境内的记录，而是只记境外。如前《宣和乙巳奉使金国行程录》本朝境内的诸程都不曾详叙，所叙皆为境外，文末更是强调指出：“回程在路，更不再叙。”[①] 不只此书，《西州使程记》《乘轺录》《薛映记》《契丹志》《契丹风俗》《熙宁使契丹图抄》等都通常对境内经见不涉一语，而仅仅呈现境外片段。而渐随行记创作的繁荣，日记体引入行记，行记的内容与表现方式更是大为加强。

根据文献记录可知，具有日记形式的出使行记，南宋是北宋的两倍还多，就南宋而言，在不明确郑侨《奉使执礼录》、赵睎远《使北本末》、郑汝谐《聘燕录》、倪思《北征录》、余嵘《使燕录》等体式的情况下，即便是将它们排除在日记体之外，这一时期用日记方式创作的行记也占有一半比重。可以说，虽然北宋使臣也不乏用日记方式来创作出使行记，但是真正将这一体式普遍运用的是南宋使臣。这可从相关文献的表述中得到证明，北宋时期的日记体行记，往往需通过介绍以明示其体式，如周辉的《清波杂志》中介绍《刘氏西行录》是“往返系日以书”，张舜民自叙其《使辽录》是“排日记录”，与此相比，楼钥的《北行日录》、韩元吉的《朔行日记》、邹伸之的《使北日录》、韩淲的《涧泉日记》、徐霆的《北征日记》等，已直接以“日”“日录”命名其行记作品，而且其时目录家著录其作品时，也是直呼其为“日记”，如《郡斋读书志》称《揽辔录》是“往返地理日纪”，《直斋书录解题》称《乾道奉使录》是“使金日记”等。周辉自亦云：“辉自四十以后，凡有行役，虽数日程，道路倥偬之际，亦有日记。”[②]

再从日记体出使行记的文本内容来看，相较记程体行记，记录范围更广，完整记录境内外经见。如《北行日录》，从奉使初始日至使还到家，一百四十七日，每日都有记录，即使是出使前，无甚

---

① （宋）确庵、耐庵编，崔文印笺证：《靖康稗史笺证》，第43页。

② （宋）周辉撰，刘永翔校注：《清波杂志校注》卷9，中华书局1997年版，第406页。

可记之事的日子，作者依然记录了其时的时间和天气，如："二十三日甲辰。晴。天气清寒，方思近火。"① "二十七戊申，晴，风大作，抵暮不止"② 之类。记程方式创作的行记因受其形式的限制，往往是一半篇幅记录使程，另一半篇幅记录外交活动和当地风俗等内容，并不能体现出一篇行记的连贯性。而日记体行记比记程体行记的内容安排更为紧凑，作者以时间为单元进行连续记录，行程中的经见等内容被合理安排，内容紧凑有序。作者在记载行程经见的同时，抒发强烈的个人感情和旅行体验，行记的表现功能大为增强，客观上为更加细密、多元的记叙留出了空间。清人就曾指出："宋人行役多为日录，以记其经历之详。"③ 所言甚是。

诚然，出使行记作为例行之案牍文件，其优劣除了取决于使臣重视程度，还取决于执笔使臣或随员对地理认知之水准。如王曾在入山之后，即云"自此入山，诘曲登陟，无复里堠，但以马行记日景"，对于山地之认识或描述并没有体现出很好的办法。尤其对地理方位的描述大多还较为模糊，如路振的《乘轺录》所记多为"北行""东北行"等，而王曾入山后似乎已不辨方位，陈襄的《神宗皇帝即位使辽语录》则几乎不记方位。与此相反，沈括的《熙宁使虏图抄》则充满了浓郁的地理学意味。其记方位，除用"东北""东南"等概语外，往往有"过顿又三十里，至良乡，皆东行少北"，"逶迤正东至中京"等力求判定准确方位之表述。而其对沿途地形、河流与山川之描述则更为细致清晰，如"顿傍苍耳河，河广三丈，东流。过顿，陟坂衍十余叠，三十余里至新店。又行坂间，……自馆东北行，五里至澄州。路由西门之外。州有土垣，崇六七尺，广度一里，其中半空，有民家一二百，屋多泥墁，

---

① （宋）楼钥：《北行日录》，《全宋笔记》第6编第4册，第25页。

② （宋）楼钥：《北行日录》，《全宋笔记》第6编第4册，第27页。

③ （宋）程卓：《使金录》，《全宋笔记》第6编第5册，大象出版社2013年版，第128页。

间有覆瓦者，旧曰丰州”。虽寥寥数语，而沿途地势之高下，重要之地形地物变化，以及聚落之特征，几纤悉毕备。[①]

◇◇ 第三节　出使行记叙录

两宋使臣北使辽金等之行记创作维持了两百余年的繁荣。其中以出使辽夏金元为主，可以考见者有四十种。出使契丹的行记是北宋出使行记的主体。这方面较早的作品，集中出现在真宗朝，主要作品有王曙的《戴斗奉使录》、路振的《乘轺录》、王曾的《上契丹事》、薛映的《使辽行程录》、宋绶的《上契丹书》。仁宗朝以后有寇瑊的《奉使录》、余靖的《奉使录》、富弼的《奉使录》、范镇的《使北录》、刘敞的《奉使录》、陈襄的《奉使录》、宋敏求的《入蕃录》、沈括的《熙宁使虏图抄》、张舜民的《甲戌使辽录》等。

金灭辽以后，宋金交聘取代了宋辽交聘。徽宗末至高宗朝，出使行记的创作达到了高潮，代表作有赵良嗣的《燕云奉使录》、钟邦直的《行程录》、连鹏举的《宣和使金录》、许亢宗的《宣和乙巳奉使行程录》、沈珍的《南归录》、李若水的《山西军前奉使录》、郑望之的《靖康城下奉使录》、马扩的《茆斋自叙》、王若冲的《北狩行录》、杨应诚的《建炎假道高丽录》等，《三朝北盟会编》《建炎以来系年要录》《钦定重订大金国志》等引述颇丰。宋金议和以后，使金行记的创作仍不断涌现，主要有汪藻的《金国行程》、楼钥的《北行日录》、范成大的《揽辔录》、姚宪的《乾道奉使录》、韩元吉的《朔行日记》、周煇的《北辕录》、郑伻的《奉使执礼录》、郑汝谐的《聘燕录》、余嵘的《使燕录》、程卓的《使金录》、邹伸之的《使北日录》等。

---

① （宋）沈括：《熙宁使虏图抄》，《永乐大典》卷 10877；贾敬颜：《沈括〈熙宁使虏图抄〉疏证稿》，《五代宋金元人边疆行记十三种疏证稿》，第 122—169 页。

辽金元以外，与宋室保持外交关系的还有回鹘、吐蕃、党项、交州、大理、高昌、龟兹、于阗、甘沙、宗哥、大食及河西蕃部等，宋人也留下了这方面的行记，其可考者有王延德的《西州使程记》、刘涣的《刘氏西行录》、佚名的《蒲甘国行程略》《大理国行程》《高丽行程录》等数种。这些著述，所记详于驿馆里程，附及辽金治下之民物风俗，故于地理意义外，更具史料价值。

一 成书年代可考的出使行记

（一）《西州使程》（又名《西州程记》《高昌行纪》），王延德撰

《宋史·艺文志》传记类著录“王延德《西州使程记》一卷”[①]，《遂初堂书目》地理类著录有《西州使程经》[②]，未署作者姓名，当为同一书。

北宋太宗太平兴国六年（981），王延德（933—1006）以殿前承旨再迁供奉官出使高昌国（即西州回鹘，在今新疆吐鲁番附近），“自夏州渡河，经沙碛，历伊州，望北庭万五千里”，于雍熙元年（984）四月使还，撰“《西州程记》以献”。[③]《宋史·高昌国传》亦载：“雍熙元年四月，王延德等还，技其行程来献，云：……”[④]书中记有所过地名、族名及西州之地理风俗，近一千八百字。卷末谓雍熙元年（984）四月由旧路返抵京师[⑤]，《宋史》本传作二年，未审孰是。又《宋志》作《王延德西州使程记》1 卷，《说郛》（宛委山堂本）收有《高昌行记》1 卷。此据王国维校本。按王校

① 《宋史》卷 203《艺文志》，中华书局 1985 年版，第 5119 页。

② （宋）尤袤：《遂初堂书目》，《丛书集成初编》第 32 册，第 16 页。

③ 《宋史》卷 309《王延德传》，第 10157 页。

④ 《宋史》卷 490《高昌国传》，第 14110—14113 页。

⑤ 《西州使程记》篇尾所记“自六年五月离京师，七年四月至高昌，所历以诏赐诸番君长袭衣、金带、缯帛。八年春，与其谢恩使凡百余人復循旧路而还，雍熙元年四月至京师”。《宋史》卷 490《高昌国传》，第 14113 页。

《使高昌记》以宋王明清《挥麈录》所引校补《宋史·外国传》而成，较《说郛》本详尽可靠。

（二）宋镐等使交阯条列山川形势及桓事迹奏

宋太宗淳化元年（990）正月遣“左正言宋镐、右正言王世则使交州，以加恩制书赐王治及黎桓也”[①]。明年（991）六月使还，太宗遂令宋镐等条列山川形势及黎桓事迹以闻。今《续资治通鉴长编》《宋史·交阯传》[②] 均收录有宋镐等人所条列的内容，约计七百余字。《安南志略》卷3引作“宋镐行录”[③]。

（三）陈靖等奉使高丽行记

《宋史·高丽传》载宋太宗淳化四年（993）正月，高丽国王王治遣使白思柔贡方物并谢赐经及御制。同年二月，太宗遣秘书丞直史馆陈靖、秘书丞刘式为使，加王治检校太师。紧随其后便记载了陈靖等人的奉使经过，云：“靖等自东牟趣八角海口，得思柔所乘海船及高丽水工，即登舟自芝冈岛顺风泛大海，再宿抵瓮津口登陆，行百六十里抵高丽之境曰海州，又百里至阎州，又四十里至白州，又四十里至其国。治迎使于郊，尽藩臣礼，延留靖等七十余日而还，遗以袭衣、金带、金银器数百两、布三万余端，附表称谢。”[④] 可见陈靖、刘式等奉使高丽时应撰有行记。是书已佚。

（四）《至道云南录》（又名《天禧云南录》，或简称《云南录》），辛怡显撰

《郡斋读书志》伪史类，《遂初堂书目》《直斋书录解题》《宋史·艺文志》地理类均著录有“辛怡显《至道云南录》三卷”[⑤]，

---

① 《续资治通鉴长编》卷31《太宗》，第697页。

② 《续资治通鉴长编》卷31《太宗》，第698—699页。《宋史》卷488《交阯传》，第14061—14062页。

③ （宋）黎崱著，武尚清点校：《安南志略》，中华书局2000年版，第81页。

④ 《宋史》卷487《高丽传》，第14040—14041页。

⑤ （宋）晁公武撰，孙猛校证：《郡斋读书志校证》卷7，上海古籍出版社1990年版，第290页。《遂初堂书目》，第16页。（宋）陈振孙著，徐小蛮、顾美华点校：《直斋书录解题》卷8，上海古籍出版社1987年版，第267页。《宋史》卷204《艺文志》，第5154页。

是书已佚。案：《宋史·艺文志》故事类又著录“辛怡显《云南录》三卷”[①]，此处当为重出。

关于辛怡显的奉使事迹，如《郡斋读书志》曰：“蜀贼李顺既平，余党窜入云南，雷有终募怡显招出之。至道初，归，因书其所历，成此书。”又《直斋书录解题》曰：“左侍禁知兴化军辛怡显撰。李顺之乱，余党有散入蛮中者，怡显往招安之，继赐蛮酋告敕而归，遂为此录。天禧四年自序。”又《玉海》曰：“淳化五年，西蜀顺贼与南蛮结连，诏募命官士庶通边士者，往黎辐界招抚，时怡显自请行。至道元年（995年），讫事而归，是书备载始末云。”[②]由此可知，辛怡显在宋太宗淳化五年（994）出使云南，于至道元年（995）使还，其间撰有外交行记，所谓“因书其所历”“是书备载始末”，都表明此书记录的是他使云南期间的过往。今《续资治通鉴长编》《容斋随笔》《方舆胜览》等文献均存录有佚文。另据《续资治通鉴长编》所说：“辛怡显著《云南至道录》，载其国山川风俗及淳化末朝廷所赐诸驱诏甚具。”[③] 可略知此书内容。

（五）《乘轺录》（《粤雅堂丛书》本），路振撰

《郡斋读书志》伪史类、《直斋书录解题》传记类、《宋史·艺文志》传记类均著录有“路振《乘轺录》一卷”。[④]

路振（957—1014）字子发，永州祁阳（今属湖南）人，于真宗大中祥符元年（1008）擢官知制诰，受诏充契丹国诸生辰使，自雄州白沟河（宋辽界河）北上，经新城县、涿州（永宁馆）、良乡县、幽州（永和馆）、孙侯馆、顺州、檀州、虎北口、新馆、卧如（来）馆、柳河馆、（打造）部落馆、牛山馆、鹿儿（峡）馆、铁

① 《宋史》卷203《艺文志》，第5105页。

② 《郡斋读书志校证》卷7，第290页。《直斋书录解题》卷8，第267页。王应麟：《玉海》卷58《艺文》，广陵书社影印2007年版，第1114页。

③ 《续资治通鉴长编》卷10《太祖》，第228页。

④ 《郡斋读书志校证》卷7，第283页。《直斋书录解题》卷7，第203页。《宋史》卷203《艺文志》，第5119页。

浆馆、富谷馆、通天馆而止于辽之中京大定府（今内蒙古宁城县西南大明城）。书中所记，即北使所经。[1] 凡沿途城池驿馆与山川道里，载录颇详。卷首言“大中祥符元年知制诰路振所作《乘轺录》云”，中屡注某某以下为某言，后复题“崇宁五年次岁丙戌八月三日壬戌陈留县故墙法云寺伯宇记”。罗继祖、贾敬颜曾先后辑录过此书，分别收在《愿学斋丛刊》与《五代宋金元人边疆行记十三种疏证稿》中。今本《乘轺录》盖晁伯宇初收入《续谈助》中之辑本也；《十万卷楼丛书三编·续谈助》、《丛书集成初编·总类续谈助》均收有此录，《愿学斋丛刊》有罗继祖辑本。又闵宣化著有《乘轺录笺证》[2]，可资参考。

（六）宋抟等使契丹还上言

宋抟（943—1009）字鹏举，莱州掖县（今属山东）人。宋真宗景德四年（1007）九月“命户部副使、祠部郎中宋抟为契丹国母正旦使，供奉官、阁门祇候冯若拙副之”[3]。宋真宗大中祥符元年（1008）二月，宋抟等使契丹还，言：“契丹所居曰中京，在幽州东北，城垒卑小，鲜居人，夹道多蔽以墙垣。宫中有武功殿，国主居之，文化殿，国母居之。又有东掖、西掖门。大率颇慕华仪，然性无检束，每宴集有不拜、不拱手者。惟国母愿固盟好，而年齿渐衰。国主奉佛，其弟秦王隆庆好武，吴王隆裕慕道，见道士则喜。又国相韩德让专权既久，老而多疾。”[4] 宋抟等上言亦见载于《宋会要辑稿·蕃夷》，题为“上虏中事”[5]。

（七）《戴斗奉使录》，王曙撰

《郡斋读书志》伪史类著录“王曙《戴斗奉使录》二卷”，《宋

---

① “（宋真宗）大中祥符初（1008），使契丹，撰《乘轺录》以献。”《宋史》卷441《路振传》，第13062页。

② 贾敬颜：《五代宋金元人边疆行记十三种疏证稿》，中华书局2004年版，第39页。

③ 《续资治通鉴长编》卷66《真宗》，第1490页。

④ 《续资治通鉴长编》卷68《真宗》，第1527—1528页。

⑤ 《宋会要辑稿》卷5257《蕃夷二》，中华书局1957年版，第7692页。

史·艺文志》传记类则作1卷。[1] 是书已佚。

王曙字晦叔，隋东皋子续之后。世居河汾，后为河南人。王曙曾两使契丹：一是宋真宗景德三年（1006）冬十月“乙亥，以太常博士王曙为契丹国主生辰使，内殿崇班、閤门祗候高维忠副之”[2]。二是大中祥符二年（1009）十二月，“契丹国母萧氏卒，……腹命太常博士直史馆王随、内殿承制閤门祗候郭允恭高为祭奠使，太常博士判三司催欠凭由司王曙、供奉閤门祗候王承瑾岛吊慰使”[3]。

关于《戴斗奉使录》的文献著录有：《宋史·王曙传》载其平生著述，其中有“《戴斗奉使录》二卷”[4]。其卷数与《郡斋读书志》的著录相同，晁公武曰：“景德三年为契丹主生辰使，祥符三年为吊慰使所录也。”又尹洙《故推忠协谋同德佐理功臣枢密使金紫光禄大夫行尚书吏部侍郎检校太傅同中书门下平章事上柱国太原郡开国公食邑四千一百户食实封一千四百户赠太保中书令文康王公神道碑铭》说王曙：“再使北庭，作《戴斗奉使录》二卷。”又朱弁《曲洧旧闻》曰：“王文康再使，有《戴斗奉使录》三卷。”[5] 以上文献表明：《戴斗奉使录》成书于王曙第二次出使契丹之时，但各家所著录的卷数不一，《宋史》本传、晁公武、尹洙著录为2卷，而朱弁著录为3卷、《宋史·艺文志》著录为1卷。

（八）《契丹志》（又名《王沂公行程录》《王沂公上契丹事》《王曾上契丹事》《上契丹事》等），王曾撰

《遂初堂书目》地理类著录有《契丹志》一书，但未注明作者和卷数。《宋史·艺文志》地理类、《玉海·异域图书》均著录有

① 《郡斋读书志校证》卷7，第282页。《宋史》卷203《艺文志》，第5120页。

② 《续资治通鉴长编》卷64《真宗》，第1428页。

③ 《续资治通鉴长编》卷72《真宗》，第1645页。

④ 《宋史》卷286《王曙传》，第9633页。

⑤ 《郡斋读书志校证》卷7，第282页。（宋）尹洙：《河南集》卷12，《景印文渊阁四库全书》第1090册，第63页。（宋）朱弁：《曲洧旧闻》卷4，中华书局2002年版，第141页。

“王曾《契丹志》一卷”[①]。

王曾（978—1038）字孝先，青州益都（今山东青州）人。真宗大中祥符五年（1012）王曾以主客郎中知制诰充契丹国主生辰使，自雄州白沟经新城县、涿州、良乡县、幽州（永平馆）、孙侯管、顺州、檀州、金钩馆、古北口馆、新馆、卧如来馆、柳河馆、打造部落馆、牛山馆、鹿儿峡馆、铁匠馆、富谷馆、通天馆至中京（大同馆），归而上此书。按书中除录驿馆道里外，亦附记山川及民俗。此书版本颇多，《续资治通鉴长编》卷79、《契丹国志》卷24、《宋会要辑稿·蕃夷》、《文献通考·契丹》、《辽史·地理志》等文献皆有引录。此书名称也繁多，如《宋会要辑稿》作《上契丹事》，《契丹国志》作《王沂公行程录》，《元史·河渠志》作《北行录》等。

（九）《北庭记》（又名《虏中风俗》），晁迥撰

晁迥（951—1034）字明远，世为澶州清丰人，自其父佺，始徙家彭门。宋真宗大中祥符六年（1013）九月“乙卯，以翰林学士晁迥为契丹国主生辰使，崇仪副使王希范副之；龙图阁待制查道为正旦使，供奉官、閤门祗候蔚信副之”[②]。《北庭记》已佚，《宋史·晁迥传》载晁迥“使契丹，还，奏《北庭记》，加史馆修撰、知通进银台司”[③]。今《续资治通鉴长编》存录一段，当与此书相关，云：“迥等使还，言始至长泊，泊多野鹅鸭，辽主射猎，领帐下骑击扁鼓，绕泊惊鹅鸭飞起，乃纵海东青击之，或亲射焉。辽人皆佩金玉锥，号‘杀鹅杀鸭锥’。每初获，即拔毛插之，以鼓为坐，遂纵饮。最以此为乐。又好以铜及石为槌，以击兔。每秋，则衣褐裘，呼鹿射之。夏月以布易毡帐，藉草围棋，双陆或深涧张鹰。有言迥与辽人劝酬戏谑，道醉而乘车，皆可罪。上曰：‘此虽无害，

① 《宋史》卷204《艺文志》，第5156页。《玉海》卷16《地理·异域图书》，第304页。
② 《续资治通鉴长编》卷81《真宗》，第1848页。
③ 《宋史》卷305《晁迥传》，第10086页。

然使乎绝域，远人观望，一不中度，要为失体。’王旦曰：‘大抵远使贵在谨重，至于饮酒，不当过量。’上然之。”① 此段《宋会要辑稿》引作“虏中风俗”②。

（十）《上京记》（又名《上京记》《辽中境界》《虏中境界》《薛映记》《富郑公行程录》），宋薛映（字景阳）撰（见《续资治通鉴长编》卷88引）

真宗大中祥符九年（1016），薛映以枢密直学士工部侍郎充生辰使赴辽。此记当系历述途中行程及见闻，惜原书已散佚。③《续通鉴长编》卷88及《辽史》卷37所引，于白沟至中京均略而不载，自中京以上，所过驿馆道里则简略记载。今列书中所记中京至上京临黄府（即今内蒙古巴林左旗南波罗城）所经馆名如下：临都馆、官窑馆、松山馆、崇信馆、广宁馆、姚家寨馆、咸宁馆、保和馆、宣化馆、长泰馆、上京（景福馆）。④ 又《契丹国志》卷24录有《富郑公行程录》，内容与《续资治通鉴长编》《辽史》所引大致相同。此据傅乐焕、贾敬颜先生考证，富弼于康定元年（1040），庆历二年（1042）三使辽朝，皆在仁宗朝，与薛映使辽不符，《富郑公行程录》实为《薛映记》一书误题。⑤《宋会要辑稿》言已此书为《虏中境界》。贾敬颜先生曾疏证此书，更名为《辽中境界》⑥。

《富郑公行程录》　宋河南富弼（字彦国）撰　（见《契丹国志》卷24引）

仁宗庆历二年（1042），富弼以右正言知制诰假资政殿学士户

---

① 《续资治通鉴长编》卷81《真宗》，第1848—1849页。

② 《宋会要辑稿》卷5257《蕃夷》，第7696页。

③ 据今人傅乐焕《宋人使辽语录行程考》（《国学季刊》第5卷第4期，1935年9月），此书与《王沂公上契丹事》《宋绶上契丹风俗》均非原作，而系李焘等转抄自宋代官书《三朝国史》之《契丹传》。

④ 《续资治通鉴长编》所引，无姚家寨馆；《辽史》所引，漏临都、官窑二馆名。

⑤ 赵永春：《奉使辽金行程录》之《薛映记》“题解”，吉林文史出版社1995年版，第32页。

⑥ 《五代宋金元人边疆行记十三种疏证稿》，第104—109页。

部侍郎于六月及八月两度使辽，力拒割地，辨和战之利害，不辱使命而还。《行程录》当即撰于归使之后。然今《契丹国志》所引，据傅乐焕先生考证乃伪书，其文字与《薛映记》雷同，实即《薛映记》（见《宋人使辽语录行程考》）。又《续资治通鉴长编》及《文献通考·四裔考》亦有节录。金毓黻的《略论近期出土的辽国历史文物》则肯定此录并对所记松山馆及官窑馆址有所考证①。

（十一）《契丹风俗》（又名《上契丹书》《宋绶出使录》等），宋平棘宋绶（字公垂）撰（见《续资治通鉴长编》卷97引）

《续资治通鉴长编》载："宋绶等使还，上契丹风俗，云……。"②其内容达七百五十余字。

宋绶（991—1040）字公垂，赵州平棘（今河北赵县）人。真宗天禧四年（1020），宋绶以知制诰为贺生辰使，是录即使辽纪行之作。中京以南行程，盖欲前出诸语录无异说，故略而不记；中京以后，即经羖攊河馆、榆林馆、努图克乌苏馆、香山子馆、水泊馆、张司空馆以迄木叶山（在今内蒙古西拉木伦河与老哈河河流处），则详录馆名道里，附及奚、契丹语言风俗及生活习惯之差异。关于宋绶等上奏的《契丹风俗》，今《续资治通鉴长编》《文献通考》《宋会要辑稿》等文献均有引录；《辽史拾遗》卷一三引为《上契丹书》，《热河志》卷九七则作《宋绶出使录》。贾敬颜据此作有《契丹风俗疏证稿》③。

（十二）刘涣《刘氏西行录》（又名《西行记》）

《直斋书录解题》传记类著录"刘涣《刘氏西行录》一卷"，《宋史·艺文志》传记类则作《西行记》。④ 是书已佚。

刘涣（？—1078）字仲章，保州保塞人。《续资治通鉴长编》

① 参见《考古通讯》1956年第4期。
② 《续资治通鉴长编》卷97《真宗》，第2253—2254页。
③ 《五代宋金元人边疆行记十三种疏证稿》，第110—121页。
④ 《直斋书录解题》卷7，第203页。《宋史》卷203《艺文志》，第5120页。

载宋仁宗康定元年（1040）八月，“遣屯田员外郎刘涣使邈川谕唃厮啰出兵助讨西贼，涣请行也。涣出古渭州，循木邦山至河州国门寺，绝河，逾廓州，抵青唐城。唃厮啰迎导供帐甚厚，介骑士为先驱，引涣至庭，谕唃厮啰冠紫罗毡冠，服金腺花袍、黄金带、丝履，平揖不拜，延坐劳问，称‘阿舅天子安否’。道旧事则数十二辰属，曰兔年如此，马年如此云，涣传诏已，唃厮啰召酋豪大犒，约尽力无负，然终不能有大功也”①。

关于《刘氏西行录》，《直斋书录解题》载：“（康定二年）十月十九日出界，庆历元年三月十日回秦州。此其行纪也。”② 又周辉《清波杂志》载：“康定二年，刘涣奉使入西羌，招纳唃厮啰族部。……辉得《刘氏西行录》，乃涣所纪，往返系日以书，甚悉，且多篇咏。”③ 可见，刘涣奉使出境的时间在宋仁宗康定二年（1041），《西行录》是刘涣奉使西羌时撰写的往返行记，书中还有多篇纪行诗歌。

（十三）余靖《契丹官仪》

余靖（1000—1064）字安道，韶州曲江（今广东韶关）人。余靖曾三使契丹，一是宋仁宗庆历三年（1043）冬十月“丁未，以右正言、集贤校理余靖为契丹国母正旦使，代张昷之也”④。二是庆历四年（1044）冬八月“戊戌，右正言、集贤校理、同修起居注余靖假右谏议大夫、史馆修撰，为回谢契丹使”⑤。三是庆历五年（1045）春正月“庚辰，右正言、知制诰、史馆修撰余靖为回谢契丹使，引进使、恩州刺史王克基副之”⑥。余靖《武溪集》卷18“杂文”录《契丹官仪》一篇，一千二百余字。《契丹官仪》载有

---

① 《续资治通鉴长编》卷128《仁宗》，第3035页。

② 《直斋书录解题》卷7，第203页。

③ （宋）周辉撰，刘永祥校注：《清波杂志校注》卷10，中华书局1994年版，第4页。

④ 《续资治通鉴长编》卷144《仁宗》，第3482页。

⑤ 《续资治通鉴长编》卷151《仁宗》，第3678页。

⑥ 《续资治通鉴长编》卷154《仁宗》，第3739页。

余靖自叙，曰："契丹旧俗，皆书于国史《外国传》矣。予自癸未至乙酉，三使其庭，凡接送馆伴、使副、客省、宣徽，至于门阶户庭趋走卒吏，尽得款曲言语。彼中不相猜疑，故询其人风俗，颇得其详。退而志之，以补史之阙焉。"① 可见此篇包含了他三次奉使契丹所收集的信息。

（十四）范镇《使北录》

范镇，字景仁，成都华阳人。宋仁宗至和二年（1055）八月辛丑，以"起居舍人、直秘阁、知谏院范镇为契丹国母正旦使，内殿承制、閤门祇候王光祖副之"②。《宋史》本传载其使契丹事迹曰："契丹、高丽皆传诵其文。少时赋《长啸》，却胡骑，晚使辽，人相目曰：此'长啸公'也。兄子百禄亦使辽，辽人首问镇安否。'"③ 其《使北录》已佚，今从宋代文献中辑出两条。其一，"予尝使契丹，接伴使萧庆者谓予言：'连但人不粒食，家养牝牛一二，饮其乳，亦不食肉，粪汁而饮之，肠如筋，虽中箭不死。'"④ 其二，"范镇《东斋纪事》曰：契丹使者萧庆言：契丹牛马有熟时，一如南朝养蚕也。有雪而露出草一寸许，此时牛马大熟，若无雪，或雪没草，则不熟"⑤。这两条记录很有可能出自《使北录》。汪应辰《题范蜀公集》云："按蜀公墓志公《文集》一百卷、《谏垣集》十卷、《内制集》二十卷、《外制集》十卷、《正书》三卷、《乐书》三卷。公，成都人也。某守成都，凡三年，求公文集，虽搜访殆遍，来者不一，而竟五全书，盖公之没距今八十年矣。窃意岁月愈久，则虽此不全之书，亦或未易得也。于是以意类次，为六十二卷。曰《乐议》、曰《使北录》，不见于墓志，亦恐其初文集

① （宋）余靖：《武溪集》卷18，《景印文渊阁四库全书》第1089册，第174页。

② 《续资治通鉴长编》卷180《仁宗》，第4365页。

③ 《宋史》卷337《范镇传》，第10790页。

④ （宋）范镇：《东斋记事》附录（一）辑遗，中华书局1980年版，第59页。

⑤ （宋）曾慥辑：《类说》卷22"契丹风俗"，文学古籍刊行社1955年版，第22页。厉鹗：《辽史拾遗》卷24，《丛书集成初编》第3901册，第437页。

中未必载也。而《乐议》或特出于世俗所裒辑，今皆存之。”①

(十五) 王安石《王文公送伴录》(又名《王介父送伴录》)

《遂初堂书目》本朝杂史类著录有《王文公送伴录》，又本朝故事类著录为《王介父（一本作“甫”）送伴录》，② 此处当为重出。是书已佚。

宋仁宗嘉祐五年（1060）初，曾以王安石等为送伴使，伴送辽国贺正旦使回国。大约在当年二三月份，他们返回汴京。其“送伴录”应作于此时。

(十六) 宋敏求《入蕃录》(又名《入番录》)

《宋史·艺文志》传记类著录“宋敏求《入番录》二卷”③，是书已佚。

宋敏求（1019—1079）字次道，召州平棘（今河北赵县）人。嘉祐六年（1061）闰八月，以“度支判官、刑部员外郎、集贤校理宋敏求为契丹生辰使，西染院副使、简门通事舍人张山甫副之”④。

关于《入蕃录》，苏颂的《龙图阁直学士修国史宋公神道碑》说宋敏求“记当官所闻见与其应用，则有《三川下官录》、《入蕃录》、《春明退朝录》，各二卷”⑤。又范成大的《琉璃河》诗自注提及《入蕃录》，诗云：“烟林葱倩带回塘，桥眼惊人失睡乡。健起寨帷揩病眼，琉璃河上看鸳鸯。”注云：“此河大中祥符间路振《乘朝耸》亦谓琉璃河，惟嘉祐中宋敏求《入番录》乃渭之六里河，大抵胡难得其真。”⑥ 可见此书是宋敏求奉使契丹时的纪行之作。

---

① （宋）汪应辰：《文定集》卷10，《丛书集成初编》第1987册，第116—117页。
② （宋）尤袤：《遂初堂书目》，第9、10页。
③ 《宋史》卷203《艺文志》，第5121页。
④ 《续资治通鉴长编》卷195《仁宗》，第4717页。
⑤ （宋）苏颂：《苏魏公文集》卷51，中华书局1988年版，第775页。
⑥ （宋）范成大：《范石湖集》卷12，上海古籍出版社2006年版，第156页。

（十七）《神宗皇帝即位使辽语录》1卷，宋侯官陈襄（字述古）撰（《辽海丛书》本）

英宗治平四年（1067）正月，神宗即位，陈襄以谏议大夫为告登位使使辽，五月十日至雄州白沟驿，六月十五日抵神恩泊，十九日还至白沟，所记即终于此，其行程，自白沟至神恩泊所经驿馆为：新城县、涿州、良乡县、幽州（永平馆）、望京馆、顺州、檀州（密云馆）、金钩驿、古北口馆、新馆、卧如（来）馆、柳河馆、打造（部落）馆、牛山馆、鹿儿峡馆、铁浆馆、富谷馆、长兴馆、中京（大同馆）、临都馆、官窑馆、松山馆、崇信馆、广宁馆、会星馆、咸宁馆、黑崖馆、三山馆、赤崖馆、柏石馆、中路馆、顿城馆。是录所记，除详于驿馆道里外，多为两国使臣酬答之辞，故称之为语录。又陈襄上书时署守尚书工部郎中充密阁校理，此职乃奉使还后所迁，故知是录当即撰于使还之日，《辽海丛书》本《使辽语录》，系据日本《静嘉堂文库》抄本校补该库所藏宋本《古灵集》末所附《使辽语录》而成（以上二说，见金毓黻《使辽语录叙》）。

（十八）《熙宁使虏图抄》，宋钱塘沈括（字存中）撰（中华书局影印本《永乐大典》第10877卷“虏”字条引[①]）

《宋秘书省续编到四库阙书目》地理类著录有“沈括使虏图钞一卷”。《通志·艺文略》地理类亦著录“《使辽图抄》一卷”，注“沈括撰”。[②]

沈括（1031—1095）字存中，宋杭州钱塘（今浙江杭州）人。宋神宗熙宁八年（1075）三月“癸丑，右正言、知制诰沈括假翰林侍读学士，为回谢辽国使，西上閤门使、荣州刺史李评假四方馆

① 据考证《永乐大典》引作《西溪集·熙宁使虏图抄》，应作《长兴集·熙宁使虏图抄》。参见陈德芝《关于沈括的〈熙宁使虏图抄〉》，《历史研究》1978年第2期。

② 叶德辉：《宋秘书省续编到四库阙书目》，《丛书集成续编》第3册，台湾：新文丰出版公司印行1988年版，第243页下。《通志二十略》，第1584页。

使副之"[1] 使辽，驳斥辽国的争地要求，南归后将沿途所经山川地理、民物风俗编集献上，又"别为《图抄》二卷，转相补发，以备行人"。此外，另编集有关此次出使的奏文和在辽廷辩论的经过，为《入国奏请并别录》同时献上。据陈德芝先生考证：(1)《入国奏请并别录》见陈振孙《直斋书录解题》著录，全文不存，仅《续资治通鉴长编》卷261、263、265摘引部分流传。《熙宁使虏图抄》见《通志·艺文略》(作《使辽图抄》)及《宋史》本传(作《使契丹图抄》)著录，前人皆以为早已佚亡。在《梦溪笔谈》中，沈括也多次谈到此次使辽的见闻，但都是一鳞半爪。这篇重要著作被淹没了几百年，它的重新发现，是一件颇有意义的事。(2)《图抄》就所历路程和记载精详方面超过其他现存《语录》，如路振、王曾只到辽中京，《乘轺录》所记上京一段系得自传闻，很不可靠。薛映只简略记载中京至上京一段路程。宋绶也只记中京至木叶山一段。陈襄《语录》虽是从白沟至神恩泊(在今克什克胜旗)的完整记录，但太简单。王曾只记录了馆驿间的距离和主要山川，没有记所行方向；陈襄则只记日程、馆名等，而没有记里程和方向。《乘轺录》记载较详，但也没有说清楚路途的迂回曲折，且所记方向有错误。沈括不仅经历全程，而且出古北口后走过一段迂回曲折的路程；又由于沈括在地理学方面有很深的造诣和丰富的测量经验，因此他对所经山川、馆驿、里程、方向和沿途景物的描述，比他人更为详细和精确可靠，可以补充《辽史》空缺和纠正旧史料失实之处甚多。

(十九) 窦卞《熙宁正旦国信录》

《直斋书录解题》传记类著录"《熙宁正旦国信录》一卷"，曰："天章阁待制窦卞熙宁八年使辽所记。"[2] 是书已佚。窦卞字彦法，曹州冤句(今山东菏泽)人。《宋史》本传未载窦卞使辽之

---

① 《续资治通鉴长编》卷261《神宗》，第6362页。

② 《直斋书录解题》卷7，第204页。

事，唯《续资治通鉴长编》记宋神宗熙宁八年（1075）八月“丙申，……刑部员外郎、集贤校理、同修起居注窦便为正旦使，皇城使曹诵副之”[①]。此“窦便”当为“窦卞”之误。

（二十）杨景略《奉使句罐丛抄》

苏颂的《龙图阁待制知扬州杨公墓志铭》称杨景略撰有“《奉使句耀丛抄》十二卷”[②]。是书已佚。杨景略（1039—1086），字康功，河南人。因高丽国王王勋卒，需遣使吊祭，故于宋神宗元丰六年（1083）九月“丙辰，承议郎、左司郎中杨景略为高丽祭奠使，供备库副使兼阁门通事舍人王舜封副之；朝散郎钱勰为吊慰使，西头供奉官、閤门祇候宋球副之”[③]。此书当为杨景略使高丽时所录。

（二十一）《张舜民使北记》，宋汾州张舜民（字芸叟，自号浮休居士，又号矴斋）撰（见《契丹国志》卷25引）

张舜民字芸叟，汾州（今陕西彬县）人。哲宗元祐九年（1094），亦即绍圣元年（1094），张舜民以秘书少监充回谢大辽吊祭使，是编即“录其往返地里及话言也”。《宋史·艺文志》故事类简称为《使辽录》。[④] 又《画墁录》卷6《投进使辽录长城赋札子》，自述使辽经过及撰书上达事，颇为翔实；今录以供参证：

> 臣近伏蒙圣慈，差奉使大辽，寻具辞免，不获俞允，勘会昨于元祐九年，差充回谢大辽吊祭宣仁圣烈皇后礼信使，出疆往来，经涉彼土，尝取其耳目所得，排日记录，因著为《甲戌使辽录》。其始以备私居、宾友燕言之助，今偶呈圣选，辞不免行，因检括旧牍，此书尚在。其间所载山川、井邑、道路、风俗，至于主客之语言，龙庭之礼数，亦可以备清间之览观。

① 《续资治通鉴长编》卷267《神宗》，第6545页。

② （宋）苏颂：《苏魏公文集》卷56，中华书局2004年版，第852页。

③ 《续资治通鉴长编》卷339《神宗》，第8167页。

④ 《郡斋读书志校证》卷7，第284页。《宋史》卷203《艺文志》，第5107页。

并《长城赋》一篇，涉猎古今，兼之风戒，谨缮写成册，副以缣幞，随状进呈。虽尘渎睿明，雅无诵训之学，仅得乘轺之略，亦所以见臣子区区原隰，王事靡盬，不遑启处之意。[①]

《宋史·艺文志》作《张舜民使边记》，晁氏《读书志》作《张浮休使辽录》，芸叟自称《甲戌使辽录》，其实一也。今《契丹国志》所引仅涉契丹风俗杀狐林、兜元国、割马肝、雕窠生猎犬、吹叶成曲、银牌、佛妆，以车渡河等八条，盖原书已佚，此为所辑残文也。傅乐焕的《宋人使辽语录行程考》一谓宋使臣《语录》多出随员之手，二谓使还上《语录》已早为定制。今观芸叟的《投进使辽录长城赋札子》，似未必尽然。

《使辽录》不著撰人（商务印书馆刊《说郛》本）

题名《使辽录》，书中又尝言“如南人越时耕种”，“如中国之岱宗”，则此录为北宋使臣所撰，似无可疑。唯全篇仅百六十七字，所记亦只因时渔猎、祠祭黑山及物妆四条，而银牌与物妆两条，文字与《契丹国志》所引《张舜民使北记》中银牌、佛妆两条雷同，疑陶氏所辑残文或与叶氏所引同出芸叟之《使辽录》。

（二十二）吴栻《鸡林》（又名《鸡林志》）

《宋史·艺文志》传记类著录“吴栻《鸡林记》二十卷”[②]。是书已佚。

吴拭，又作吴栻。宋徽宗崇宁二年（1103），诏户部侍郎刘逵、给事中吴拭往使高丽，[③] 王云为书记官。《鸡林记》当为吴拭使高丽时所撰。

据《玉海·异域图书》“崇宁《鸡林志》”条记载：“书目《鸡林志》二十卷，崇宁中吴拭使高丽撰，载往回事迹及一时诏诰。

① （宋）张舜民：《画墁集》卷6，《丛书集成初编》第1948册，第49页。
② 《宋史》卷203《艺文志》，第5121页。
③ 《宋史》卷487《高丽传》，第14049页。

又三十卷王云撰，其类有八，自高丽事类至海东备检（云从拭使高丽）。”[①] 可知吴拭和王云在使高丽期间均撰有行记，并且都以《鸡林志》作为书名。为此，后人常常混淆二书，但从《玉海》的著录可见，吴拭《鸡林记》主要是载录行程事迹和外交公文，而王云《鸡林志》则采用分门别类的形式，重点记录趣闻逸事。

（二十三）王云《鸡林志》（又名《奉使鸡林志》）

《郡斋读书志》伪史类著录王云编次“《鸡林志》三十卷”，《直斋书录解题》传记类著录为“《奉使鸡林志》三十卷”，[②]《宋史·艺文志》传记类亦有著录。是书已佚。

王云字子飞，泽州人。《宋史》记载宋徽宗崇宁二年（1103）诏户部侍郎刘逵、给事中吴拭往使高丽[③]，王云为书记官从使高丽，使还，撰《鸡林志》以进[④]。今考《说郛》（宛委山堂本）卷60上收有《鸡林志》一书，阙撰人名，共录佚文八条。《辽史拾遗》引录王云《鸡林志》五条，与《说郛》本中五条相同。《续资治通鉴长编》卷452与查慎行《苏诗补注》卷29各注引《鸡林志》一条。高似孙《剡录》卷7与赵彦卫《云麓漫抄》卷4各引《鸡林志》一条，但未注明作者。计《鸡林志》现存佚文十条，存疑两条。

（二十四）孙穆《鸡林类事》

《遂初堂书目》地理类著录有《鸡林类事》，但无作者和卷数。《直斋书录借题》传记类著录《鸡林类事》3卷，亦不录作者。《玉海·异域图书》著录《鸡林类事》3卷，云：“崇宁初，孙穆撰叙土风、朝制、方言，附口宣、刻石等文。”[⑤]《宋史·艺文志》卷204亦有著录。是书已佚。

据安炳浩推断：孙穆使高丽当在宋徽宗崇宁二年（1103），与

---

① 《玉海》卷16《地理·异域图书》，第305页。
② 《郡斋读书志校证》卷7，第292页。《直斋书录解题》卷7，第204页。
③ 《宋史》卷487《高丽传》，第14049页。
④ 《宋史》卷357《王云传》，第11229页。
⑤ 《玉海》卷16《地理·异域图书》，第305页。

刘逵、吴拭、王云等同使高丽。[①] 又据《说郛》辑注《鸡林类事》称“奉使高丽国信书状官”，可明孙穆的使职。现《说郛》（宛委山堂本）卷55、《说郛》（商务印书馆本）卷7、《五朝小说·宋人百家小说偏录家》、《五朝小说大观·宋人百家小说偏录家》等文献都存录有《鸡林类事》佚文。

（二十五）榭皓条列辽国山川地理名物

《福建通志》载榭皓字德夫，宋徽宗大观三年（1109）辽使至，需索无厌，“接伴使张閈不能对，徽宗命（榭）皓代之。……乃以太常少卿充贺正旦国信使，归，条具北地山川、地理、名物以闻”[②]。《山西通志》亦载：“谢皓字商老……辽使至，命皓代张閈等接对。……明年，以太常少卿使辽，比还，凡北界山川、地理、名物情状皆以闻。”[③] 可知谢皓又字商老，曾于大观四年（1110）使辽，并条录有北地见闻，现已失传。

（二十六）陶悦《使北录》（又名《奉使录》）

《三朝北盟会编》政宣上帙六，宣和四年（1122）四月二十三日辛亥“童贯驻军高阳关宣抚司揭榜示众”下，引录有《使北录》[④] 一书，未署作者名。是书主要记述了宋徽宗政和七年（1117），“以司封员外郎陶悦假太常少卿为国信使，知霸州李邈副之”[⑤]，出使辽国，使还，陶悦等向童贯对答辽国情况，并建议宋徽宗取消童贯所陈奏的伐辽之事。

关于《使北录》，《建炎以来系年要录》记载：“（政和）七年春，尚书司对员外郎陶悦使辽而归（二月癸未），具言敌未可图。会知枢密院事邓洵武亦不以为然，事得暂止。”注云：“此以陶悦

① 详见安炳浩《〈鸡林类事〉及其研究》，《北京大学学报》1986年第6期。

② （清）谢道承等编纂：《福建通志》卷48，《景印文渊阁四库全书》第529册，第623页。

③ （清）曾国荃、王轩等修纂：《山西通志》卷100，《续修四库全书》第644册。

④ （宋）徐梦莘：《三朝北盟会编》卷7，上海古籍出版社2008年版，第38—39页。

⑤ 《三朝北盟会编》卷6，第38页下。

《奉使录》参修，录云：‘二月中旬，贯北伐，前军发，悦归，奏敌未可图，事乃寝。’建炎末，悦以此赠秘阁修撰。”又《三朝北盟会编》引《使北录》文末记载：“建炎末，臣僚以此上言，有旨褒赠告词曰：‘故承议郎陶悦，朕信赏必罚，以励多士，彰善瘅恶，以风四方。……庶以伸久郁之公议，贲不朽之余光，尚其有知，钦此茂宠。可特赠秘阁修撰。”[①]《会编》和《要录》都记录了将陶悦行记赠予秘阁修撰之事，这说明《会编》所引《使北录》与《要录》所引《奉使录》当为同一书。

（二十七）连南夫《宣和使金录》

《直斋书录解题》传记类著录连南夫有“《宣和使金录》一卷”，说：“太常少卿安陆连南夫鹏举吊祭阿骨打奉使所记。”[②] 是书已佚。《宋史·徽宗本纪》载宣和六年（1124）春正月“戊寅，遣连南夫吊祭金国。”[③]《金史·交聘表》亦载太宗天会元年“十二月，遣孛堇李靖告哀于宋，二年四月，宋始遣太常少卿连南夫等来吊”[④]。

（二十八）徐兢《宣和奉使高丽图经》

《直斋书录解题》地理类著录“《高丽图经》四十卷”，说：“奉议郎徐兢明叔撰。宣和六年路允迪、傅墨卿使高丽，兢为之屡，归上此书，物图其形，事为之说。今所刊不复有图矣。”[⑤]《遂初堂书目》《文献通考·经籍考》《宋史·艺文志》亦有著录。

徐兢（1091—1153）字明叔，号自信居士。宣和五年（1123），以国信所提辖人船礼物官身份随使高丽，归国后第二年进呈所撰《宣和奉使高丽图经》40卷。其著书的目的是希望像古代行人一样

① （宋）李心传：《建炎以来系年要录》卷1，中华书局1956年版，第3页。《三朝北盟会编》卷6，第39页。

② 《直斋书录解题》卷7，第204页。

③ 《宋史》卷25《徽宗本纪》，第413页。

④ 《金史》卷60，中华书局1975年版，第1390—1391页。

⑤ 《直斋书录借题》卷8，第267页。

用书“复命于王”，让“深居高拱”的天子，能“周知天下之故”“察四方万里之远”。另外，此书采用“物图其形，事为之说”的记录形式，收集逸闻三百余条，篇幅长达40卷。[①]《四库全书总目》提要介绍：“其书分二十八门，凡其国之山川、风俗、典章、制度，以及接待之仪文，往来之道路，无不详载。而其自序尤拳拳于所绘之图。此本但有书而无图，已非完本。然前有其侄蒇题词一首，称书上御府，其副藏家。靖康丁未，兵乱失之。后从医者得其本，惟《海道》二卷无恙。又述兢之言，谓世传其书，往往图亡而经存。欲追画，不果就，乃以所存者刻之澂江郡斋。周辉《清波敦志》亦称兢仿元丰中王云所撰《鸡林志》为《高丽圆经》。物图其形，事为其说。盖徐素善丹青也。……乾道中刊于江阴郡斋者，即家间所传之本，图亡而经存。盖兵火后徐氏亦失元本云云，是宋时已无图矣。”[②] 于此可明此书在流传过程中的传抄和刊刻情况。

（二十九）《宣和乙巳奉使金国行程录》1卷（见《三朝北盟会编》卷17、卷20引）

宋徽宗宣和五年（1123），金太祖完颜旻身死而由太宗晟嗣立。六年五月金之告登位使达汴京，宋廷遣奉议郎尚书司封员外郎许亢宗往贺，[③] 次年正月戊戌启程，八月甲辰还阙，往返逾七阅月。按《宋史·徽宗纪》及《大金国志》系此事于宣和六年（1124），《三朝北盟会编》置于七年；《金史·交聘表》作太宗天会三年（1126），同《会编》。日人松井等撰《许亢宗の行程录に见ゅる辽金时代の满洲交通路线》（见收《满洲历史地理》第2卷），因书名作《宣和乙巳奉使录》，遂谓《宋史》及《大金国志》皆误。然《宋史》等所记盖为命下之日，《会编》等所记乃成行之时，实无正误之分

① （宋）徐兢：《宣和奉使高丽图经》，载《全宋笔记》第3编第8册，大象出版社2008年版，第7—8页。

② （清）永瑢等：《四库全书总目》卷71史部地理类，中华书局1965年版，第631页。

③ 《大金国志》作著作郎；《金史·交聘表》作龙图阁直学士。

也。是录卷首记奉使缘起、从行人数与所备礼物；次记行程，于宋朝界内略而不叙，而起白沟、契丹旧界，第一程自雄州至新城县，后依次至涿州、良乡县、燕山府、潞县、三河县、蓟州、玉田县、韩城镇、清州、滦州、望都县、营州、润州、迁州、习州、来州、海云寺、红花务、锦州、刘家庄、显州、兔儿涡、梁鱼务、没咄孛堇寨、沈州、咸州、同州、信州、蒲里孛堇寨、黄龙府、托撒孛堇寨、漫七离孛堇寨、和里闲孛堇寨、句孤孛堇寨、达河寨、蒲达寨以迄上京会宁府（今黑龙江省阿城县南五里白城），凡三千一百二十里，[①] 三十九程，详述驿馆道里，间或涉及州县沿革及金人治下之民生状况，于宋人行记中，凡记东北一线者，当推《熙宁使虏图抄》与此录为最详备。又该录首言“……甲辰年，阿骨打忽身死，其弟吴乞买嗣立，差许亢宗充奉使贺登位”；第二十八程记接伴使与许亢宗酬答时，复谓：“许亢宗，饶之平乐人，以才被选，为人醞籍似不能言者，临事敢发如此，虏人颇壮之。”则此录出自从行文职之手，甚为明显。《三朝北盟会编》刊引此录最为详备；《大金国志》卷40于首尾略有删节，《靖康稗史》亦然。近人赵诒琛、王大隆更据《会编》校补常熟丁国钧手抄本《靖康稗史》之《宣和乙巳行程录》，收入《乙卯丛编》中。然今《会编》所引六千多字，赵、王辑本似仍有遗漏。近阅陈乐达先生《三朝北盟会编考·宣和乙巳奉使行程录校补》[②]，对书名、撰人等有精辟考订，并用不同版本对全书详加校补，实为此书之功臣。

（三十）《松漠纪闻》1卷《续编》1卷《补遗》1卷，宋鄱阳洪皓（字光弼）撰（《学津讨原》本）

《直斋书录解题》为史类著录洪皓“《松漠纪闻》二卷”，云：“皓奉使留敌中录所闻杂事。”[③]

---

① 《大金国志》作引作二千七百五十里。

② 见《历史语言研究所季刊》第六本、第二分。

③ 《直斋书录解题》卷5，第140—141页。

洪皓（1088—1155）字光弼，饶州鄱阳（今江西波阳）人，宋徽宗政和五年（1115）进士。高宗建炎三年（1129），洪皓以徽猷阁待制假礼部尚书为大金通问使，被囚冷山及燕京十五年，归国后复遭秦桧之忌，被贬官英州之际，追述留金见闻，会私史之禁，故秘而不传。长子适于绍兴二十六年（1156）为之校刊成《松漠纪闻》正续而卷，次子遵于孝宗乾道九年（1173）又增补所遗十一事为《补遗》1 卷。按是编所记，本金国杂事，今因述及上京会宁府历宾、胜、信、宿、兴、广、县、茂、隰、润、平、蓟诸州归至燕京之馆驿里程一条，亦备行记之一格而于研究辽金时代东北交通有所裨益者，故兼而收录。

今传《松漠纪闻》有《顾氏文房小说》《雪津讨原》《说郛》《历代小史》《古今逸史》《豫章丛书》《辽海丛书》等版本，《大金国志》《三朝北盟会编》等文献亦有部分引录。此外，据《中国古籍善本书目》记载，《松漠纪闻》目前尚有以下善本存世：《松漠纪闻》2 卷、补遗 1 卷，有明刻本和清乾隆四十一年（1776）吴翌凤抄本；《松漠纪闻》2 卷，有清抄本一种；《松漠纪闻》1 卷、续 1 卷，有明抄本和清抄本各一种；《松漠纪闻》1 卷、补遗 1 卷，有清抄本一种。[①]

（三十一）《西征道里记》，宋金华郑刚中（字亨仲）撰（《丛书集成》本）

高宗绍兴九年（1139）[②] 和议初成，金人归还陕西，郑刚中以左宣教郎试秘书少监充枢密行府参谋，从签书枢密楼公谕往安抚。是编即记道路所经，《自序》甚详：“至于所过道里，则集而记之，虽搜览不能周尽，而耳目所际，亦可以验遗踪而知往古，与夫兵火凋落之后，人事兴衰，物情向背，时有可得而窥者。”按郑刚中此

① 《中国古籍善本书目·史部》，上海古籍出版社 1992 年版，第 236—237 页。

② 《自序》作“绍兴乙未，上以陕西初复”。查绍兴无乙未，九年己未，正值和议成立，金人归还河南、陕西。则知乙未系刊误。

行，自临安水程进至泗州，泗州以后改陆行，经由临淮、虹县、汴京、郑州、荥阳、新安、陕州、阌乡、华州、永兴、武功等地至凤翔，后循旧路归返，至泗州改从平源、天长、大仪出镇江府，然后舟行以还，“凡水陆六十驿，往来七千二百里”（见《自序》）。

是记见收于《金华丛书》中，商务印书馆又据以排印入《丛书集成初编·史地类》。

（三十二）何铸《奉使杂录》

《直斋书录解题》传记类著录何铸“《奉使杂录》一卷”，曰：“绍兴十二年，何铸使金所录礼物、名衔、表章之属。”[①] 是书已佚。

何铸字伯寿，浙江余杭人。他曾两度使金：一是宋高宗绍兴十一年（1141）十一月“乙卯，以何铸签书枢密院事，充金国报谢进誓表使”[②]。副使为曹勋，善“占对开敏”。“召入内殿，帝洒泣，谕以恳请亲族之意。及见金主，正使何铸伏地不能言，勋反复开谕，金主首肯许还梓宫及太后。”[③] 事毕，何铸等价绍兴十二年（1142）二月还京。二是绍兴十六年（1146）“九月甲戌，命何铸等为金国祈请使，请国族”。《奉使杂录》是何铸第一次使金所撰。

（三十三）无名氏《馆伴日录》

《直斋书录解题》传记类著录“《馆伴日录》一卷”，曰：“无名氏。绍兴二十四年（1154）。”[④] 是书已佚。

今据《建炎以来系年要录》《宋史》等文献记载，宋高宗绍兴二十四年（1154）入宋使仅金国派遣国两次：一是五月“辛未，金主遣金吾卫上将军工部尚书耶律安礼、正议大夫尚书吏部侍郎许霖来贺天申节”。二是十二月“乙巳，金主使骠骑上将军签书枢密院事白彦恭、中散大夫守右谏议大夫充翰林待制同知制诏胡励来贺

① 《直斋书录解题》卷7，第205页。
② 《宋史》卷29《高宗本纪》，第551页。
③ 《宋史》卷379《曹勋传》，第11700—11701页。
④ 《直斋书录解题》卷7，第205页。

来年正旦”①。不知是何人馆伴时所录。

（三十四）《北行日录》2卷，宋四明楼钥（字大防）撰（《知不足斋丛书》本）

《直斋书录解题》传记类著录“《北行日录》一卷”，曰：“参政四明楼钥大防，乾道己丑，待次温州教授，以书状官从其舅汪大猷仲嘉使金纪行。”②《国史经籍志》地理类著录为“《北行杂录》一卷”③。

楼钥（1137—1213）字大防，宋明州鄞县（今浙江宁波）人。孝宗乾道五年（1169），楼钥待次温州教授以书状官从其舅氏汪大猷使金。十月十八日起程赴京，十一月十日舟发临安，十八日渡江登瓜州，继由邗沟经高邮、宝应、淮阴而过洪泽，二十九日于盱眙泛长淮至泗州，泗州以后改车乘经宿州、符离、永城、穀熟由旧路南返，迄明年三月六日抵家。是编详记所过城镇与道里，附记州县沿革，清周中孚《郑堂读书记》谓“南宋人使北诸记，当以是录称观止焉”，实非虚誉。又书中描述汴水淹塞断流之状及黄河渡口之改变等情，于古水道变迁之研究，或可资参证。

（三十五）《揽辔录》1卷，宋吴郡范成大（字致能，号石湖居士）撰（《知不足斋丛书》本）

《郡斋读书志》著录范成大“《揽辔录》二卷”，《直斋书录解题》传记类则作“《槛辔录》一卷”④，《宋史·艺文志》《文献通考·经籍考》传记类均著录为《揽辔录》1卷。

范成大（1126—1193）字致能，号石湖居士，吴郡人。孝宗乾道六年（1170），范成大以资政殿大学士充国信使使金，六月甲子出国门，八月戊午渡淮，经归德、雍丘、陈留、南京（开封）、汤

---

① 《建炎以来系年要录》卷166，第2717页；卷167，第2739页。

② 《直斋书录解题》卷7，第205页。

③ （宋）焦竑辑：《国史经籍志》卷3地理朝聘，《丛书集成初编》第25册，第108页。

④ （宋）赵希弁：《读书附志》，《郡斋读书志校证》，第1131页。《直斋书录解题》卷7，第205页。

阴过羑河达相州，复北行过漳河入曹操讲武城，继由台城镇之邯郸沙河于柏乡、良乡一线止于金之中都大兴府（今北京）。

《揽辔录》为范成大使金时所撰，《郡斋读书志》注云："往返地理日记也。"《直斋书录解题》注云："参政吴郡范成大至能乾道六年使金所闻见。"[①] 是录所记，于燕宫殿城坊及汴京在金人治下之状况较详。唯与《骖鸾录》《吴船录》相比，全编似嫌简略。清鲍廷博《石湖纪行三录跋》谓此书原有2卷[②]，亡佚甚早，今为所辑残本耳。其言或可信从。《续百川学海》《宝颜堂秘笈》《稗乘》《丛书集成初编》《说郛》均收录是编。

（三十六）姚宪《乾道奉使录》

《直斋书录解题》传记类著录"《乾道奉使录》一卷"，曰："参政诸暨姚宪令则乾道壬辰使金日记。"[③] 是书已佚。

姚宪字令则，会稽（今浙江绍兴）人。他于宋孝宗乾道八年（1172）二月，"使金贺上尊号，附请受书之事"[④]，曾觌任副使。当年七月，姚宪等至金国，不料金人拒其请受书之事。

（三十七）韩元吉《朔行日记》

韩元吉（1118—1187）字无咎，号南涧，开封雍邱（今河南开封市）人，一作许昌（今属河南）人。宋孝宗乾道八年（1172）十二月"丁巳，遣韩元吉等贺金主生辰"[⑤]。《金史·交聘表》亦载大定十三年（1173）"三月癸巳朔，宋试礼部尚书韩元吉、利州观察使郑兴裔等贺万春节"[⑥]。《朔行日记》当是韩元吉使金时所撰。是书已佚。

---

① （宋）赵希弁：《读书附志》，《郡斋读书志校证》，第1131页。《直斋书录解题》卷7，第205页。

② 此从晁氏《读书志》之说。按《宋志》及《直斋书录解题》均作1卷。

③ 《直斋书录解题》卷7，第205页。

④ 《宋史》卷34《孝宗本纪》，第653页。

⑤ 《宋史》卷24《孝宗本纪》，第654页。

⑥ 《金史》卷61《交聘表中》，第1431页。

（三十八）《北辕录》一卷，宋淮海周辉（字昭礼）撰（《历代小史》本）

周辉字昭礼，淮海人。宋孝宗淳熙三年（1176）十一月“庚午，遣张子正等贺金主生辰”①。周辉随使。《北辕录》亦载：“淳熙丙申十一月二十九日，诏待制敷文阁张子政，假试户部尚书充贺金国生辰使，皇叔祖右监门卫大将军士褒，假明州观察使、知东上阁门兼客省四方馆事副之。”② 周辉等人于淳熙四年（1177）正月七日出国门，当年四月十六日回至家，是行往返凡九十六日。《北辕录》即是周辉此行的往返日记，据《中国古籍善本书目》著录，是书现存清初钱曾家抄本1卷。③《续百川学海》《古今说海》及《说郛》亦收录此书。

（三十九）郑侨《奉使执礼录》

《直斋书录解题》传记类著录“《奉使执礼录》一卷”，说“进士郑俨撰。淳熙己酉中书舍人莆田郑侨惠叔使金贺正，会其主雍病笃，欲令于閤门进国书，侨不可。已而雍殂，遂回”④。

郑俨，无文献可考。郑侨字惠叔，福建莆田人。《大金国志》记载：“大定二十九年（1189年，时宋淳熙十六年），是冬，宋以中书舍人郑侨充贺正旦使，閤门张时修副之。以岁暮抵燕，时帝病已笃。传旨：‘使人免朝见，令就东上閤门进书。’侨与时修力争，以为东上閤门者乃臣寮进献表章之地，本朝皇帝国书岂当于此投进？往复争辩，至漏下十数刻，乃令且就馆相待。至元日晚，忽传帝命：‘以使人欲面进书，今已过期，可遣还。’明日帝崩，实大定二十九年余二日也。”⑤ 据此可见，郑俨和郑侨可能同是一人，

① 《宋史》卷34《孝宗本纪》，第662页。

② （宋）周辉：《北辕录》，《全宋笔记》第5编第9册，第192页。

③ 《中国古籍善本书目·史部》地理类二，第991页。

④ 《直斋书录解题》卷7，第205—206页。

⑤ （宋）宇文懋昭著，崔文印校证：《大金国志校证》卷18《世宗皇帝》，中华书局1986年版，第251页。

“俨”应属“侨”之误写。故《奉使执礼录》当是郑侨使金时所录，现已失传。

（四十）郑汝谐《聘燕录》

《遂初堂书目》地理类著录“郑汝谐《聘燕录》”①。是书已佚。

郑汝谐字舜举，浙江青田人。宋光宗绍熙三年（1192）九月“戊子，遣郑汝谐等使金贺正旦”②。《聘燕录》应是郑汝谐使金时所撰。《齐东野语》存有郑汝诗一首，可能与《聘燕录》相关，说：“时聘使往来，旁午于道。凡过盱眙，例游第一山，酌玻璃泉，题诗石壁，以纪岁月，遂成故事，镌刻题名几满。绍兴癸丑，国信使郑汝谐一诗云：‘忍耻包羞事北庭，奚奴得意管逢迎。燕山有石无人勒，却向都梁记姓名。’可谓知言矣。噫！开边之用固无穷，而和戎之费亦不易，余因详书之。”③

（四十一）倪思《北征录》

《宋史·艺文志》传记类著录倪思“《北征录》七卷”④。是书已佚。

倪思字正甫，湖州归安（今属浙江）人。宋光宗绍熙四年（1193）九月“壬午，遣倪思等使金贺正旦”⑤。《北征录》应是倪思的使金纪行之作。

（四十二）虞俦使金行记

虞俦《使北回上殿札子》曰：“臣待罪柱史，迟钝无取，蒙陛下畀节，报谢金庭。所得于询访闻见之实者，臣已口奏及见于进呈录矣……”⑥ 据此可知，虞俦使金应撰有行记。是书已佚。虞俦字寿老，宁国（今属安徽）人。《宋史·宁宗本纪》载庆元六年

---

① （宋）尤袤撰：《遂初堂书目》，第16页。
② 《宋史》卷36《光宗本纪》，第704页。
③ （宋）周密：《齐东野语》卷12，中华书局1983年版，第216页。
④ 《宋史》卷203《艺文志》，第5124页。
⑤ 《宋史》卷36《光宗本纪》，第706页。
⑥ （宋）虞俦：《尊白堂集》卷6，《景印文渊阁四库全书》第1154册，第135页。

（1200）十二月，遣虞俦使金报谢。[①]《金史·交聘表》亦载泰和元年（1201）“三月乙亥，宋试刑部尚书虞俦、泉州观察使张仲舒等来报谢”[②]，其使金行当撰于此时。

（四十三）余嵘《使燕录》

《直斋书录解题》传记类著录余嵘“《使燕录》一卷”，曰：“尚书户部郎龙游余嵘景瞻撰。嘉定辛未，嵘使金贺生辰，会有鞑寇，行至涿州定兴县而回。”[③] 是书已佚。

余嵘字景瞻，衢州龙游（今属浙江）人。《宋史·宁宗本纪》载嘉定四年（1211）“六月丁亥，遣余嵘贺金主生辰，会金国有难，不至而还”[④]。刘克庄《龙学余尚书神道碑》曰：“公有《使燕录》一卷，纪金鞑情况尤详。”[⑤]

（四十四）《使金录》，宋休宁程卓（字从元）撰（《碧琳琅馆丛书》本）

《续文献通考·经籍考》杂史类、《四库全书总目》杂史类存目均著录有“程卓《使金录》一卷”[⑥]。

程卓字从元，徽州休宁（今属安徽）人。程大昌从子，淳熙十一年（1184）进士。嘉定四年（1211）“九月二十八日，有旨以朝散郎尚书刑部员外郎程卓，假朝请大夫、试工部尚书、清化郡开国侯、食邑一千户、食实封一百户、赐紫金鱼袋，充贺金国正旦国信使。忠州防御使、知大宗正事赵师岩，假昭信军承宣使、左武卫上将军、天水县开国伯、食邑七百户，充贺金团正旦国信副使”[⑦]。程卓等奉使金朝，往返共用时四月。是录于盱眙以北经东京达燕府之

---

① 《宋史》卷37《宁宗本纪》，第728页。

② 《宋史》卷62《交聘表下》，第1470页。

③ 《直斋书录解题》卷7，第206页。

④ 《宋史》卷39《宁宗本妃》，第757页。

⑤ （宋）刘克庄：《后村先生大全集》，《四部丛刊初编》第215册。

⑥ （明）王圻：《续文献通考》卷163《经籍考》，王云五等主编：《万有文库十通》，商务印书馆，第4153页。《四库全书总目》卷52，第472页。

⑦ （宋）程卓：《使金录》，《续修四库全书》第423册，第443页。

山川古迹及城镇道里，排日记载，甚为详悉。卷末记二月一日还至盱眙，并谓接伴使李希道等“往返不交一谈，无可记述；彼意盖欲掩匿国中扰攘，故默默云”。是故于饮宴以外，少有涉及金事者，所记亦告终于此。此书又被《碧琳郎馆丛书》《芋园丛书》《芋花庵丛书》收录，存跋文两篇。另据《中国古籍善本书目》著录，是书尚存清乾隆五十七年释在观抄本和清李鹤俦抄本。①

（四十五）赵拱《蒙鞑备录》

《国史经籍志》卷3地理、《徐氏红雨楼书目》卷2外夷均著录有宋孟珙“《蒙鞑备录》一卷”；《历代小史》卷65收其文，题为“《蒙鞑备录》一卷，宋孟拱撰”。经王国维在《蒙鞑备录笺证》中辨正“孟拱”当为“赵拱”之误。②

赵拱于宋宁宗嘉定十四年（1221）出使蒙古。《齐东野语》卷一九记载：“贾涉为淮东制阃日，尝遣都统司计议官赵拱往河北蒙古军前议事。”③ 奉使期间，赵拱笔录闻见成书，共设立十七个门目，依次是：立国，鞑主始起、国号年号、太子诸王、诸将功臣、任相、军政、马政、粮食、征伐、官制、风俗、军装器械、奉使、祭祀、妇女、燕聚舞乐。今《说郛》本是此书现存最早的版本，而在通行诸本中，以王国维《蒙鞑备录笺证》最佳。

（四十六）邹申之《使北日录》（又名《使鞑日录》《使燕日录》《使蒙日录》等）

《续通志·艺文略》《续文献通考·经籍考》杂史类均著录有“邹伸之《使北日录》一卷”④。《千顷堂书目》《宋史艺文志补》

① 《中国古籍善本书目·史部》杂史类，第241页。

② 王国维：《蒙鞑备录跋》，《观堂集林》卷16，中华书局1959年版，第802页。

③ （宋）周密：《齐东野语》卷19，第346页。

④ 《续文献通考》卷163《经籍考》，万有文库十通本，第4153页。《续通志》卷158《艺文略》，万有文库十通本，第4190页。

则作《使鞑日录》。[①]

《宋史》记载宋理宗绍定五年（1232）十二月："时宋与大元兵合围汴京，金主奔归德府，寻奔蔡州，大元再遣使议攻金，史嵩之以邹伸之报谢。"《宋季三朝政要》亦载："鞑靼国遣使来议夹攻金人。史嵩之以邹伸之奉使草地，报聘北朝。伸之曰：'本朝与贵国素无雠隙，宁宗尝遣使臣荀梦玉通和。自后山东为李全所据，河南又被残金所隔。贵国今上顺天心，下顺人心，遣王宣抚来通好，所以伸之等前来。'北朝从之，仍许以河南归本国。"[②]《四库全书总目》史部杂史类存目著录"《使北日录》一卷（浙江巡抚采进本)"，曰："宋邹伸之撰。理宗绍定六年（1233）癸巳，史嵩之为京湖制置使，与蒙古会兵攻金。会蒙古遣王檝来通好，因假伸之朝奉大夫、京湖制置使参议官往使。以是岁六月，偕王檝自襄阳启行。至明年甲午二月，始见蒙古主于行帐。寻即遣回，以七月抵襄阳。计在途者十三月。因取所闻见及往复问答，编次记录，以为此书。"[③] 又《四库存目标注》著录"《使北日录》一卷（宋邹伸之撰)。注《浙江续购书》：'《使鞑日录》一本。'又《浙江采集遗书总录》：'《使鞑日录》一册，飞鸿堂写本，宋邹伸之编'"[④]。是书已佚。

（四十七）彭大雅撰，徐霆疏《黑鞑事略》

《明书经籍志》卷75史附著录"《黑达事略》一册，阙"；《文渊阁书目》卷6史杂作"《黑达事略》一部一册，阙"[⑤]。

彭大雅字文子，鄱阳（今属江西）人。曾任书状官于宋理宗绍

① （明）黄虞稷：《千顷堂书目》，上海古籍出版社2001年版，第140页。倪灿、卢文弨校正：《宋史艺文志补》杂史类，《二十五史补编》第6册，第8019页。

② 《宋史》卷41《理宗本纪》，第797页。（宋）佚名撰，王瑞来笺证：《宋季三朝政要笺证》卷1《理宗》，中华书局2010年版，第60页。

③ 《四库全书总目》卷52，第472页。

④ 杜泽逊：《四库存目标注》卷16《史部·杂史类》，上海古籍出版社2007年版，第584页。

⑤ （宋）杨士奇等：《文渊阁书目》，《丛书集成初编》第29册，第75页。

定五年（1232）出使蒙古，途中录有行记。不久之后，徐霆于端平二至三年（1235—1236）出使蒙古，事毕，则疏补彭大雅行记成《黑鞑事略》。徐霆自述原委称："霆初归自草地，尝编叙其土风俗。及至鄂渚，与前纲书状官彭大雅解后各出所编，以相参考，亦无大辽绝，遂彭所编者为定本。间有不同，则霆复书于下方。然此亦述大略，其详则见之《北征日记》云。嘉熙丁酉（元年，1237年）孟夏朔，永嘉徐霆长孺书。"[①] 可见，《黑鞑事略》当成书于1237年，是彭大雅和徐霆使蒙古行记的合录本。是书以相互比对、去同存异的著述方式，介绍了蒙古国的主要人物、地理气候、语言文字、风俗习惯、历法、筮占、官制、习惯法、赋税、贸易、军队、武器、作战方法、行军阵势，以及所属各投下状况、被征服各国的名称等内容。《黑鞑事略》现存最早的版本为嘉靖二十一年（1542）抄宋刻本，通行诸本中以王国维《黑鞑事略笺证》为佳。

（四十八）严光大《祈请使行程记》

刘一清《钱塘遗事》卷9引录《祈请使行程记》，注称"日记官严光大录"。管庭芬编《一瓻笔存》史部录为1卷。[②]

《宋史》卷47载宋恭帝德祐二年（1276）春正月"丙戌，命天祥同吴坚使大元军"[③]。《元史》卷9亦载元世祖至元十三年（1276），"宋主祖母谢氏遣其丞相吴坚、文天祥，枢密谢堂，安抚贾余庆，中贵邓惟善来见伯颜于明因寺"[④]。此次遣使的具体原因是"朝廷自十二月至二月信使往来，和议未决"，所以才以"吴坚、贾余庆、谢堂、家铉翁、刘岊五人指大都为祈请使"[⑤]。据严光大《祈请使行程记》所记除祈请使五人外，随使官员还有奉表献玺纳

① （宋）彭大雅撰，徐霆疏证：《黑鞑事略》，《丛书集成初编》第3177册，第19页。

② （清）管庭芬编：《一瓻笔存》，见《中国古籍善本书目·集部》，上海古籍出版社1990年版，第458页。

③ 《宋史》卷47《瀛国公本纪》，第938页。

④ 《元史》卷9《世祖本纪》，中华书局1976年版，第177页。

⑤ 《宋季三朝政要笺证》卷5，第432页。

土官杨应奎、赵若秀，日记官赵时镇、严光大，书状官徐用礼、吴庆月、朱仁举、沈庚会、吴嘉兴，掌管礼物官高举、吴顺，提举礼物官潘应时、吴椿、刘玉信，以及带行官属五十四员、随行人从二百四十人、扛抬礼物将兵三千人等。《祈请使行程记》以日记的形式记录了德祐二年（1276）二月初九日至五月初二日的行程见闻。

二　难以确定时间的出使行记

（一）李罕《使辽见闻录》

《直斋书录解题》传记类著录"《使辽见闻录》二卷"，说"尚书膳部郎中李罕撰"。[①] 是书已佚。据《宋会要辑稿》记载宣和六年（1124）九月十八日，"中奉大夫直龙图阁知怀州李罕为秘阁修撰"，同年十二月十一日，"知怀州李罕、知相州何渐、知庆源府赵令应、直秘阁苏之悌并送吏部，皆王黼党也"。[②] 可知李罕大概生活在宋代哲宗和徽宗二朝，其《使辽见闻录》可能作于徽宗朝。

（二）《金虏图经》，宋张棣撰（《三朝北盟会编》卷244引）

张棣本金人，后归宋朝，故《三朝北盟会编》书目题为"归正官"，陈振孙《直斋书录解题》亦谓"淳熙中归正人张棣撰"。是书记金之史事地理甚为详赡，其《地理驿程》一门，记泗州经汴燕以达上京之驿馆道里略同于《松漠纪闻》，于宋辽交通可资参证者颇多，故一并收录。

（三）俞庭椿《北辕录》

俞庭椿字寿翁，江西临川人。"乾道八年进士，仕终新淦令。……尝出使金人，自北地还，因纪次其道路、所经山川人物、与夫语言事迹之可备采用者，为《北辕录》。"《江西通志》亦载俞庭椿"使金还，差江西安抚司干官。……倜傥有大志，而廉介自将，自北还，因纪次其道路，所经山川人物，与夫言论事物之可备

---

① 《直斋书录解题》卷7，第204页。

② 《宋会要翰辑》选举三三之三八，第4774页；职官六九之一六，第3937页。

采用者，为《北辕录》。(人物志)”[①]。

可知，《北辕录》乃是俞庭椿使金纪行之作。是书已佚，大概作于宋孝宗时期。黄震有《跋俞奉使北辕录》（庭椿）文一篇，说“奉使俞公，身入京洛，历览山川，访问故老，归而录之。慷慨英发，意在言外，而中原之故老皆我宋之遗黎，一一能为奉使公吐情实，亦足见忠义人心之所同，览之不觉流涕。或者因以忠信行蛮貊褒之，是置中原于度外，弃赤子为龙蛇也。呜呼！岂奉使公作录本心哉”[②]。

（四）赵晞远《使北本末》

楼钥《跋赵晞远使北本末》曰：“汉武帝得人之盛，史赞有曰：‘奉使则张骞、苏武。’武之执节，千古所仰：若骞者，往来匈奴十余年，谓其勤劳则可。然竟不得月氏要领，犹之可也。奉使有指，而多取外国奇物，失侯之后，益言所闻于他国者以荡上心，帝之黩武以至虚耗。骞实启之，殆汉之罪人也。少师以皇族之彦，孝宗妙选副国信使，上方锐意恢拓，别持一书，前此未有。而公遇事详审，抗节不挠，既深得肤使之体，迨其归奏，力陈遵养之说。上意虽无对狼居胥之决，而察公之忠诚，南北信誓，守之愈坚。三复遗编，手泽灿然，敬叹不已。既得周文忠公为隧碑以发扬之，谨书卷末以慰二贤嗣之孝思云。”[③] 据楼钥跋文可知，赵晞远曾在孝宗朝出使金国，其间撰有《使北本末》。此外，《遂初堂书目》地理类著录佚名《庆历奉使录》[④]，是书当撰于宋仁宗庆历时期。《宋史·艺文志》著录佚名“《使高丽事纂》二卷”[⑤]。就书名来看，这些作品都应是外交行记。

---

① （明）凌迪知：《万姓统谱》卷 11，《景印文渊阁四库全书》第 956 册，第 250 页。（清）曾国藩、刘坤一等修纂：《江西通志》卷 80，《续修四库全书》第 658 册。

② （宋）黄震：《黄氏日抄》卷 91，《景印文渊阁四库全书》第 708 册，第 981 页。

③ （宋）楼钥：《攻愧集》卷 75，《丛书集成初编》第 2015 册，第 1013—1014 页。

④ （宋）尤袤：《遂初堂书目》，第 16 页。

⑤ 《宋史》卷 203《艺文志》，第 5122 页。

（五）《御寨行程》1卷[①]，宋赵彦卫（字景安）撰（宛委山堂刊《说郛》本）

赵彦卫于光宗绍熙（1190—1194）中任乌程县令[②]，后为新安郡守，所著《云麓漫钞》，以宏博见长。初阅《说郛》及《五朝小说》所辑《御塞行程》，卷末附有《长安图记》，甚觉不伦；今覆《云麓漫钞》，始知《御寨行程》与《长安图记》即该书卷8之上下条，内容原不相涉，盖陶氏辑书时误以《长安图记》一条附入，或一时疏忽未为另立标题者也。上海图书馆所编《中国丛书综录》置是编于金代地理总志类，亦有书目列入行记者。考诸《金史·交聘表》等，赵彦卫未尝使金；又卷末谓“今之使虏者止至燕，未有至乌龙馆者”，则此篇或据当时传闻及前朝使臣行程录而成，原非纪行之作。唯有鉴所述东京经燕京以迄上京之驿程甚详，亦宽而录之，以供参考。

以上行记还可集中反映于表2－1。

表2－1　宋代出使行记

北使之属				
朝代	时间	作者	奉使职事	行记名称
太宗	984	王延德等		《西州使程记》
	991	宋镐等	赐黎桓加恩制书	交阯山川形式及桓事迹
	993	陈靖等	加高丽国王为检校太师	奉使高丽行记
	995	辛怡显	招抚李顺余党	《至道云南录》

① 是录卷首曰：“自东京之女真，所谓御寨行程”，末云：“至虏寨，号御寨。”又《大金国志》卷33燕京制度：“国初无城郭，星散而居，乎曰皇帝寨、国相寨、太子庄；后升皇帝寨曰会宁府，建为上京。”据此，则书名本应标《御寨行程》为是；《说郛》本误作《御塞行程》，今予更正。

② 《湖州府志》作绍兴中宰乌程，《中国人名大辞典》沿其说，《乌程县志》非之，以为兴字当系熙字之误。今检《云麓漫钞》有宁宗开禧二年（1206）自序，又其友人所撰《拥炉闲话序》（按《拥炉闲话》即《云麓漫钞》之初名）：“……然景安方壮，嗜学未已。”若绍兴中初宰乌程，距此年限似嫌过远，盖知县志之误为是。

续表

北使之属				
朝代	时间	作者	奉使职事	行记名称
真宗	1008	路振		《乘轺录》
	1008	宋抟等	贺契丹国目正旦使	使契丹还上言
	1009	王曙	吊慰契丹国目使	《戴斗奉使录》
	1012	王曾	契丹国主生辰使	《契丹志》
	1013	晁迥等	贺契丹国主生辰使	《北庭记》
	1016	薛映	贺契丹国主生辰使	《上京记》
	1020	宋绶等	贺契丹国主生辰使	《契丹风俗》
	1041	刘涣		《西行录》
	1043 1044 1045	余靖		《契丹官仪》
	1055	范镇	贺契丹国主生辰使	《使北录》
	1060	王安石	伴送辽国贺正旦使	《王文公送伴录》
	1061	宋敏求	贺契丹生辰使	《入蕃录》
神宗	1067	陈襄	谏议大夫为告登位使	《神宗皇帝即位使辽语录》
	1075	沈括	回谢辽国诗	《熙宁使契丹图抄》
	1075	窦卞	贺辽正旦使	《熙宁正旦国信录》
	1083	杨景略	使高丽祭奠使	《奉使句骊丛抄》
哲宗	1094	张舜民	回谢辽国吊祭太后礼信使	《使辽录》
徽宗	1103	吴栻		《鸡林志》
	1103	王云	使高丽书记官	《鸡林志》
	1103	孙穆	使高丽国信书状官	《鸡林类事》
	1110	谢皓	贺辽正旦国信使	辽国山川地理名物
	1117	陶悦	贺辽国信使	《使北录》
	1124	连南夫	吊祭金国阿骨打	《宣和使金录》
	1124	徐兢	使高丽礼物官	《宣和奉使高丽图经》
	1125	许亢宗等	贺金国皇帝登位国信使	《宣和乙巳奉使金国行程录》
		李罕		《使辽见闻录》

续表

北使之属				
朝代	时间	作者	奉使职事	行记名称
高宗	1129	洪皓	金国通问使	《松漠纪闻》
	1139	郑刚中		《西征道里记》
	1141	何铸	金国报谢进誓表使	《奉使杂录》
	1154	无名氏	馆伴金国使	《馆伴日录》
孝宗	1169	楼钥	使金书状官	《北行日录》
	1170	范成大	使金国信使	《揽辔录》
	1172	姚宪	使金贺上尊号	《乾道奉使录》
	1172	韩元吉	贺金主生辰使	《朔行日记》
	1177	周辉	贺金主生辰随使	《北辕录》
		张棣		《金虏图经》
	1189	郑侨	贺金正旦使	《奉使执礼录》
		俞庭椿		《北辕录》
		赵晞远		《使北本末》
		赵彦卫		《御寨行程》
光宗	1192	郑汝谐	贺金正旦使	《聘燕录》
	1193	倪思	贺金正旦使	《北征录》
宁宗	1201	虞俦	使金报谢	使金行记
	1211	余嵘	贺金正旦使	《使燕录》
	1211	程卓	贺金正旦国信使	《使金录》
	1221	赵珙	使元议事	《蒙鞑备录》
理宗	1233	邹伸之	使元报谢	《使北日录》
	1237	彭大雅撰、徐霆疏	彭大雅为使元书状官	《黑鞑事略》
	1237	徐霆		《北征日记》
恭帝	1276	严光大	使元日记官	《祈请使行程记》

第三章

由奇及异：宋代出使行记的异域书写

使臣出使足迹勾画出地域空间的移动轨迹，而地域空间的移动又必然导致隐藏于其后的社会空间的变化，作为使者本身，其精神空间势必会因物理和社会空间的迁移变化而出现波动，这将有助于行人丰富旅程见闻、体会异域社会空间的别样风情。本章结合出使行记的创作动因，考察使臣的异域书写。

◇◇ 第一节　出使行记的多维创作动因

借奉使之机，使臣得以目睹异国的人文风俗、山川地理，于是他们随笔记录，结集成书。使臣为何要在外交活动中著书？这是一个值得深入探讨的问题。检阅相关史籍与行记文本，可厘清宋代出使行记撰述并非局限于进献朝廷的政治需求，尚有着使臣自身不同的主观撰述意愿。

首先，从客观层面来看，皇帝遣使搜集异国情报促进了宋代出使行记创作的发展。自古，中国皇帝都肩负有了解异国社会的责任和对外交流的政治使命，他们通常抓住一切机会、不遗余力地收集异国信息。如先秦时期，便有行人、职方氏、土训、诵训等官职在出行实践的基础上，采录他们认为有价值的信息加以记录，或“掌邦国宾客之礼籍，以待四方之使者”[①]，或“说地图九州形势、山川所宜”[②]，或“掌道方慝，以诏辟忌，以知地俗”[③]，或“掌天下之图”[④]，职官尽可能采集信息以使王周知天下。

宋朝统治者对异域情况的了解途径，史书无载，但从史书的有关记载分析不外乎三种：一是通过外国使臣搜集相关信息。如富弼做馆伴使，接待辽国使臣，富弼开怀与语，萧英感悦，亦不复隐其情，“遂密以其主所欲得者告”，并曰：“可从，从之；不然，以一事塞之足矣。”弼具以闻。[⑤] 宋太宗至道元年（995 年），夷王龙漠尧“遣其使龙光进率西南牂牁诸蛮来贡方物。太宗召见其使，询以地里风俗”[⑥]。宋神宗元丰四年（1081 年），于阗国遣使朝贡，“神宗尝问其使去国岁月，所经何国及有无钞略。”[⑦] 这些事例即表明了皇帝渴望获取异国信息的迫切心情。二是宋朝边疆官吏的上报，如宋辽刚刚建交时，起到就致书宋权知雄州、内园使孙全兴，后孙全兴将这个信息上报皇帝：“（孙）全兴以综书来上。上命全兴答书，并修好焉。”[⑧] 三是派遣本国使臣进行采集。虽说使臣奉使是出于政治需要，以处理相关的政治问题，但从皇帝的政治需求角度而言，借助使臣来探知对方国情更是一个切实有效的重要渠道。如苏颂（1020—1101）所说：“异国之情，非行人莫达，故次之以《奉使》。奉使之别，则有接送馆伴，所经城邑、邮亭、次舍，山川有险易，道途有回远，若非形于缋事，则方向莫得而辨也，故能驿程

① （唐）贾公彦：《周礼注疏》卷 37，阮元校刻：《十三经注疏》，中华书局 1980 年版，第 1016 页。

② （唐）贾公彦：《周礼注疏》卷 16，阮元校刻：《十三经注疏》，中华书局 1980 年版，第 413—414 页。

③ （唐）贾公彦：《周礼注疏》卷 16，第 414 页。

④ （唐）贾公彦：《周礼注疏》卷 33，阮元校刻：《十三经注疏》，中华书局 1980 年版，第 870 页。

⑤ （元）脱脱等：《宋史》卷 313《富弼传》，中华书局 1977 年版，第 10250 页。

⑥ （元）脱脱等：《宋史》卷 496《西南诸夷传》，第 14225 页。

⑦ （元）脱脱等：《宋史》卷 490《于阗国传》，第 14109 页。

⑧ （宋）李焘：《续资治通鉴长编》卷 15，中华书局 1985 年版，第 328 页。

地图。”[①] 徐兢《宣和奉使高丽图经序》说：“一人之尊，深居高拱于九重，而察四方万里之远，如指诸掌。”梅尧臣《送刘司勋奉使》诗云：“使回傥可记，乃得验天形。”[②] 周必大《送洪景庐舍人北使》诗云：“由来笔下三千牍，可胜军中十万夫。”[③] 这些材料充分说明宋朝十分重视对异国信息的搜集，其中遣使是皇帝掌握外情的一条有效途径。

并且，宋代选派外交使臣，通常正使多用文官，副使多用武官，这使得使臣有着更为得天独厚的创作行记的天资。据《续资治通鉴长编》记载：“诏：‘自今使契丹，毋得用二府臣僚新戚。其文臣，择有出身才望学问人；武臣，须达时务更职任者充。’”[④] 可知文臣和武臣是外交使团的构成主体。又据聂崇岐《宋辽交聘考》：“洎澶渊盟后，制乃画一；大使皆用文，副使皆用武，惟报哀使率以武人应选；百余年间，相因不改。”[⑤] 文官的介入无疑为出使行记的创作提供了更多条件。

出使行记作者中，除王云、徐兢、楼钥、周辉、严光大数人以随使身份创作行记外，出使行记的作者王曙、王曾、薛映、余靖、范镇、宋敏求、沈括、窦卞、张舜民、陶悦、刘涣、连南夫、洪皓、何铸、范成大、姚宪、韩元吉、郑侨、郑汝谐、倪思、余嵘、程卓等均为正使。这就是说，他们都应该是具备文化学养的文官，大多精通文史。沈括“博学善文，于天文、方志、律历、音乐、医药、卜算，无所不通，皆有所论著”[⑥]；苏颂“自书契以来，经史、

① （宋）苏颂：《华夷鲁卫信录总序》，《苏魏公文集》卷66，中华书局1988年版，第1004页。

② （宋）梅尧臣撰，朱东润校注：《梅尧臣集编年校注》，上海古籍出版社1980年版，第410页。

③ （宋）周必大：《文忠集》卷二，《景印文渊阁四库全书》第1147册，台北：台湾商务印书馆1983年版，第43页下。

④ （宋）李焘：《续资治通鉴长编》卷161，中华书局1985年版，第3884页。

⑤ 聂崇岐：《宋史丛考》，中华书局1980年版，第289页。

⑥ （元）脱脱等：《宋史》卷331，中华书局1977年版，第10653页。

九流、百家之说，至于图纬、律吕、星官、算术、山经、本草，无所不通”①；阎询“颇谙北方疆理”②；刘敞“素习知山川道径”③；余靖“亦习外国语，尝为蕃语诗”④。并且富有才名。周辉，两浙名贤录载之。⑤ 韩元吉，文献、政事、文学为一代冠冕。⑥ 郑望之，少有文名，山东皆推重。登崇宁五年进士第。⑦ 李若水，舍登第，调元城尉、平阳府司录。试学官第一，济南教授，除太学博士。⑧ 洪皓，少有奇节，慷慨有经略四方志。登政和五年进士第。⑨ 章谊，登崇宁四年进士第，补怀州司法参军，历漳、台二州教授、杭州通判。⑩ 何铸，登政和五年进士第，历官州县，入为诸王宫大小学教授、秘书郎。⑪ 楼钥，隆兴元年，试南宫，有司伟其辞艺，欲以冠多士，策偶犯旧讳，知贡举洪遵奏，得旨以冠末等。⑫ 范成大，绍兴二十四年，擢进士第。⑬ 郑汝谐，绍兴中进士。⑭ 余嵘，淳熙癸卯侍忠肃出疆，擢丁未第。⑮ 程卓，淳熙十一年进士。⑯ 马扩“中

---

① （元）脱脱等：《宋史》卷340，中华书局1977年版，第10859页。

② （元）脱脱等：《宋史》卷333，中华书局1977年版，第10703页。

③ （元）脱脱等：《宋史》卷319，中华书局1977年版，第10383页。

④ （元）脱脱等：《宋史》卷320，中华书局1977年版，第10407页。

⑤ （清）永瑢等：《四库全书总目》卷141小说家类《清波杂志》，第1198页。

⑥ （宋）黄昇选编：《花庵词选》之《中兴以来绝妙词选》卷3《宋词》，中华书局1958年版，第216页。

⑦ （元）脱脱等：《宋史》卷373《郑望之传》，第11554页。

⑧ （元）脱脱等：《宋史》卷446《李若水传》，第13160页。

⑨ （元）脱脱等：《宋史》卷373《洪皓传》，第11557页。

⑩ （元）脱脱等：《宋史》卷379《章谊传》，第11685页。

⑪ （元）脱脱等：《宋史》卷380《何铸传》，第11707页。

⑫ （元）脱脱等：《宋史》卷395《楼钥传》，第12045页。

⑬ （元）脱脱等：《宋史》卷386《范成大传》，第11867页。

⑭ （清）厉鹗辑：《宋诗纪事》卷45，第1154页。

⑮ （宋）刘克庄：《后村先生大全集》卷145《龙学余尚书神道碑》，四部丛刊初编集部，民国间上海涵芬楼影印清赐砚堂抄本。

⑯ （清）永瑢等：《四库全书总目》卷52史部杂史类存目《使金录》，中华书局1965年版，第472页。

嘉王榜武举”[①]，姚宪于“乾道八年八月赐同进士出身”[②]。由此可见，他们或是博学，或是精于一业，对于文史知识都是颇有造诣的人。南归以后，既是出于外交使臣必须呈交出使记录这样一种制度规定的需要，也为久积心胸的愤恨所驱使，纷纷撰作行记叙事抒怀。

再结合宋代出使行记的创作实践来看，使臣出使探问对方国情在宋已是一种习惯使然。《三朝北盟会编》卷六引陶悦《使北录》，载陶悦等使还，童贯向他们打听辽情，“贯云：‘莫是初无圣旨，贤不曾探问否？’悦云：‘寻常使人，不待得旨，自当探问虏中事宜，回日闻奏。’”[③] 童贯与陶悦的对话，提供了两条关于出使行记创作的信息：一则，从童贯的问话可知，使臣奉使有探问辽情的义务，甚至有时皇帝还会用圣旨作为要求。二则，从陶悦的对答可见，宋朝使臣在与辽国进行政治外交的过程中，自觉探问辽情，并在使回时上奏早已成为一种习惯。谨从《宋史》中还能找到诸多关于使臣使还奏闻的记录，苏颂使契丹，在向宋神宗上奏了一些奉使经过后，神宗又向他问及契丹的“山川、人情向背”[④]，这一行为很明显就是推动出使行记创作的一个重要因素。王汉之“奉使契丹，还，言其主不恤民政，而掊克荒淫，亡可跂而待也”[⑤]。章衡使辽“归复命，言辽境无备，因此时可复山后八州”[⑥]。徐起“馆伴契丹使，还奏：‘所过州县，使者既去，官吏将校皆出郊旅贺，燕饮久之，城邑为之空。’”[⑦] 王介“接送伴金国贺生辰使还，奏‘故事两国通庙讳、御名，而本朝止通御名，高宗至光宗皆传名而不传讳，

---

① （清）厉鹗辑：《宋诗纪事》卷40，上海古籍出版社1983年版，第1037页。

② （宋）陈骙撰，张富祥点校：《南宋馆阁录续录》卷7《官联》，中华书局1998年版，第78页。

③ （宋）徐梦莘：《三朝北盟会编》卷6，上海古籍出版社1987年版，第38页下。

④ （元）脱脱等：《宋史》卷340《苏颂传》，第10863页。

⑤ （元）脱脱等：《宋史》卷347《王漢之传》，第11000页。

⑥ （元）脱脱等：《宋史》卷347《章衡传》，第11008页。

⑦ （元）脱脱等：《宋史》卷301《徐起传》，第10003页。

绍熙初，黄裳尝以为言，而未及厘正。愿正典礼，以尊宗庙。'"[①] 可见，在宋代凡是遣使，任务完成后使臣都需要向皇帝奏陈奉使过往，其内容可以是讲述奉使经历，也可以是提出相关建议。

宋代皇帝不但对使臣办理外交事务的整个经过具有知情权，同时还希望使臣尽可能提供一些外交事务之外的信息。如宋镐、王世则等使交州回，宋太宗便令他们"条列山川形势及黎桓事迹以闻。镐等具奏曰：……"[②] 宋代历史文献中类似记录频繁可见："王延德等还，叙其行程来献。"[③]"宋抟等使契丹还，言……"[④]（晁）迥等吏还，言……"[⑤]"宋绶等使还，上契丹风俗，云……"[⑥] 从以上文献的表述来看，"上奏""进言"的意图显然是为了满足皇帝的政治心愿。不过我们可以从中发现：宋代出使行记的早期创作，以奏章形式出现的作品稍多于以书本形式出现的作品。这说明，在宋代出使行记从奏章走向书本的创作发展中，统治者必然是起到了推动作用的。书本意味着记录的完整和翔实，也意味着有备而作比仓促罗列更能提供丰富的内容和准确的信息。对于皇帝而言，他们可能更愿意看到结集成书的出使行记。正如徐兢《宣和奉使高丽图经》所说："行人之官，骆驿道路。若贺庆禬祲之类，凡五物之故，莫不有治；若康乐厄贫之类，凡五物之辨，莫不有书。用以复命于王，俾得以周知天下之故。"[⑦] 以此表达他创作出使行记的历史渊源。也许正是受这一传统的感召，宋代使臣极负责任地在外交活动中记录经过和见闻，并结集进献朝廷。如《宋史·晁迥传》："使契丹，还，奏《北庭记》。"[⑧]《宋史·沈括传》："乃还，在道图其

① （元）脱脱等：《宋史》卷400《王介传》，第12154页。
② （元）脱脱等：《宋史》卷488《交阯传》，第14061页。
③ （元）脱脱等：《宋史》卷490《高昌国传》，第14110页。
④ （宋）李焘：《续资治通鉴长编》卷68《真宗》，第1527页。
⑤ （宋）李焘：《续资治通鉴长编》卷81《真宗》，第1848页。
⑥ （宋）李焘：《续资治通鉴长编》卷97《真宗》，第2253页。
⑦ 徐兢：《宣和奉使高丽图经》，第7页。
⑧ （元）脱脱等：《宋史》卷305《晁迥传》，第10086页。

山川险易迂直，风俗之纯庞，人情之向背，为《使契丹图抄》上之。”[①]《宋史·王云传》：“从使高丽，撰《鸡林志》以进。”[②]《宋史·路振传》：“使契丹，撰《乘轺录》以献。”[③] 正是材料中“献”“奏”“上”“进”等行为动词，鲜活地揭示了宋代出使行记创作的一个客观因素，即在政治环境的影响下，大多数出使行记的创作是以满足政治需求作为归宿的。

其次，从作者主观层面而言，出使行记的创作与否一定程度上又取决于使臣个人的撰述意愿。从周代到宋代，虽然出使行记的创作从未间断，但是除《周礼·秋官·小行人》记录奉使“莫不有书”外，历朝典章制度都未明文规定凡外交必须创作行记。宋代，即有很多事例可证明出使行记的创作与否又主要取决于使臣的个人意愿。如王曙曾两次奉使契丹，分别在景德三年（1006）任契丹主生辰使，祥符三年（1010）任吊慰使。但据《郡斋读书志》《王公神道碑铭》《曲洧旧闻》等文献记录，他只在第二次出使时才撰有《戴斗奉使录》，如：“《戴斗奉使录二卷》右皇朝王曙撰，曙景德三年为契丹主生辰使，祥符二年为吊慰使所录也。”[④]“王文康再使北，有戴斗奉使录三卷”[⑤]，可见出使行记的创作是具有主观性的，使臣方是决定一部出使行记产生的关键因素，而非政治。所以，一些出使行记的创作并不以服务政治作为目的。洪皓《松漠纪闻》成书历经艰难过程：先是洪皓随笔纂录在金的见闻，但为了归宋而将书烧毁，“危变归计，创艾而火其书”；回宋后洪皓追述金中见闻，又遇“私史之禁，遂废不录”；最后由洪适“鸠拾残编”“汇次成书”，也只是希望能够“广史氏之异闻”[⑥]。从中可发现，受当时政

① （元）脱脱等：《宋史》卷331《沈括传》，第10655页。
② （元）脱脱等：《宋史》卷357《王云传》，第11229页。
③ （元）脱脱等：《宋史》卷441《路振传》，第13062页。
④ （宋）晁公武：《郡斋读书志》卷7，上海古籍出版社2011年版，第282页。
⑤ （宋）朱弁：《曲洧旧闻》，《全宋笔记》第三编第7册，第39页。
⑥ （宋）洪适：《盘洲文集》卷62，《四部丛刊初编》第193册。

治局势的影响《松漠纪闻》屡屡不能成书，这表明此书必然不是为进献朝廷而作。

我们再看几条记录。《宣和乙巳奉使金国行程录》文末记："是行回程，见虏中已转粮发兵，接迹而来，移驻南边，而漠儿亦累累详言其将入寇。是时，行人旦暮忧虏有质留之患，偶幸生还。既回阙，以前此有御笔指挥：'敢妄言边事者流三千里，罚钱三千贯，不以赦荫减。'由是无敢言者。是秋八月初五日到阙。"[①] 周辉《北辕录》文末记："四月十六日，至家，是行往返九十六日。"[②] 楼钥《北行日录》文末记："六日丁巳，雨。……先行还家，拜二亲灯下，上下无恙，欢声相闻，喜可知也。"[③] 这三则文字均处于文末，表露了使臣完成行记时的情形。若按"由是无敢言者"的说法，《宣和乙巳奉使金国行程录》决不可能上奏朝廷，因为此则文字已经涉及了不敢"妄言"的边事。周辉和楼钥的行记一直记到家中，并且两者均是随使，所以他们根本没有向皇帝面呈使事的机会，其行记自然也不会以进献作为创作的首要目的。

再结合出使行记的撰述旨趣来看，呈现出个性化的写作倾向。如：余靖自述创作《契丹官仪》是"询其人风俗，颇得其详。而誌之，以补史之阙焉。"[④] 这与洪适自述整理《松漠纪闻》可以"广史氏之异闻"的意图一样，都希望能为历史典籍的编撰提供帮助。王延德和沈括行记的创作意图十分相似，王延德《西州使程记》"用书于编，以俟通道九夷八蛮将使指者，或取诸此焉"[⑤]。沈括《熙宁使契丹图抄》"以备行人"[⑥]。这虽然也是一种政治安排，

① （宋）佚名：《宣和乙巳奉使金国行程录》，《全宋笔记》第四编第8册，第18页。

② （宋）周辉：《北辕录》，《全宋笔记》第五编第9册，第199页。

③ （宋）楼钥：《北行日录》，《全宋笔记》第六编第4册，第44页。

④ （宋）余靖：《武溪集》卷一八，《景印文渊阁四库全书》第1089册，第174页。

⑤ （宋）王明清：《挥麈前录》卷4，第29页。

⑥ 贾敬颜：《沈括〈熙宁使契丹图抄〉疏证稿》，《五代宋金元人边疆行记十三种疏证稿》，第123—124页。

但其服务的对象却从皇帝转移到了使臣，并认为出使行记对后使有更重要的指导作用。张舜民《使辽录》的创作初衷则是“以备私居、宾友燕言之助”，后来投札进呈，也认为是书“亦可以备清闲之览观”①，故其创作意图是为了满足私人自娱。可以说，政治只是影响宋代出使行记创作的客观因素，而使臣则是决定出使行记产生的主观要素。使臣可以将政治需求作为创作指向，反之，也可不以服务政治作为创作目的。

综上所述，我们发现在宋代外交活动中，皇帝有通过遣使了解外情的政治需求，于是大量选派文官担任正使，从而为出使行记的创作提供了条件，政治是影响宋代出使行记创作的客观因素。但是，出使行记的创作又与使臣的主观意愿密切相关，他们有选择创作与否的自由，即使宋代有千次以上的遣使，但决不表示就有上千部出使行记产生。而且，因使臣的创作意图不同，即便在外交活动中撰写行记，也不一定是为了服务政治。为此，我们不能因政治因素对出使行记的创作影响巨大，而忽略其“以补史阙”“以备行人”“以供闲观”的其他因素。正是随着出使行记撰述动因的变化，宋代出使行记得以在纪实之中，穿插描写、说明、抒情多种表现手法，行记文体功能得到发展，文化意蕴更为丰富。

◇◇ 第二节　被书写的旅行：《北行日录》《揽辔录》《北辕录》的书写形态

保尔·维达尔·德·拉·布拉什（Paul Vidal de la Blache）1899 年在法兰西公学任教开讲的第一堂课上曾经说过：“地理学是一门古老的科学，但它又定期追本溯源，在五光十色的大地景象中经受锤炼，并因此而重葆青春。”布拉什强调指出了地理学家从事

① （宋）张舜民：《画墁集》卷六，《丛书集成初编》第 1948 册，第 49 页。

观察的重要性以及实事求是的必要性，但他又指出，单有事物仍不足以构成景象，还必须用眼睛去看。其实，每个社会对自身以及对环境都有独特的看法，看法的演变取决于历史，也就是说，地理学家观察的景象也随着历史而变化。某些历史场合，特别是当信念和价值观发生动摇时，恰好为我们找出这些变迁提供一定的方便条件。

两宋300多年间，宋朝使者北上辽、金，代表着本朝君主向对方的君主贺岁祝寿，或者商议战和大事，出使期间，纷纷撰述以记录军政情报与异域民风习俗。于宋代使者而言，一方面，出使有离开原本习惯的政治、文化境地，向他者世界闯去的性质，是较之前一般行旅移动的状况更罕能得的经历；另一方面，由于带有公务行旅的特质，又有向朝廷完成任务，呈报两国互动状态及远方情咨的义务。由此，在使者的出行记录中，我们可以进一步提出以下几个问题：这种珍奇与责任交叠而成的旅行经验如何透过使者的笔墨文字与他们的行旅产生另一种形态的互动？特殊的地缘政治条件是否有助于新形象的出现？外交和军事考虑以及彼此之间的表面平等是否促使宋国使者平铺直叙地讲述自然因素和人文结构？

实际上，出使记事的内容实际上远远超出了旨在掌握敌情的普通外交报告或军事报告，沈括《熙宁使虏图抄》对所上奉使录就有如下概括，云："臣某、臣评准三月癸丑诏书，充大辽国信使、副使。……山川之夷险、远近、卑高，横从之殊，道途之陟降、迂屈，南北之变，风俗、车服、名秩、政刑、兵民、货食、都邑、音译、觇察变故之详，集上之外，别为《图抄》二卷，转相补发，以备行人以五物反命，以周知天下之故。谨条如右，臣某昧死上。"①沈括是语可以看作宋人出使行记的标准要求，行记中，使臣的出使

① 贾敬颜：《沈括〈熙宁使契丹图抄〉疏证稿》，《五代宋金元人边疆行记十三种疏证稿》，中华书局2004年版，第122—124页。［另参见陈得芝《关于沈括的〈熙宁使虏图抄〉》，《历史研究》1978年第2期（收入《蒙元史研究丛稿》，人民出版社2005年版，第19—24页）］

路线、沿途的地理、名山古迹以及馆驿城镇名称多有记载，“途中纪行所作，于山川道里及所见故迹皆排日载之。”①

并且，使臣的异域见闻，又不仅仅止于此，往往还交织着他们的行旅观感。我们可结合具体几部作品来考察。楼钥大定九年（1169 年），随舅父汪大猷出使金朝，按日记叙述途中所闻，写成《北行日录》，就其书的内容而言，其实不是“公务”一词可尽说明的。我们有理由相信，随舅北行的这趟旅行，是楼钥相当重要的人生经验。《北行日录》从汪大猷出使令下那日即写起，对于正式踏上往金国旅程之前的回合、准备、受训、饯送，甚至顺途的游览也都述之甚详。也即是说，他非常慎重地对待这项书写工作。但这份保留在《攻愧集》中的日记，恐怕不是呈交给朝廷的语录版本。因为他详细记述了前往与汪大猷会合途中，游览了缙云县（今浙江丽水县缙云市）山水的情形，而这是一段朝廷完全没必要掌握的旅程。此外，日记中甚至也细载他寄送家书的情况，这份行记看起来更像他的私人日记——当然也有可能作为语录依据的材料。

对楼钥来说，除了与汪大猷同行完成任务，能以沿途所见的人文风物印证向来所学，可能更令他内心激荡，对于他的人生态度与文化涵养来说，那些既是养分，也是根柢。细细感受一个知识分子踏上已成异国的故土之无奈，以及随之而来，面对弃守疆域时即已不可能再顾及的同胞的尴尬。虽然楼钥不是“靖康之难”的当事人，但是他显然被教养、熏陶、圈画在那样的时势氛围之内。算起来，泗州是楼钥跨国国界后第一个途次之地。当行程再向前推进至灵璧（今安徽灵璧），他的反应就不再只是意识形态上的“中原陆沈”。淤塞的汴水、劫后余生的百姓，以及历史曾累出来的古迹遗址，都将他对于北方的想象和意识拉近，再落实。这使他自然而然将目光往北宋陈迹的方面留意。这种关注在过往的南京（应天府，

---

① （清）永瑢等：《四库全书总目》卷 52 史部杂史类存目《使金录》，第 472 页。

金称归德府，今河南商丘市）已有可见，至昔日的东京汴梁城更达到高峰。不过，并不能因此就说楼钥是刻意地想刺探或搜集什么。在敌国境内的他其实十分谨慎，他在南京曾遇人自称姓赵，遇上这样的情形，他在行记中写下自己“不欲穷问之”的回应方式。

乾道六年（1170）闰五月（楼钥返家后三个月）范成大使金。大致上来说，他留下来的《揽辔录》并不完整，读来较楼钥简单扼要。不过，依然对于原南京和东京的景况有格外详细的描写。也提到有妇人向使者自称是宗室女，亦有百姓泣指使人云：“此中华佛国人也”，甚或跪拜[①]。整体气氛与《北行日录》相似。再自诗作来看，靖康之难当年（1126）出生的范成大显然要比绍兴七年（1137）出生的楼钥有更浓厚明晰的家国兴废之叹。如邯郸北门外丛台的同名诗：“凭高阅士剑如林，故国风流变古今。袨服云仍犹左衽，丛台休恨绿芜深。”这首诗以景物、衣着隐含时间、失土之意，表达他心生的故国不胜唏嘘。另有一首《州桥南望朱雀门北望宣德楼皆旧御路也》：“州桥南北是天街，父老年年等驾回。忍泪失声询使者，几时真有六军来？”这首写于开封的诗，常被用来说明范成大爱国文人的角色。不过，以范成大所有的使金诗衡量，这首诗的表达方式是极端强烈的。把这个反应当成范成大这趟旅行的常态，恐有失平衡。其实，对于像范成大这样的文人士大夫来说，将他们对故国失土的关注以爱国主义释之，是过于一元简化。他们的旅行书写显然与历史文化知识交缠，这部分不全然与政情有关。而即便面对与宋朝过去实际相关的场景，他们临场的反应也不是一味地那么单纯。范成大在白沟河边亦有诗：“高陵深谷变迁中，佛劫仙尘事事空。一水涓流独如带，天应留作汉提封。”白沟河是宋代与外族交涉史中重要的场景，这点范成大自己在诗题处也有注明。照理说，这个场景应该相当容易触景动情，就写作上来说也很适合

---

① 范成大：《揽辔录》，《范成大笔记六种》，第13页。

发挥。但范成大的笔并没有将之导向鲜明雄浑的慷慨悲歌。流动在白沟河与他之间的，是悠悠而去的岁月，蜉蝣天地的淡淡凄清。这部分由书写者自身时间感与空间感交织而成——或许可说带有他文化中的时间观，也不宜尽以爱国理解。虽然身为跨境敌国的使臣，然而旅行至异地的举动，与随行旅移动而生的知识、感受、观念却毕竟以旅人的身份流泄于书写之中。

淳熙三年（1176）的贺金国生辰之行，随行的周辉写下了《北辕录》。《北辕录》虽然也提及季札挂剑处、虞姬墓等古迹，但整体笔调显得轻松许多。如他在二月二日写道："自过泗地皆荒瘠，两岸奇石可爱，或云花石纲所弃者。"[①] 以"可爱"这样较为轻巧的字眼形容所见风物，在楼钥、范成大二人的出使行记中都不可见。周辉对于南京和东京的描述也相当简单，但这并不表示在他心中当年家国已成百分之百的异国。在其《清波杂志》还能找到散落的一些这趟出使旅行的札记。这部分的书写，即表露出他对南北风土民情的对照观察，他也曾在经过开封时，见朝阳店为金王室所用，而心生喟叹："不独兴叹于往古。以中原复中原，规恢洪业，信自有时节。辉老矣，其及见诸侯东都之会耶?"[②] 这种感触大概也不是教条式的呻吟，因为他至少有两次提到幼时故老对汴京风物的闲谈。在他随队伍经过大相国寺附近时，童年时那些"故老闲坐，必谈京师风物"的画面便随着眼前的寺院建筑浮上心头。甚至他也在行旅见闻中印证了南方对过去京城的一些绘声绘影[③]。

将《北辕录》与《清波杂志》中的相关记载对照，《北辕录》在体例、内容、笔调各方面都显得较为制式严整。以此这份行录若不是身具呈交朝廷的任务，就是周辉当时倾向配合他所认为的"行记"样式，较为严谨地进行书写。而《清波杂志》中的相关条目

① （宋）周辉：《北辕录》，《全宋笔记》第五编第9册，第194页。
② （宋）周辉：《清波杂志》，《全宋笔记》第五编第9册，第33页。
③ （宋）周辉：《清波杂志》，《全宋笔记》第五编第9册，第36页。

分散，则可能由于脱离向朝廷呈报的掣肘，一些零琐是关于食物、器用、冻寒的比较、想法，以及像前述如心中风景与实际风景的对照，都出现其中，这种情况再度说明，当使者与旅者身份交叠时，他们繁复多层次的感官感应。

由此，使臣在异域的记写中，既有着对异域景观的客观呈现，亦投射着自我的观感心迹。他们在异域逗留一两个月能够看到的，并不是一片真空，在实地直接写下的这些行记，材料真实而生动。

◇◇ 第三节　由奇及异：出使行记的地理观察

一　行程和距离

宋人出使，为保守军事秘密起见，使者的路线一经确定，便不再更改，先后经过 30 多个州府和驿站，行记记录基本相似。

于辽，记自白沟至中京大定府、上京临黄府等处。如大中祥符六年（1013）王曾（978—1038）奉使还，撰有《上契丹事》，书中即自白沟记起：

> 自雄州白沟释度河，四十里至新城县。古督亢亭之地。又七十里至涿州。北度涿水、范水、刘李河，六十里至良乡县。度芦孤河，六十里至幽州，伪号燕京。子城就罗郭西南为之，正南曰启夏门，内有元和殿、洪政殿，东门曰宣和。城中坊门皆有楼。有悯忠寺，本唐太宗为征辽阵亡将士所造，又有开泰寺，魏王耶律汉宁造，皆邀朝士游观。城南门内，有于越王廨，为宴集之所。门外永平馆，旧名碣石馆，请和后易之。南即桑干河。出北门，过古长城、延芳淀，四十里至孙侯馆，……望楮谷山、五龙池，过温余河、大夏坡，西北即凉淀避暑之地。五十里至顺州。东北过白屿河，北望银冶山，又有黄罗螺盘、牛栏山。七十里至檀州。自此渐入山，五十里至金

沟馆。将至馆，川原平广，谓之金沟淀，国主尝于此过冬。自此入山，诘曲登陟，无复里堠，但以马行记日景，而约其里数。过朝鲤河，亦名七度河，九十里至古北口。……①

同样，大中祥符九年（1016），薛映（951—1024）等奉使还，其《辽中境界》中写道：

自中京正北八十里至临都馆，又四十里至官窑馆。……又五十里至姚家寨馆。又五十里至咸宁馆。又三十里度湟水桥，旁有饶州，盖唐朝尝于契丹置饶乐州也，今渤海人居之。……又五十里至长泰馆。馆西二十里许有佛寺民舍。云即祖州，亦有祖山。山中有阿保机庙，所服靴尚在，长四五尺许。又四十里至上京临湟府……②

与王曾、薛映之语相比，大中祥符元年（1008）路振（975—1014）以知制诰身份充任贺契丹国主生辰，到达辽中京，后撰《乘轺录》献真宗，书中按日排比行程，记载了路振一路上亲见亲闻之事，如辽的饮食制度、酬献宴射的仪式等：

十二月四日，过白沟河，即巨马河也。五日，自白沟河北行，至新城县四十里。新城属涿州。地平、无丘陵。六日，自新城县北行，至涿州六十里。地平。十五里过横沟河。三十五里过桑河。涿州城南有亭，曰修睦。是夕，宿于永宁馆。城北

---

① 贾敬颜：《王曾〈上契丹事〉疏证稿》，《五代宋金元人边疆行记十三种疏证稿》，第80—93页。

② 贾敬颜：《薛映〈辽中境界〉疏证稿》，《五代宋金元人边疆行记十三种疏证稿》，第104—109页。

有亭，曰望云。七日，自涿州北行，至良乡六十里。……[1]

治平四年丁未（1067），陈襄（1017—1080）奉命出使辽国，其《神宗皇帝即位使辽语录》同样有此记录：

> 于五月十日到雄州白沟驿，十一日接伴使副泰州观察萧好古、太常少卿杨规中差人传语，送到主名、国讳、官位，及请相见……二十五日至黑崖馆。二十六日至咸熙馆。二十七日蹉会星馆，至广宁馆。规中问臣咸融五台去京师近远，答以三十余程。规中言与本界云州正相对，不及二百里。云州乃西京也。二十八日至崇信馆。送伴使副送臣等鹿脯各十五条。……[2]

路振《乘轺录》及陈襄《神宗皇帝即位使辽语录》，乃今存较完整之行记，尤其是后者乃宋本原貌，因此推测行记之程式当如二者，从白沟起按日排比，叙述行程与沿途地理及各项事体。

迨及南宋，宋、金两国遣使交往期间，金曾二次迁都，不同历史时期共形成三座政治中心：上京（会宁府，今黑龙江阿城）、燕京（燕山府，今北京）、汴京（今河南开封），呈现出地域上的一再南迁，由此也导致不同时期宋朝行人使金线路的变化。

第一阶段从金天辅元年与宋通好开始到金贞元元年（1153）完颜亮迁都燕京之前，这一时期金国的政治中心在上京会宁府。宋宣和七年（1125）许亢宗使金作《奉使金国行程录》，详细记载了当时的出行线路。“自雄州起，直至金主所都会宁府，共二千七百五

---

① 贾敬颜：《路振〈乘轺录〉疏证稿》，《五代宋金元人边疆行记十下种疏证稿》，第39—79页。

② （宋）陈襄：《古灵先生文集》附录《神宗皇帝即位使辽语录》，宋集珍本丛刊本，第9册，第84—89页。

十里：雄州（今河北保定雄县）—新城（今河北高碑店市新城镇）—涿州（今河北涿州市）—良乡—燕山府—潞县—三河县—蓟州—玉田—韩城镇—金国北界清州（原石城县，行人至此交换通关文牒入金）—滦州—望都—营州—润州—迁州（东门外十数步即古长城）—习州—来州—海云寺—红花务（金人煎盐所）—锦州—刘家庄—显州—兔儿涡—梁鱼务—没咄寨—沈州—兴州—咸州—肃州—同州—信州—蒲里孛寨（驿站）—黄龙府—托撒孛寨—漫七离孛寨—和里闲寨—句孤孛寨—达河寨—蒲挞寨—兀室郎君宅（又称会宁头铺即上京驸马城，今阿城区杨树新强村镶白旗古城）—北庭”[①]。许亢宗这一时期出使金国的线路是金天会二年（1124）开辟的由上京会宁府至南京（今北京）的驿道。

第二阶段从金贞元元年完颜亮迁都燕京到金贞祐二年（1214）金宣宗迁都汴京之前，这一时期金国的政治中心在燕京（今北京）。而南宋行人则从临安出发，过江渡淮。宋乾道六年（1170）出使金国的范成大在其《揽辔录》中详细绘制出当时的行人线路图：渡淮（田彦皋、完颜德温接伴）—南京—雍丘—空桑（今鲁西豫东地区）—陈留—汴京—汤阴—过美河—相州—过漳河—讲武城—台城—邯郸—过沙河—柏乡—良乡—燕宾馆（燕山城外）—会同馆（城内接待使臣之地）—回程至泗州（与送伴使田彦皋、完颜德温叙别）—渡淮[②]。大致而言，此时的南宋行人使金，渡淮后一路北上至河南境内，经商丘到达开封，再由新乡、安阳入河北省境内，经邯郸、邢台、石家庄、保定等地进入燕京。第三阶段是金贞祐二年到金正大七年。这一阶段的南宋行人出使依据第二阶段探寻好的固定线路，只不过行至汴京即可，大大缩短了出使行程。

除此，行记中歇站间的距离也都一律事先标明。如沈括对其所

---

① 宇文懋昭：《大金国志》，《二十五别史》第 22 册，齐鲁书社 2000 年版，第 290—300 页。

② 范成大：《揽辔录》，中华书局 2002 年版，第 11—16 页。

走的路线，经过的山川都作了描述："自馆逾牛山之麓，西南屈折三十里至中顿，过顿，复西南数里，济车河，又二十余里度松子岭……逾岭三所至鹿峡馆。鹿峡馆，东北距牛山馆六十里。"行记中这种千篇一律的体例，特别是重述起点至终点的距离，似乎是为了满足丈量规则的要求。行记中这种记录的方式体现了作者为解决由绘制行政区划图提出的问题而遵循一定原则的用意。沈括曾指出："虽有四至里数，皆是循路步之。道路迂直而不常，既列为图，则里步无缘相应，故按图别量径直四至，如空中鸟飞直达，更无山川回屈之差。予尝为《守令图》，虽以二寸折百里为分率，又立准望、互融、傍验、高下、方斜、迂直七法，以取鸟飞之数。图成，得方隅远近之实，始可施此法。"从已知方位标出发，测定这些地点的位置，以此将此条道路与宋朝的交通网联系起来，而这些绘图数据事实上又在辽、宋两国疆土间建立起了持续的联系。

这里，我们可举沈括怎样确定可汗夏宫的位置为例进行说明："永安山，契丹之北部，东南距京师驿道三千二百十有五里……由驿道之西，自铁浆馆径度，马驰不三日至幽州。"如果放弃每日行程的尺度，改取都城之间联系的尺度，这就把比较两国疆土的面积放在了第一位。可见，记录歇站间的距离，体现了使者测定虏国疆土距离的意图。还如路振（957—1014）于1009年在《乘轺录》中列举了一系列数字，确定从辽都中京出发的几处路程："中京南至幽州九百里，至雄州白沟河界一千一百四十五里，东至灵河五百里……东至黄龙府一千五百里……又东至高丽女真四千里。东北至辽海二千里，辽海即东海。北至上国一千里……西至炭山七百里，炭山即黑山也……西北至刑头五百里……西南至山后八军八百余里。"在陈襄（1017—1080）1069年的出使记事中，还可以清晰地看到对宋、辽两国的比较，在其与辽国陪同官员的对话中，即可见出这一记录用意："若据帐前至汴京，莫只祇汴京到杭州远。又问：'杭州属甚处？'臣襄答以属两浙路。又问襄任处，答云：'福州属福建路，去汴京四千余里。’又问：‘福建以外更有甚路?’臣襄答以更有广南东西二路，去京师万里。”这场旨在比较两国面积大小和距离长短的舌战，同时也为测量汴京和北方领土或南方各省的距离，确定了一个客观标准。其雄辩效应的基础在于人们以汴京为中心对空间整体的感知，体现了使者对疆土绵延不绝形象的建构。据此，确定地理位置可有两种选择：作者或满足于列举一般的地理坐标；或者通过讲述一个故事或指出某些环境特征，确定所在的地点。因此，出使行记也在记述方面下了功夫。

二　地点中的景象观察

大家知道历史故事在描述王朝疆土中是有着重要作用的：无论是一个城市、一条河流还是一个遗址，历史事件可为证明它们属于中国充当依据。1009 年，路振就采用过这个方法：“十日，自幽州北行至孙侯馆，五十里地无陵，出北安门，道西有华严寺，即太宗皇帝驻跸之地也。民言僧堂东壁有御札十五字，虏不令人见，覆以漆板，虏主每至，必开观之。”然而，在经过这些众所周知但主权尚存争议的地点后，路振来到了没有任何文化标志的天地之中。他的叙述又仅限于介绍有关距离、河流或地形之类的客观事实，因为再作任何评论，也就缺乏依据。类似的例子尚可见诸其他文书：“十六日自新馆行至卧如馆四十里。七里过编厢岭。十七日，自卧如馆东北行，至柳河馆六十里。五里过石子岭，道险。三十里过鍪河，四十里过缠斗岭，又行十余里至平州路，六十里过柳河。十八日，过柳河馆，东北行，至部落馆八十里，十里过小山，六十里过契丹岭。十九日，自部落馆东北行至牛山馆五十里，山势平漫。”宋绶（991—1040）在 1021 年赴中京以番邦之行写下的记事，对细节的描述也并不十分详细。对景色的描画，仅寥寥数笔；至于居民，作者特地提到这里人烟稀少：“七十里至香山子馆，前倚土山，依小河，其东北三十里即长泊也。涉沙碛，过白马淀。九十里至水泊馆。度土河，亦云撞撞水，聚沙成墩，少人烟，多林木，其河边平处，国主曾于此淀过冬。”

半个世纪后，沈括在记述其见闻时，用语比较精确。尤其，有关辽国的形象，无论长城南北，都反映出观察的延续，如他对古北口的描绘，古北口系长城的关隘之一：“金钩馆，西南距檀州五十里。自馆少东北行，乍原乍隰，三十余里至中顿。过顿，曲折北行峡中，济滦水，通三十余里，钩折投山隙以度，所谓古北口也。古北之险虽可守，而南有潮里，平碛百余，可以方车连骑，然金钩之南至于古北，皆行峡中，而潮里之水出其间，逾古北而南，距中顿皆奇地，可以匿奸。藉势而南，有密云柲其会冲，此古北之所以为固也。”[①] 更往北去，沈括也细致入微地记述了他所见到的一切：“打造馆，西距柳河七十里小北。自馆西南行十里余至中顿。顿之西南有大山，上有建石，望之如人，曰会仙石。山下大川流水，川间有石，屹然对山，乃筑馆其上，旁有茂木，下湍水，对峙大山。大山之西有断崖，上耸数百尺，挺擢如屏，而鸣泉漱其下，使人过此，必置酒其上，遂以为常。”[②] “二十余里至黄河。迎河行数里，乃乘桥，济河至中顿。河广数百步，今其流广度数丈而已。俯中顿有潭。潭南沙涸，潭北流广四丈。岸皆密石，峻立如壁，长数十步，虽回曲数折而广狭如一，疑若人力为之。河出峡中有声如雷，桁沟以桥。”[③] 透过这些详尽的文字叙述，我们可以认为，沈括对地理的考察并不只是简单地丈量土地，他不但善于观察，而且还能使用大量确切的语汇，以再现他看到的景色。可见，在宋朝早期的出使行记记事中，也有一些文书叙事精确，用词丰富多样。

---

① 贾敬颜：《沈括〈熙宁使契丹图抄〉疏证稿》，《五代宋金元人边疆行记十三种疏证稿》，第141—142页。

② 贾敬颜：《沈括〈熙宁使契丹图抄〉疏证稿》，《五代宋金元人边疆行记十三种疏证稿》，第147页。

③ 贾敬颜：《沈括〈熙宁使契丹图抄〉疏证稿》，《五代宋金元人边疆行记十三种疏证稿》，第162页。

我们只要着重查阅有关城市的段落，就能频频发现使者对其环境的精确记录。路振将诸多注意力集中在幽州城，对其变化进行了较为细致的描述："幽州幅员二十五里，东南曰水窗门，南曰开阳门，西曰清间门，北曰北安门。内城幅员五里，东曰宣和门，南曰丹凤门，西曰显西门，北曰衙北门。内城三门不开，止从宣和门入，城中凡二十六坊。坊有门楼，大署其额，有罽宾、肃慎、卢龙等坊，并唐时旧坊名也。居民棋布，巷端直，列肆者百室。俗皆汉服，中有胡服者，盖杂契丹、渤海妇女耳，府名幽都。"[①] 虽说路振首先注意观察居民的态度，并且相信居民与使者们同心同德，但在他看来，城市仍有许多空间标志，于是他放手加以使用，因为与汉族文化相对照，这些标志能够印证他的政治推测：一道又一道城墙，东、南、西、北四面开着城门，封闭的街区，成排的民居，城市的大小随行政机构的级别而异。还如大中祥符六年（1013），王曾使还，《上契丹事》同样记载了不少城镇的概貌："二十里至中京大定府。城垣卑小，方圆才四里许。门但重屋，无筑阁之制。南门曰朱夏，门内通步廊，多坊门。又有市楼四：曰天方、大衢、通阛、望阙。次至大同馆。其门正北曰阳德、阊阖。城内西南隅岗上有寺。城南有园圃，宴射之所。"[②]

记叙之中，行记也对异域某些地区的地理形势也进行了深刻入理的分析，《熙宁使契丹图抄》中分析黄河水流时写道："狄人言此大河（指黄河）之别派。以臣度之，大不然，大河距此已数千里；千里之水，不应如是之微，凡雨暴至，辄涨溢，不终日而复涸，此其源不远，势可见也。以臣考之，乃古所谓潢水也，虏人不

① 贾敬颜：《路振〈乘轺录〉疏证稿》，《五代宋金元人边疆行记十三种疏证稿》，第47—49页。

② 贾敬颜：《王曾〈上契丹事〉疏证稿》，《五代宋金元人边疆行记十三种疏证稿》，第101—102页。

知，谬为大河耳。”① 此处就是否为源流与支流的分歧，作者阐明了自己的见解。再如《宣和乙巳奉使行程录》中分析幽州之地的形势时，写道：“幽州之地沃野千里。北限大山，重峦复岭，中有五关：居庸可以行大车，通转粮饷；松亭、金坡、古北口止通人马，不可行车。外有十八小路，尽兔径鸟道，止能通人，不可走马。山之南，地则五谷百果、良材美木无所不有。出关来才数十里，则山童水浊，皆瘠卤”；② 作者在此强调山川险要的重要性，同时也对辽国治下的幽州给予了颇高评价，认为这是北方最富庶繁荣的一片地区，言论深刻入理。其实，早在宋朝建立以后，辽、宋两国战火不断，河北山东两路民众苦不堪言，加之，仁宗年间黄河水患，两路百姓伤亡甚重，辽国汉人便据此以为城：“滦州古无之。唐末天下乱，阿保机攻陷平、营，刘守光据幽州，暴虐，民不堪命，多逃亡阿保机为主，筑此以居之。州处平地，负麓面冈。东行三里许，乱山重叠，形势险峻。河经其间，河面阔三百步，亦控扼之所也。水极清深，临河有大亭，名曰濯清，为塞北炎绝郡。”③ 城市景观是人们熟识的一种空间形态，使者就根据这些景观撰写他们的纪实报告，传替着他们内心情感的波动。

行记中，使臣还一并记载了一些古城、古镇的地名由来及其历史沿革。如“营州，古柳城，舜筑也。乃殷之孤竹国，汉唐辽西地。金国讨张觉，是州之民屠戮殆尽，存着贫民十数家。”④ 新城（原属涿州）：“隋炀帝伐高丽，治军涿郡，穿渠水运以饷军，疑此

① 贾敬颜：《沈括〈熙宁使契丹图抄〉疏证稿》，《五代宋金元人边疆行记十三种疏证稿》，第162页。

② （宋）确庵、耐庵编，崔文印笺证：《靖康稗史笺证·宣和乙巳奉使金国行程录笺证》，第17页。

③ （宋）确庵、耐庵编，崔文印笺证：《靖康稗史笺证·宣和乙巳奉使金国行程录笺证》，第14页。

④ （宋）确庵、耐庵编，崔文印笺证：《靖康稗史笺证·宣和乙巳奉使金国行程录笺证》，第16页。

故渠。”[①] 邢州县，“号‘安国军’，即信德府，吕洞宾之故乡”[②]。相州安阳“今为彰德府……市中有秦楼、翠楼，北过漳河，历曹操讲武城，周遭十数里，凿城为路，外即其疑冢。”[③] 良乡县：“良乡乃唐庄宗时赵德钧镇边幽州，岁苦契丹侵钞转晌，乃于盐沟置良乡，即此地，隶燕山府。”[④] 曹操讲武城：“周遭十数里，城外有操冢七十二，散在数里间，传云操冢正在古寺中。高翻墓在道旁，碑云‘魏侍中黄钱太尉录尚书事渤海高公墓’。”[⑤] 这些平淡无奇的记录中，传达了作者对中原遗址的驻足与凝望，不经意的记录中融入了他们跨越时空的体认与共情，倾注着他们的隐忧与担心。

可见，在宋代出使行记的书写中，有些文书的叙述已很精确，叙述的精确程度不但与作者的才华有关，而且更取决于所叙述的场所。宋代行记最明显的创作正表现为作者对各地的观察具有统一性，行记中记录的空间从此具有某种客观的量纲，可被约定俗成的和千篇一律的用语（例如距离、方向之类的概念）说明。而且，相较其他文书，使者不曾过多着墨于城市的描绘，而主要着墨于相关景色的描述，以此激起内心的情感涟漪，并且，作者对景色的描绘又仅局限于自身的感受。可以说，在这里，不论这些作者是否分享相同的感受，叙述的故事犹如一幅又一幅写生画，不宜进行类比和概括。这种特性在有关人文结构的考察行记中也可找到。

三　居民习俗的展现

出使记事也注意到北方居民的生产活动和生活习俗，有关习俗

---

① 贾敬颜：《沈括〈熙宁使契丹图抄〉疏证稿》，《五代宋金元人边疆行记十三种疏证稿》，第134页。

② （宋）程卓：《使金录》，《全宋笔记》第6编第5册，大象出版社2013年版，第120页。

③ （宋）程卓：《使金录》，《全宋笔记》第6编第5册，第119—120页。

④ （宋）确庵、耐庵编，崔文印笺证：《靖康稗史笺证·宣和乙巳奉使金国行程录笺证》，第5页。

⑤ （宋）范成大：《范成大笔记六种·揽辔录》，第13页。

差异的叙述几乎随处可见。王曾在谈到渤海人的冶铁及歌舞时，竭力对番地生活作一系统的描绘，他写道：“居人草庵板屋，耕种，但无桑柘；所种皆从垅上，虞吹沙所壅。山中长松郁然，深谷中时见畜牧牛马橐驼，多青羊黄豕，亦有挈车帐，逐水草射猎。食止糜粥粆糒。”① 路振所见居民的情形是：“奚、汉民杂居益众。里民言：汉使岁至，虏必尽驱山中奚民就道而居，欲其人烟相接也。又曰：虏所止之处，官属皆从。城中无馆舍，但于城外就车帐而居焉。”② 沈括所介绍的他亲眼所见的民族：“奚、渤海之俗类燕，而渤海为夷语。其民皆屋居，无瓦者墁上，或苫以桦木之皮。奚人业伐山、陆种斫车。契丹之车，皆资于奚。车工所聚，曰打造馆。其辎车之制如中国，后广前杀而无般，材俭易败，不能任重而利于行山。长毂广轮，轮之牙其厚不能四寸，而轸之材不能五寸。其乘车，驾之以驼，上施帨，帷富者加毡幰文绣之饰。”③ 在他们看来，那里的居民组织在粗野而复杂的群体中生活和劳作。

单凭一次旅行的观察和某些官方信息，出使记实在叙述方法上又究竟如何呢？根据一次出使，怎样讲述“疆土特征”或社会“变迁”？使者显然想根据一个统一的框架去理解这个空间。在某种程度上，辽、金的斥卤之地不再属于新奇的世界。苏辙（1039—1112）1089 年奉使返朝后确认北狄之人的粗野，“其性譬如禽兽”，但他又说：“然至于其所以拥护亲戚，休养生息，畜牛马，长子孙，安居佚乐而欲保其首领者，盖无以异于华人也。”④ 这里可以看出，使臣对夷狄的评价出现了一种新见解。我们还想展示当时的人通过

① 贾敬颜：《王曾〈上契丹事〉疏证稿》，见《五代宋金元人边疆行记十三种疏证稿》，第 103 页。

② 贾敬颜：《路振〈乘轺录〉疏证稿》，见《五代宋金元人边疆行记十三种疏证稿》，第 59—60 页。

③ 贾敬颜：《沈括〈熙宁使契丹图抄〉疏证稿》，见《五代宋金元人边疆行记十三种疏证稿》，第 130—132 页。

④ 苏辙：《栾城集》，上海古籍出版社 2009 年版，第 1621 页。

什么途径去吸收由“出使”积累的各项认识。出使期间，他们耳闻目睹了很多异域风土民情。概括起来，主要包括饮食服饰、礼俗吏治、歌舞娱乐等方面。

饮食服饰方面。北族农业较为原始，农作物品种稀少，马扩（？—1152）随父使女真，撰《茅斋自叙》，记金事甚详，写道：“自过咸州，至混同江以北，不种谷麦，所种止稗子，舂粮旋炊粳饭……自过嫔、辰州、东京以北，绝少羊、面，每晨及夕各以射到禽兽荐饭。”①居民主要以畜牧、采集、渔猎为主：“无他技，所喜者莫过于田猎。昔都会宁之际，四时皆猎焉”②，肉类是他们的主要主食。路振记载辽国饮食情况是：“文木器盛虏食，先荐骆糜，用杓而啖焉。熊肪、羊、豚、雉、兔之肉为濡肉，牛、鹿、雁、鹜、熊、貉之肉为腊肉，割之令方正，杂置大盘。二胡雏衣鲜洁衣，持帨巾，执刀匕，遍割诸肉，以啖汉使。”③马扩记载金人的餐桌上，亦是“猪、羊、鸡、鹿、兔、狼、獐、鹿、狐狸、牛、驴、犬、马、鹅、雁、鱼、鸭、虾蟆等”④。烹饪方式极为原始，还停留在烧、烤，甚至生食的阶段，“或播、或烹、或生脔，多芥蒜汁渍沃，陆续供列，各取佩刀，脔切荐饭”⑤。其饭食，“以糜酿酒，以豆为酱，以半生米为饭，渍以生狗血及葱韭之属，和而食之，笔以芜黄”⑥，往往“秽污不可向口”⑦。服饰方面，北族与汉族长期杂居在一起，彼此穿着有了很大改变。《乘轺录》记载见虏主：“虏主

① （宋）徐梦莘：《三朝北盟会编》卷4《政宣上帙》引马扩《茅斋自叙》，第30页。

② （宋）宇文懋昭撰，崔文印校正：《大金国志校正》附录二《金虏图经》，第601页。

③ 贾敬颜：《路振〈乘轺录〉疏证稿》，《五代宋金元人边疆行记十三种疏证稿》，第46页。

④ （宋）马扩：《茅斋自叙》，《金史集佚》，吉林文史出版社1990年版，第109页。

⑤ （宋）徐梦莘：《三朝北盟会编》卷4《政宣上帙》引马扩《茅斋自叙》，第30页下。

⑥ （宋）徐梦莘：《三朝北盟会编》卷3《政宣上帙三》，上海古籍出版社1987年版，第17页。

⑦ （宋）确庵、耐庵编，崔文印笺证：《靖康稗史笺证·宣和乙巳奉使金国行程录笺证》，第13页。

年三十余，衣汉服，黄纱袍，玉带鞍，互靴。”① 《熙宁使契丹图抄》记载：“山之南乃燕、蓟八州，衣冠语言皆其旧俗，惟男子靴足幅巾而垂其带，女子连裳，异于中国。”②

吏治方面，使者记载往往是比较苛刻残酷的统治。路振写道：“虏政苛刻，幽、蓟苦之。围桑税亩，数倍于中国，水旱虫蝗之灾，无蠲减焉。以是服田之家，十夫并耨，而老者之食，不得精凿；力蚕之妇，十手并织，而老者之衣，不得增絮。征敛调发，急于剽掠。”③ 女真族早期没有礼仪、法制，阶级观念淡薄，“君民同川而浴，肩相摩于道。民虽杀鸡，亦召其君同食”④。宋政和五年（1115），进攻辽取胜后，阿骨打称皇帝，建国号“金”，乃仿照辽、宋制度，制定了一些政策、法规。“本遵唐制，又以本朝（指宋朝）之法并辽法参而用之”⑤。金国朝廷的谏官“并以他官兼之，与台官皆备员，不弹击。外道虽有漕使，亦不刺举，故官吏赃秽，略无所惮”⑥。如大定年间的开州刺史安德，“贪沓狠愎”，却“以治行闻道中”。省部的令史、译史官，公然收受贿赂，“凡递敕或除州太守，告令史、译史送之，大州三数百千，帅府千缗”。“夷人官汉地者”办事的译语官更是有过之无不及，“上下重轻皆出其手，得以舞文招贿，三二年皆致富，民俗苦之”⑦。楼钥《北行日录》感慨：

① 贾敬颜：《路振〈乘轺录〉疏证稿》，《五代宋金元人边疆行记十三种疏证稿》，第61页。

② 贾敬颜：《沈括〈熙宁使契丹图抄〉疏证稿》，《五代宋金元人边疆行记十三种疏证稿》，第132—133页。

③ 贾敬颜：《路振〈乘轺录〉疏证稿》，《五代宋金元人边疆行记十三种疏证稿》，第52页。

④ （宋）洪皓：《松漠纪闻》，朱易安、傅璇琮等主编：《全宋笔记》第3编第7册，大象出版社2008年版，第127页。

⑤ （宋）宇文懋昭撰，崔文印校正：《大金国志校正》附录二《金虏图经》，中华书局1986年版，第598页。

⑥ （宋）洪皓：《松漠纪闻》，第140页。

⑦ （宋）洪皓：《松漠纪闻》，第131、127页。

“北方守令难得循良者”了[①]。

确实，不仅辽、金的官制礼仪与宋国相仿，而且诸多生活习俗都已染汉人风俗，苏颂即言：“盖知其爱好之实也，故次之以‘国俗’。”毫无疑问，使者往往诉诸弱国言辞，鄙视所见之事，尽管分析中有着鲜明的贬低之意，但也始终未曾脱离中国体制的叙述框架，他们往往将辽、金视为中国的一部分进行阐述，这种中国翻版式的叙述方式势必导致了对北族的双重认识，北族本质上不同于我，但他们的行为却又是可以认知的。由此，使臣就在关外与幽州的对比过程中，发现了北族居民的生活特质，认识到了宋国疆土的特性。可以说，正是透过这些使臣的空间记述，对北族的体认由奇及异地确定了一种相异性。无论如何，正是透过这些使臣的叙述，“奇”开始变为“异”。

① （宋）楼钥：《北行日录》，上海师范大学古籍整理研究所编：《全宋笔记》第6编第4册，第12页。

第四章

展现异族他者：宋代出使行记的文化阐释

在异国旅程中，尤其是南宋使金的使臣旅人，他们的目光经常停留在与本国相关的事物上。这是因为猎奇之外，尚有更深刻的历史文化指引着他们的视线。在不同使臣那里，家国盛衰之感的个人书写和华夷之辨心态下的历史记忆，遵循着相似的表达策略，共享着某些强化或遮蔽机制。这种举止和情怀若仅从史料价值角度解读其文本，势必将出使的见闻与人心的感知这两者之间的作用雕塑得过于疏略。实则，宋代出使行记作为思想文化史建构的重要资料，其所蕴含的文化层面是极其丰富而独特的，为我们重新认识 10 世纪至 13 世纪的文明提供了一个独特视角。

◇◇ 第一节　出使与文化传播

宋代出使行记上承晋唐，既有早期行记“纪行”与“传人”的文本特征，又是源于赵宋王朝这个特定政治环境的产物，体现着临民治事、处理政务的特性，与政治、经济、军事、文化、思想等多种因素相连，文化意蕴不容小觑。这不仅为我们完整地认识宋代行记本身提供了多个视角，而且有助于丰富我们对宋代文化的认识。

一　宋朝“外交轴心”的体现

外交轴心是指外交的主体、外交的中心。它体现在两个方面：一是外交上的垂范意义或主导地位；二是经常讨论并决定第三方的国家关系或讨论决定对第三方的某种行动或行为，实质上产生对第三方、第四方乃至更大范围秩序的影响。宋朝由于其软弱的外交政策和虚弱的国力和军力，周边政权林立，民族关系复杂，外交轴心国的地位难以维系。但是，不管是不是外交的轴心国，宋朝通过自己的文化对他国的传播和影响却是沿袭了汉唐的传统，并且形成了自己的鲜明特色。宋朝从皇帝到普通官员也在极力继承并构建属于其自身的或具有其自身特点的外交礼治体系，构建自己的外交文化，构建自己的轴心外交圈，并以此发挥着强大的外交轴心的作用，在某种意义上保持着对传统外交体系的继承和发展、改革与创新。可以说，宋朝对传统外交礼治体系既有努力继承和不断弘扬的一面，同时，又有不断破坏、颠覆甚至瓦解的一面，看似矛盾的两面在宋朝被结合在一起了。

对比历史可以发现，汉朝奉行主动的外交策略和外交影响。外交范围主要向北方和西方延伸。如张骞出使西域、苏武滞留匈奴、丝绸之路的开拓等，都是其外交主动行为的体现。汉代外交之空前发展主要是因其综合国力之强盛，尤以其强大的军事和安边护国的能力与作为所致，同时还与其德政有着紧密的关系。“德”作为中国古代外交关系“软实力”的重要表现之一，是汉文化的集中体现与总和，其基本理念是认为中原王朝应通过修“德”以吸引四方国族。其在汉代外交中的作用，主要表现为两种类型，一是诸如以匈奴为代表的四方国族对于汉文化的从敌视到仰慕，一是诸如以西域诸国为代表的四方国族对于汉文化的从隔膜到亲近。正是凭借其强大的军事实力与护国安边的能力，汉朝外交得以空前发展。

唐代外交，体现出一种新型的外交模式和外交理念。唐朝不仅凭借其强大的国内实力形成了其外交轴心的地位，而且其强大的军事实力也履行了安边保国的责任，为国内的安定与发展提供了强有力的保障，还通过实行特殊的民族政策包括和亲、赐姓、氏族笼络政策以确保自身的地位和影响。其对外文化交流也体现出丰富多彩的形式，如鉴真东渡、玄奘取经、丝绸之路等，都是主动的外交行为。同时，唐朝的文化也令许多国家主动向唐朝靠拢，纷纷派遣遣唐使来唐朝学习文化技术，甚至学习治理国家的方略。可以说，汉唐外交格局是奠定以汉族为轴心、以中原华夏文化为基础的外交文化的基石，是构建以华夏文化为基础的外交思想的大国礼治外交体系的完备体现。

及至宋朝，文化高度繁荣发展。王国维在《宋代之金石学》中概述“天水一朝人智之活动与文化之多方面，前之汉唐，后之元明，皆所不逮也”①。陈寅恪亦对此论断曰“华夏民族之文化，历数千载之演进，造极于赵宋之世”②。持此看法的学者时不乏人，如邓广铭认为：“宋代是我国封建社会发展的最高阶段。两宋期内的物质文明和精神文明所达到的高度，在中国整个封建社会历史时期之内，可以说是空前绝后的。”③ 徐吉军指出宋代“作为文化组成部分的物质文明和精神文明比以往任何一个朝代，都有了长足的进步”，“宋代的文化区域及文化层次等也远比过去扩大和深入”。④周膺等同样认为：“从文化内涵来看……（宋代）是中国古代文化的最终完成，此后的中国文化很少再有新鲜成分。”⑤ 还有国外学者亦多持此论断，日本学者和田清认为：“唐代汉民族的发展并不像

---

① 王国维的论断虽是针对整个宋代，是在评述“宋代之金石学”时作出的，但讨论“金石学”，南宋自当属重镇。（见《静安文集续编》，《王国维遗书》第5册，上海书店出版社1983年版，第70页）

② 陈寅恪：《邓广铭宋史职官志考证序》，载《金明馆丛稿二编》，上海古籍出版社1980年版，第245页。

③ 邓广铭：《谈谈有关宋史研究的几个问题》，《社会科学战线》1986年第2期。

④ 徐吉军：《中国古代文化造极于宋代论》，《河北学刊》1990年第4期。

⑤ 周膺、吴晶：《南宋美学思想研究》，上海古籍出版社2012年版，第1页。

外表上显示的那样强大，相反地，宋代汉民族的发达，其健全的程度却超出一般人想象以上。”[①] 诸如此说，都充分肯定了宋代文化在历史上的重要地位。

宋朝的文化魅力同样存在并保持着对外交的强大影响，且产生着与唐朝相似的辐射力和延展力。只是宋朝的文化影响是在自然而然中形成的，更多地局限于文化本身，并没有像唐朝那样除了在文教德化方面产生影响，以及在政治体制尤其是官制、国家治理政策上对其他国家产生至深影响。宋朝的文化魅力是其自然形成外交轴心的关键所在，这种影响是中国文化的长期积淀而形成的，是中国文化博大精深的体现，是中国传统儒学文化对外的思想贡献。通过使臣的频繁往来，不仅在一定程度上解决了宋与辽、金之间的政治冲突和利益冲突，而且促进了宋与辽、金经济文化的交流和发展。从这一层面而言，宋朝外交的文化阐释更值得期待和关注。

首先，宋朝外交的文化影响主要体现在文化艺术的传播中。路振记录辽人钦慕中原文化的描写：“番汉官子孙，有秀茂者，必令学中国书篆，习读经史。自与朝廷通好以来，岁选人材尤异聪敏知文史者，以备南使，故中朝声教，皆略知梗概。至若营井邑以易部落，造馆舍以变穹庐，服冠带以却毡毳，享厨爨以屏除毛血，皆慕中国之义也。”[②] 元祐五年（1090）二月至四月，苏辙以“北朝皇帝生辰国信使”的身份出使契丹，其《论北朝所见于朝廷不便事》记载：“本朝民间开版印行文字，臣等窃见北界无所不有……本朝印本文字，多已流传在彼。其间臣僚章疏及士子策论，言朝廷得失、军国利害，盖为不少。兼小民愚陋，惟利是视，印行戏亵之

① ［日］和田清：《中国史概说》，吉林大学历史系翻译组译，商务印书馆 1964 年版，第 99 页。

② 路振：《乘轺录》，赵永春编订：《奉使辽金行程录》，吉林文史出版社 1995 年版，第 20 页。

语，无所不至。”[①] 苏辙在该文中记录了以图书为载体的文化艺术的传播，还列举了其兄苏轼《眉山集》与其父苏洵的文集早已流传至契丹，契丹也非常了解自己的文章《服茯苓赋》的事情。

宋朝使臣大多是当时著名文人，如欧阳修、苏轼、苏辙等，他们的作品备受辽人喜爱，早已在辽境上广为传诵。苏辙充使辽国生辰使时，发现苏轼早已为辽人所熟知：“谁将家谱到燕都，识底人人问大苏。”[②] 苏轼文名家喻户晓，如雷贯耳。诚如陆游在《家事旧闻》中所写：“楚公言：辽人虽外窥中国礼文……”[③]，他们都特别推崇宋朝文化，中原诗词、书法、绘画等，都令辽、金等统治者醉心不已，纷纷学习、效仿。契丹人“颇能尽其委屈”，“其间臣僚章疏及士子策论，言朝廷得失、军国利害，盖不为少”，辽金皇帝往往在接待宋朝使臣时，交流唱和、吟诗助兴、论文谈史。如吟诗。天圣三年（1025）李维出使，辽圣宗便让其“使赋两朝悠久诗”[④]，诗既成，契丹主为此大喜。又如宝元二年（1039）聂冠卿出使，辽兴宗曾经看过他所著的《蕲春集》，词极清丽，因自击球纵饮，命冠卿赋诗，礼遇甚厚。[⑤] 还有属对。岳珂《桯史》中完整记载着双方使臣属对的例子：元祐间，（苏）东坡实膺是选，辽使素闻其名，思以奇困之，其国旧有一对曰“三光日月星”，凡以数言者，必犯其上一字，于是遍国中无能属者。首以请于坡，坡唯唯，私谓其介曰：“我能而君不能，亦非所以全大国之体。‘四诗风雅颂’，天生对也，盍先以此复之。”介如言。方共叹愕。坡徐曰：“某亦有一对，曰：‘四德元亨利’。”使睢，欲起辩。坡曰：“而谓我忘其一耶？谨而舌，两朝兄弟邦，卿为外臣，此固仁祖之庙讳

---

① （宋）苏辙：《栾城集》卷42，《唐宋八大家全集》第13卷，新世纪出版社1997年版，第664页。

② （清）厉鹗：《辽史拾遗》卷10《道宗五》，《景印文渊阁四库全书》。

③ （宋）陆游：《家事旧闻》，第196页。

④ 《宋史》卷282《离杭传附李维传》，第9514页。

⑤ 《宋史》卷294《聂冠卿传》，第9820页。

也。”使出不意，大骇服。[①] 宋朝使臣与辽朝接伴使在属对中，相互切磋，沟通文才，正是基于宋辽使臣之间这种经常性的诗文交流，以致“承平时，国家与辽欢盟，文禁甚宽，辂客者往来，率以谈谑诗文相娱乐”[②]。

国家间文化的融合还可从他国或他朝统治者对中原文化的推崇与推广方面得到体现。《契丹国志》记载：辽圣宗“好读唐《贞观政要》，至太宗、明皇《实录》则钦伏，故御名连明皇讳上一字”。他十分崇拜唐太宗、宋太祖、宋太宗等，曾说：“五百年来中国之英主，远则唐太宗，次则后唐明宗，近则今太祖、太宗也。”[③] 有趣的是，在宋辽澶渊之盟后，宋辽统治者还在艺术上进行切磋，彼此交流。如《契丹国志》记载：“（辽兴宗）工画，善丹青，尝以所画鹅、雁送诸宋朝，点缀精妙，宛乎逼真，仁宗作飞白书以答之。”[④] 飞白，乃中原之书法艺术，为汉字书体的一种，笔画露白，似枯笔所写，据说为后汉蔡邕所创。辽兴宗送画，宋仁宗送字，两朝的最高统治者既是在较真艺术，更是在交流艺术，可见文化交流之密切。并且在实践中，致力于学习中原的先进文化。如修史、皇帝实录、日历等。公元 991 年，辽人室防和邢抱朴合撰《统和实录》20 卷，记载辽太祖至辽景宗五朝史事。1103 年，辽人耶律俨纂修《皇朝实录》等。辽朝编写的这些史料，成为后来金国和元朝编修二十四史中《辽史》的重要依据。当然，这只是在和平时期，也可以视作澶渊之盟的影响。难怪宋叶隆礼也说：“盖当是时南北无事，岁受南宋馈遗百四五十年，内府之储珍异，固山积也。”[⑤] 可见，文化的交往与影响，已经在不知不觉中形成了宋朝对外的影响，形成了外交文化的独特现象。

---

① （宋）岳珂：《桯史》卷 2《东坡属对》，中华书局 1981 年版，第 16 页。
② （宋）岳珂：《桯史》卷 2《东坡属对》，第 16 页。
③ （宋）叶隆礼撰：《契丹国志》卷 7，上海古籍出版社 1985 年版，第 71 页。
④ （宋）叶隆礼撰：《契丹国志》卷 8，上海古籍出版社 1985 年版，第 83 页。
⑤ （宋）叶隆礼撰：《契丹国志》卷 8，第 83 页。

二　文化的对垒与融合

在宋朝立国的三百多年中，以宋朝为代表的农耕文化与以辽、金、西夏为代表的游牧文化一直存在着对垒，且这种对垒已经超过了任何朝代，既有别于汉唐文化的根基，又不同于元、清时期的文化。无论在汉唐还是在元、清，这种决定文化经济基础的生产方式在较量以后往往以一方取得支配的地位，而宋朝农耕文化一直未能取得主导性的地位和作用，以农耕文化为基础的宋政权与以游牧文化为基础的辽金政权实际上各自控制着不同的地域，而各自所实际控制的地域又以各自建立政权的文化基础为主体，政权基础与实际文化的结合使得文化的对垒进一步加剧。

农耕文化形成的特点是：稳定安居是农耕社会经济发展的前提。农耕文化在治国安邦中体现为：注重规矩、比较内敛、小富即安，加之儒家中庸思想和“以和为贵”的理念，使得以农耕文化为基础的生产方式决定了国家的军事格局的被动防御，外交思想的保守信诺，外交行为的规范体面，外交理念的不惹是生非。稳定的农业社会和较少变化的经济结构，也使得中原地区的帝王们陶醉于“惠此中国，以绥四方”（《诗·大雅·民劳》）的理念之中，他们视“皇天眷命，奄有四海”，“无怠无荒，四夷来王”（《尚书·大禹谟》）为治道尤其是外交的理想境界。“协和万邦”“万国来朝”成为统治集团、包括宋朝外交格局的思路。当各国使者“来朝”时，往往是几十、几百甚至上千人，于是接伴、送伴人员络绎不绝，地方官吏和百姓则往往不堪其负，而宋朝统治者为了体现“远抚藩夷”的思维，赏赐无限。宋朝所谓“以风土之宜，助军旅之费”（《澶渊誓书》）的外交行为，实际上也是这种外交理念的体现，是“大国”之“大”的流露，它的政治意义远超过了绢银本身的价值。

生活在宋朝北部、西北部的游牧民族则主要以畜牧、狩猎为生，他们的生活方式流徙不定，经常南下寻衅、劫掠，“利则进，不利则退”，给中原的农耕民族造成了极大的威胁。游牧文化形成的特点是：趋利性极强，“往来转徙，时至时去”的游牧人在军事上长期追逐争锋，军事格局以攻掠性为主，很少有安分守己、小安即妥的时候。国家交往强调利益至上，务实而主动，较少顾及各种礼节乃至信诺，总是在遵循利益至上的原则下不断地袭击侵扰他人，毫不犹豫的出手常常令他们满载而归，往往会从宋朝取得自己所想获取的东西，如绢、钱、茶叶、盐等。

由游牧生产方式决定的外交准则，形成了宋与周边民族关系的特殊形态：如宋辽关系就是建立在大小不一的战争基础上的。“以武立国”使得辽对宋经常发动不同规模的战争。由于宋朝在建国之初的百年间保持了强大的军队，采取了正确的军事策略，宋辽关系基本维持在较为平衡的状态，并且宋辽外交的主动权基本掌握在辽王朝。如《澶渊誓书》中的“助军旅之费”、交割的方式等，足以说明宋朝付出的代价，以及对辽国的颇多实惠。金朝时期，统治者虽然非常崇拜孔孟之道，一方面接受“儒化”，另一方面又想尽办法阻止女真“汉化”。他们在农业上有着广泛的基础和长足的发展，但在很大程度上在内政外交方面仍然保持着游牧的生产方式。有学者指出，宋金关系中的主体已经不再是南宋而是金，金也在试图恢复“大国礼治外交”。[①] 宋与辽、金关系体现的外交行为，对“天朝礼治外交”可说是一种践踏和破坏，因为宋朝并未能形成一个统一的、能够“君临万国”的国家，并未能达到汉唐所具有的辽阔而统一的疆域。由国家关系形成的文化的对垒与融合，具有典型的自身特点。

文化的对垒与融合是在控制与反控制的状态下共生的。考虑国家与国家之间尖锐的民族矛盾，宋朝采取了严密的防范与保密

---

① 黄枝连：《中国与亚洲国家关系形态论》，中国人民大学出版社 1992 年版，第 93 页。

措施，运用相当严厉的话语区别“中国”与四夷。宋人禁止在服饰方面效仿异族，如庆历八年（1048）宋仁宗就以诏令的形式规定：“禁士庶效契丹服及乘骑鞍辔，妇人衣铜绿兔褐之类。”① 政和元年（1111），宋徽宗曾下诏：“一应士庶，于京城内不得辄带毡笠子。”②

尽管彼此之间有控制，但也无法阻挡文化传播的必然趋势。如余靖（1000—1064）曾三次出使契丹。据《余襄公神道碑》记载：“假公谏议大夫以报，公从十余骑，驰出巨庸关。见虏主于九十九泉，从容坐帐中辩言，往复数十，卒屈其议，取其要领而还。朝廷遂发夏册，臣元昊。西师既解严，而北边亦无事。”③ 余靖的出使令宋与西夏和解，契丹也撤兵，没有动用一兵一卒，不仅完成了边事交涉的任务，还起到促进宋辽文化交流的贺岁使的作用。这里还可举沈括为例，史载：“辽萧禧来理河东黄嵬地，留馆不肯辞，曰：‘必得请而后反。’帝遣括往聘。括诣枢密院阅故牍，得顷岁所议疆地书，指古长城为境，今所争盖三十里远，表论之。帝以休日开天章阁召对，（神宗）喜曰：‘大臣殊不究本末，几误国事。’命以画图标（萧）禧，禧议始屈。赐括白金千两使行。至契丹庭，契丹相杨益戒来就议，括得地讼之籍数十，预使吏士诵之，益戒有所问，则顾吏举以答。他日复问，亦如之。益戒无以应，谩曰：‘数里之地不忍，而轻绝好乎？’括曰：‘师直为壮，曲为老。今北朝弃先君之大信，以威用其民，非我朝之不利也。’凡六会，契丹知不可夺，遂舍黄嵬而以天池请。”这里指出了沈括在出使中对幽蓟地区的汉人的装束介绍，出使有力地促进了汉和契丹两个民族的文化交流，同时也起到了贺岁使的和平交往作用。举其要者，文化的交流体现在以下诸多方面。

---

① （元）脱脱：《宋史》卷153，中华书局1977年版，第3576页。

② （宋）吴曾：《能改斋漫录》卷1《禁番曲毡笠》，上海古籍出版社1979年版，第16页。

③ （宋）欧阳修：《欧阳修文忠公文集》卷23《于向功神道碑》，四部丛刊本。

服饰的共鉴。宋绶记载契丹服饰时曰："其衣服之制，国母与蕃臣皆胡服。蕃官戴毡冠，上以金华为饰，或加珠玉翠毛，盖汉、魏时辽人步摇冠之遗像也。额后垂金花织成夹带，中贮发一总。服紫窄袍，加义襕，系鞊鞢带，以黄红色条裹革为之，用金、玉、水晶、碧石缀饰。又又纱冠，制如乌纱帽，无檐，不掩双耳，额前缀金花，上结紫带，带末缀珠或紫皂幅巾，紫窄袍，束带。大夫或绿巾，单绿花窄袍，中单多红绿色。贵者被貂裘，貂以紫黑色为贵，青色为次，又有银鼠，尤洁白；贱者被貂毛、羊、鼠、沙狐裘。""弓以皮为弦、箭削桦为杆，鞲勒轻简，便于驰走，以貂鼠或鹅项鸭头为扞腰。"[①] 随着汉化程度的加深，契丹的着装习惯也随之发生了显著变化。路振《乘轺录》记载："虏主年三十余，衣汉服，黄纱袍，玉带，互靴。方床累茵而坐。……汉官凡八人，分东西偏而坐，坐皆绣墩。东偏汉服官三人，首大丞相晋王韩德让，年约六十。次曰前都统相公耶律氏，次曰参政仆射姓邢氏。胡服官一人驸马相公姓萧氏。西偏汉服官二人，一曰秦王隆庆，次曰楚王。胡服二人，一曰惕隐相公耶律英，次曰常温相公。惕隐、常温皆虏官。"[②] 辽朝接待宋使时，辽圣宗、都统相公耶律氏、秦王隆庆、楚王隆祐皆穿着汉服。可见，辽朝中期，契丹人着装习惯已完全突破了"蕃臣皆胡服"的习俗，服饰汉文特征明显。路振《乘轺录》还记载皇后的服饰是："国母当阳，冠翠凤大冠，冠有绥缨，垂覆于领，凤皆浮。衣黄锦青凤袍，貂裘覆足。"[③] 接待宋使时，承天太后虽然是"貂裘覆足"，但头戴凤冠，身穿凤袍，穿着完全与大宋皇后相类似。

长期的融合中，汉族服饰也有着明显的胡化现象。神宗时期，沈括使辽，看到的情形是，幽蓟一带的汉人装束早已受到了少数民

---

① 《奉使辽金行程录》，第35页。

② 贾敬颜：《五代宋金元人边疆行记十三种疏证稿》，中华书局2004年版，第63页。

③ 贾敬颜：《五代宋金元人边疆行记十三种疏证稿》，第65页。

族的影响，其在《熙宁使虏图抄》中记述："男子靴足幅巾而垂其带，女子连裳异于中国。"[①] 汉族服装"胡化"的现象明显："中国衣冠，自北齐以来，乃全用胡服。"[②] 可见汉族衣装受"胡风"影响由来已久，服饰变化成了两宋时期汉族受到北族文化影响最早期、最直观的表现。楼钥行至北宋故地雍丘县时，看到的景象是："此间只是旧时风范，但改变衣装耳"[③]，中原北宋汉族遗民服装已然有了很大改变，已经偏向女真服饰风格。次年，范成大出使金国时，中原地区汉族服饰"胡化"的程度，是"最甚者衣装之类，其制尽为胡矣，自过淮已北皆然，而京师尤甚"[④]。原北宋开封城中百姓的穿着打扮。"男子髡顶，月辄三四髡，不然亦闷痒，余发作椎髻于顶上，包以罗巾，名曰蹋鸱，可支数月或几年，村落间多不复巾，蓬辫如鬼，反以为便。"[⑤] "髡顶""罗巾"均是典型的女真族打扮。可见汉族服饰"胡化"的范围之广影响之深。宋淳熙三年（1176）周辉见原北宋南京应天府地区汉族"男子衣皆小窄，妇女衣皆极宽大，有位者便服立，止用皂纻丝或番罗系版绦，与皂隶略无分别，绦反插，垂头于腰，谓之有礼，无贵贱皆着尖头靴，所顶之巾谓之蹋鸱"[⑥]。由此可见，金统治下的汉族民众的服饰和发式风格皆已经融入女真族风尚，汉族民众已经"民亦久习胡俗，态度嗜好与之俱化"[⑦]。

饮食方面："文木器盛虏食，先荐骆糜，用杓而啖焉。熊肪羊豚雉兔之肉为濡肉，牛鹿雁鹜熊貉之肉为腊肉，割之令方正，杂置大盘中。二胡雏衣鲜洁衣，持帨巾，执刀匕，遍割猪肉，以啖汉

---

① 《永乐大典》卷10877《熙宁使虏图抄》。
② （宋）沈括：《梦溪笔谈》，中华书局1985年版，第3页。
③ 赵永春：《奉使辽金行程录》，商务印书馆2017年版，第368页。
④ （宋）范成大：《揽辔录》，中华书局2002年版，第13页。
⑤ 赵永春：《奉使辽金行程录》，第392页。
⑥ 赵永春：《奉使辽金行程录》，第426页。
⑦ （宋）范成大：《揽辔录》，第1313页。

使。”[①] 虽说这是宴会饮食，但也可以推测此地百姓饮食已经胡化。

同样，语言文字上的影响亦是如此，辽朝会讲汉语的大臣非常多，双方使节互访都用汉语交流。不仅是北方朝廷大臣对汉语的痴迷与在现实交往中的大量运用，宋朝大臣也有不少人精通其他民族或国家的语言。如尚书余靖出使契丹时，曾用契丹语作诗：“夜筵设罢臣拜洗，两朝厥荷情干勒。微臣稚鲁祝若统，圣寿铁摆俱可忒”，令辽主大喜，国人爱之。刁约（？—1082）出使契丹时，也曾用契丹语戏为四句诗曰：“押燕移离毕，看房贺跋支。饯行三匹裂，密赐十貔狸。”[②] 语言的交流尤其是汉语的传播，对文化交流的作用是巨大的。

使臣所见，在长期的相互交流中，汉语渐被少数民族接受，甚至成为他们的通用语言。《宣和乙巳奉使行程录》中记载黄龙府（济州）一地，有契丹、渤海、女真、高丽、室韦、乌舍、回纥、党项、奚等民族杂居在一起，“凡聚会处，诸国人语言不能相通晓，则各以汉语为证，方能辨之，是知中国被服先王之礼仪，而夷狄亦以华言为证也”[③]。女真族早期没有文字，“太祖伐辽，是时未有文字”[④]，“其法律吏治别无文字，刻木为契，谓之‘刻字’。赋敛调度皆刻箭为号，事急者三刻之”[⑤]。建立金国后，“国势日强，与邻国交好，乃用契丹字”，后来完颜希尹又“依仿汉人楷字，因契丹字制度，合本国语，制女直字”，[⑥] 金国这才有了自己的文字。及至金中期后，女真人“自幼惟习汉人风俗，不知女直纯实之风，至于文字语言，或不通晓”[⑦]。金世宗对此感慨道，“今之燕饮音乐，皆

① 赵永春：《奉使辽金行程录》，第 15 页。

② （宋）叶隆礼撰：《契丹国志》卷 24，上海古籍出版社 1985 年版，第 233 页。

③ （宋）确庵、耐庵编，崔文印笺证：《靖康稗史笺证 · 宣和乙巳奉使金国行程录笺证》，第 31、32 页。

④ （元）脱脱等：《金史》卷 84《耨碗温敦思忠传》，第 1881 页。

⑤ （宋）宇文懋昭撰，崔文印校正：《大金国志校正》附录一《女真传》，第 587 页。

⑥ （元）脱脱等：《金史》卷 73《完颜希尹传》，第 1684 页。

⑦ （元）脱脱等：《金史》卷 7《世宗本纪中》，中华书局 1975 年版，第 159 页。

习汉风，盖以备礼也，非朕心所好，东宫不知女直风俗”[①]，身为女真皇族成员，却没有几人能讲女真语了，不得已，出于对本族语言的保护，金世宗大定二十五年（1185）为此制定了“命诸王习本朝语”的规定，[②] 即给出了明确的规定：“应卫士有不闲女直语者，并勒习学，仍自后不得汉语”[③]。有金一代，女真族人逐渐淡忘自己的民族语言，改习汉族语言的现象屡屡可见，这也正说明了汉族语言在金国的深刻影响。不仅如此，还纷纷致力于翻译儒家经典著作。辽朝就自行翻译、颁行了《史记》《汉书》《五代史》等史籍。据《契丹国志》卷7载：“（辽圣宗）亲以契丹字译白居易《讽谏集》，召番臣等读之。”金世宗“置经书所，径以女直字译汉文，选贵胄之秀异就学焉”[④]，金章宗“置弘文院，译写经书”[⑤]。他们在接受文化输入的同时，纷纷翻译、颁行这些典籍图书，为此促成了汉族与北族的文化互动，促进了儒家文化在金的广泛传播。

同样，楼钥在原北宋中原相州地区遇到的场景是，“承应人各与香茶红果子，或跪或喏，跪者胡礼，喏者犹是中原礼数，语音亦有微带燕音者，尤使人感伤”[⑥]，北宋遗民声音语调已经都熏染北音。口音也影响到了用词的变化，这都被敏感的士大夫们记录。程卓在《使金录》里提到“打者，犹战也”，意思是表达战斗的意思，南人一般是言“战”，但是女真人一般是言“打”，这种细微差异，都是南北文化交流冲突的体现。

礼事活动与制度的影响。如，女真族兴起之时，其俗尚骑射，没有尊卑礼法，“无仪法，君民同川而浴，肩相摩于道”[⑦]。他们不

---

① （元）脱脱等：《金史》卷7《世宗本纪中》，中华书局1975年版，第158页。

② （元）脱脱等：《金史》卷9《章宗本纪一》，中华书局1975年版，第208页。

③ （元）脱脱等：《金史》卷7《世宗本纪中》，中华书局1975年版，第161页。

④ （金）元好问撰，姚奠中主编：《元好问全集》卷27《尚书右丞耶律公神道碑》，三晋出版社2015年版，第499页。

⑤ （元）脱脱等：《金史》卷10《章宗本纪二》，中华书局1975年版，第232页。

⑥ （宋）楼钥：《攻媿集》卷11《北行日录上》，中华书局1985年版，第1583页。

⑦ （宋）宇文懋昭撰，崔文印校正：《大金国志校正》附录一《女真传》，第585页。

了解中原文化，更没有听说过孔子，《松漠纪闻》中就记载道："初，汉儿至曲阜，方发宣圣陵，粘罕闻之，问高庆绪渤海人曰：'孔子何人?'对曰：'古之大圣人。'曰：'大圣人墓岂可发?'皆杀之，故阙里得全。"[①] 自金国对辽、宋兴兵之后，逐渐浸染华风，中原文化尤其是儒学为女真人所接受和喜爱。"受到儒家文化的熏染，女真皇室和贵族，也逐渐由原来卑陋无文的状态日益脱去了游牧民族原有的粗犷风格，更接近中原地区传统的封建士大夫了。"[②]《松漠纪闻》中记载伯固硫之子"年约二十余，颇好延接儒士，亦读儒书，……亦学弈、象戏、点茶，……衣制皆如汉儿"[③]；金熙宗甚为推崇儒学，他自幼"得燕人韩防及中国儒士教之，后能赋诗染翰。雅歌儒服，分茶焚香，弈棋象戏，……宛然一汉户少年子也"[④]。皇统元年（1141）二月，金熙宗还亲祭孔庙，并对侍臣说："孔子虽无位，其道可尊，使万世景仰。大凡为善，不可不勉"，自是，"颇读《尚书》、《论语》及《五代》、《辽史》诸书，或以夜继焉"。[⑤] 可见儒学影响之深。

仿效宋朝的科举，金国自入主中原之后，"兼采唐、宋之法而增损之"[⑥]，仿照宋朝设立进士科目，以科举取士，选拔各民族的人才。金代的科举考试始于金太宗时期。天会五年（1127），金主完颜晟（即吴乞买）颁布诏令："河北、河东郡县职员多阙，宜开贡举取士，以安新民。其南北进士，经洪各以所业试之。"[⑦] 所设科目也沿袭辽、宋之制，有词赋、经义、策试、律科、童等科，"限以三岁有乡、府、省三试"[⑧]，天德二年（1150），又增殿试之制。洪

① （宋）洪皓：《松漠纪闻》，第131页。
② 霍明琨：《〈松漠纪闻〉中所见的金初文教及科举》，《历史教学》2008年第4期。
③ （宋）洪皓：《松漠纪闻》，第119页。
④ （宋）宇文懋昭撰，崔文印校正：《大金国志校正》卷12《熙宗孝成皇帝》，第179页。
⑤ （元）脱脱等：《金史》卷4《熙宗纪》，第77页。
⑥ （元）脱脱等：《金史》《选举志》，第1130页。
⑦ （元）脱脱等：《金史》卷3《太宗纪》，第57页。
⑧ （宋）宇文懋昭撰，崔文印校正：《大金国志校正》附录二《金虏图经》，第598页。

皓《松漠纪闻》一书中，就详细地记载了金国科举初创时期的一些具体细节：“金人科举，先于诸州分县赴试，诗、赋者兼论，作一日；经义者兼论、策，作三日，号为乡试，悉以本县令为试官。预试之士，唯杂犯者黜。榜首曰乡元，亦曰解元。次年春，分三路类试，自河以北至女真皆就燕，关西及河东就云中，河以南就汴，谓之府试，试诗、赋、论、时务策，经义则试五道，三策一论一律义。凡二人取一，榜首曰府元。至秋，尽集诸路举人于燕，名曰会试，凡六人取一，榜首曰敕头，亦曰状元，分三甲，曰上甲、中甲、下甲。敕头补承德郎，视中朝之承议。上甲皆赐绯，七年即至奉直大夫，谓之正郎。第二、第三人八年或九年，中甲十二年，下甲十三年。不以所居官高卑，皆迁大夫。中、下甲服绿，例赐银带。”[①] 金国的科举之制经过多次的修改、完善，逐渐地形成了一套规范的制度，为金国选拔出了一大批德才兼备的国之栋梁。正如史载：“金源氏崛起东海，当天会间，方域甫定，即设科取士，急于得贤，故文风振而人才辈出，治具张而纪纲不紊，有国虽百余年，典章文物至此比隆唐宋之盛。”[②]

女真族早期没有历法，不知正朔、纪年，若有人问到自己的年龄，“则曰我见草青几度矣。盖以草一青为一岁也”[③]。也不知道汉人的节日，据《松漠纪闻》记载，天会年间，有位僧人被金人掳到会宁府，上元佳节时，按照汉族的风俗，“以长竿引灯毬，表而出之以为戏”。吴乞买见了大惊，以为是天上的星星，侍者解释说是上元节的风俗，但吴乞买仍然怀疑是有人啸聚为乱，要以此为信号，最后下令杀了这个僧人。后迁都到燕京，金人才知道上元张灯的节日习俗。[④] 金国入主中原之后，“汴、洛之士，多至其都，于是

---

① （宋）洪皓：《松漠纪闻》，第127页。

② （元）王恽：《秋涧集》卷58《浑源刘氏世德碑铭》，《景印文渊阁四库全书》第1200册，台北：台湾商务印书馆1983年版，第756页。

③ （宋）洪皓：《松漠纪闻》，第125页。

④ （宋）洪皓：《松漠纪闻》，第125、126页。

四时节序，皆与中国作矣”①。金人不仅接受了汉族的历法，汉族的节日风俗也很快流传开来，成为金国上下共有的节日。

只是，文化的对垒与融合，还体现在较为清晰的国家利益与私人喜好的区分上。欧阳修于辽重熙二十四年（1055）十二月丙申出使辽国时，辽人因仰慕欧阳修而举国轰动，辽朝皇帝与满朝官员都以能够接待欧阳修而自豪。从欧阳修踏入辽地开始，道宗就给予他超常规的礼遇。大宋使团到达上京之日，城内军民无论胡汉，纷纷涌上街头，只为一睹欧阳修的风采。辽道宗和满朝官员热情款待欧阳修。他还对欧阳修说：“如果人生有轮回，愿后世生在中国。”但是，当欧阳修编撰《五代史》将辽朝“附于四夷”时，辽人马上做出反应：“（此种行为）妄加贬訾，且宋人赖我朝宽大，许通和好，得尽兄弟之礼。今反令臣下妄意作史，恬不经意”，并将宋朝“赵氏初起事迹详附国史”。② 这一史实说明，个人喜好不能凌驾于国家利益之上，在文化交流方面也是如此。

诚然，国家间，中原文化的这种传播多数是对受众国的高层特别是最高统治者产生影响，并直接影响受众国的政体，其影响是思想意识的影响，是政治理念的影响，更是统治根基的影响。如《契丹国志》卷9记载宋人给辽道宗讲《论语》时，辽道宗对《论语》中的“北辰居其所而众星拱之”“夷狄之有君”等提出了自己独到的看法，尤其是对“夷”的解释，更是提出“上世獯鬻、猃狁荡无礼法，故谓之‘夷’，吾修文德，彬彬不异中华，何嫌之有”，③ 这一方面表现了辽朝统治者学习中原文化的自信与自豪，另一方面，也是对“夷狄”的认知标准的表现。这与中原地区纯粹以地区来理解夷狄的传统认知标准更具高度，更有见地，更令人信服与钦佩。

---

① （宋）李心传：《建炎以来系年要录》卷19，第381页。

② （元）脱脱等编撰：《辽史》卷104，中华书局1974年版，第1455—1456页。

③ （宋）叶隆礼撰：《契丹国志》卷9，上海古籍出版社1985年版，第95页。

综上，使臣除了完成出使使命外，还积极传播了宋朝文化，这对加强各国文化的推介、了解与交流等是颇有益处的。

◇◇ 第二节 出使行记与宋代政治制度

“所谓政治制度，应当是指国家的历史类型（国体）、国家的组织形式（政体）、国家的结构形式（中央和地方之间相互关系的形式）这样三个方面的总和。”① 国家类型的改变、国家机构的变迁、政权行使手段的更替、国家法规的制定和修改等都属于政治制度的范畴。外交属于国家的大政方针，是国家政治制度的最好体现，因使臣出使而记录出使的行记，由此与政治之间具有普通文书不可替代的天然联系。

出使行记体现着国家的外交理念、外交的基本准则。而外交理念、外交的基本准则，是政治制度在外交上的具体体现。如出使行记中关于称谓的选择，其所蕴含的文化价值就不可忽视，这在任何朝代都有体现。如隋炀帝大业三年（607），日本方面“遣使朝拜”，由于《国书》里有“日出处天子（即日本天皇自称）致书日没处天子（即隋炀帝）”的称谓，皇帝因此而“览之不悦”，认为“蛮夷书有无礼者”，隋炀帝于大业四年（608）专门“遣文琳郎裴清使于倭国”，给对方一番教训。② 再如唐代，皇帝自称“天可汗”，而称其他番王为“可汗”“大可汗”等，可谓界限分明。如：“唐之德大矣！际天所覆，悉臣而属之，薄海内外，无不州县，遂尊天子曰‘天可汗’。三王以来，未有以过之。至荒区君长，待唐玺纛乃能国，一为不宾，随辄夷缚，故蛮琛夷宝，踵相逮于廷。”③ 这里，关于称谓的史实至少说明两点：一是在对外交往文书中称谓

① 王汉昌、林代昭：《中国古代政治制度史略·前言》，人民出版社 1985 年版。
② （唐）魏征等撰：《隋书》卷 81，中华书局 1973 年版，第 1827 页。
③ （宋）欧阳修、宋祁：《新唐书》卷 219，中华书局 1975 年版，第 6183 页。

的严谨性。二是称谓本身就体现了唐朝对外交往思想和对外交往策略，反映了唐朝在处理与北方少数民族势力的关系上，所采取的淡化种族，努力实现民族融合的外交理念。称谓的变化只是国家以及统治集团实行对外关系的一种策略，而实际上，唐人自己在论述自己与北方民族的关系时，对相互界限还是很清楚的。张说在他的上书中曾经说过："今四夷请和，使者入谒，当接以礼乐，示以兵威，虽曰戎夷，不可轻也。"[①] 诸此例子说明，唐人在处理唐王朝与北方少数民族的关系时是非常清醒的。这也进一步说明，在对外交往中选择合适的称谓，不是一个简单的礼节问题，而是国家对外决策思想和决策理念的体现，是统治集团处理对外交往关系的策略所在。

通过阅读出使行记，非常显而易见，作者并没有试图对辽、金政权或契丹、女真人采用规范的指代。词语的范围，从中立的泛泛之词到异族之人，外交语言中习惯性的礼貌性称呼，以及在其书页中公然的排外言论，在作者的描述中，贬斥的词汇和暴力行为在记写中起了主导作用。

其实，诸多的学术研究成果已经强调了这样一个事实，即宋代政治家与其辽、金同行们都认识到不断变化着的外国地名和异族之人术语的意义和作用。20 世纪 80 年代初，《中国棋逢对手》一书的撰稿人即提请人们注意，语言并不在国家之间冲突中扮演多重要的角色。王庚武和陶晋生指出，在他们对待辽、金政权时，宋朝使节诉诸"弱国言辞"或"平等的新外交语言"——[②]这与更传统的中国人所认为的文化优越感和对朝贡的异族之人顺从的期望形成了鲜明的对比。他们看到了外交辞令中的这种转变反映在所使用的称呼用语上，这种使用是基于君主们之间虚构的亲属关系（兄弟、叔侄——宋朝君主偶尔也会采用较低姿态），称呼用语似乎承认了"北朝"和"南朝"政治上的平等关系。接受新外交语言的另一个

---

① （宋）欧阳修、宋祁：《新唐书》卷 125，中华书局 1975 年版，第 4407 页。

② 陶晋生：《蛮夷或北狄》，第 69 页，王庚武：《小帝国的辞令》。

迹象，是将边境辖区似乎带有贬义的名称，比如威虏、破虏、静戎、平戎进行改名。[①]

行记作者及其史料倾向于使用乍一看似乎是政治中立的术语：宋、辽两国在外交场合是依两国地理位置用“南朝”“北朝”互称，显示的是双方地位的平等。但在宋朝内部，行记中，则称宋为“中国”，称辽为“敌”“虏”“异类”等。

还有“金人”“大金”“金国”。这些术语类似于那些用来指称宋朝政体及其居民的术语，尽管自指的术语远不常见。在出使行记中，很少出现民族名称在当时用来指那些建立了这个国家（女真、如真/汝真）的女真人。而对它的引用指向，可以追溯到北宋晚期的一项法令，当时金政权大体上可能还没有与宋廷发生关联。[②] 此外，金政权不能主要依据民族来界定。各种民族，包括汉族在内的前宋朝臣民，都是金军和金国的一部分，人们普遍使用“金人”这个词（即是在刻画他们冷酷无情的行为中），指的是在宋朝北部边缘之人与那些声称统治他们的朝廷有关，而不是与部落、部落联盟或其首领联系在一起。然而，对于金政权及其人民来说，政治上中性名称的普遍存在，不能被解读为表明在宋朝政治家和士人眼中，这个国家及其人民已经成为平等的伙伴。事实上，称呼女真和金人（包括国家君主）、个人群体，或金军或金廷时，最常出现的词是“虏”或者“戎、蛮”，这是一个贬义词，将他们归类为缺乏文明和自主权的劣等人。

在出使行记中，辽金人在大多数情况下被描绘为入侵者和宋朝领土的暴力占领者。他们首先被塑造成军事行动者，我们没有看到或听到他们是政治行动者。[③] 强调辽金政权及其臣民的军事方面，

---

① 陶晋生：《蛮夷或北狄》，第69—70页；《续资治通鉴》卷58，第1301页。

② （宋）王明清：《挥麈录》，中华书局1961年版，第182页。

③ 关于罗马文本中对非文明民族的军事特征的类似强调，参见威尔斯（Wells）《野蛮人的语言》第五章，尤其是第100页。

一目了然地体现在与辽金政权个人和集体有关的动词中。与辽金人联系最多的动词是指非法侵占领土并掠夺物品：诸如犯、侵犯、据、寇、掠、烧、破，或者尽取等词。类似地，“虏”常与诸如骑、兵等军事联系在一起，而“虏军”是浙西词中最常见的搭配。与“辽人”“金人”类似，即便在相同的条目中，它也可以互换使用，更通用且频繁使用的术语“虏人”，则往往与表示占领和侵害的动词（犯、侵犯、寇）一起出现，并用动词表示他们在宋朝领土上的存在（已入、已在、渡）。进而对辽金文物、制度的贬抑。如大中祥符元年（1008），宋抟出使回来，上奏曰：“契丹所居曰中京，在幽州东北，城垒卑小，鲜居人，夹道多蔽以墙垣。……大率颇慕华仪，然性无检束，每宴集有不拜、不拱手者。”[①]“外国表章类不应律令，必先经有司点视，方许进御。”[②]“虏政苛刻”，“大约制度卑陋”。[③]

还有使用动物比喻，历来是歧视性意识形态中一种常见的语言技巧。在意识形态中，区分高等和低等物种的存在，将特定的群体划归低层次的生命形式，具有传递与所指对象相关的价值判断的效果。[④]通过将隐喻融入话语中，与动物如犬羊相关的性质和行为，在概念上与辽金人联系在一起。[⑤]然后，可以把辽金人想象成卑顺的物种，被他们的主人驱赶。同样地，“虏”人也会遭到“鞭笞”。

在宋金冲突结束几个世纪后，人们依然认可这些隐喻和相关贬义性语言的力量。四库全书的编者们编辑了所有可能会冒犯到满族

① （宋）李焘：《续资治通鉴长编》卷68，中华书局1985年版，第1527页。

② （宋）周辉撰，刘永翔校注：《清波杂志校注》，中华书局1997年版，第67页。

③ （宋）路振：《乘轺录》，赵永春编订：《奉使辽金行程录》，第17页。

④ 穆索夫（Musolff）：《批判性的隐喻分析可以对种族主义意识形态有何帮助?》，Critical Approaches to Discourse Analysis across Disciplines 2，no. 2（2008），第2页。

⑤ 穆索夫（Musolff）：《批判性的隐喻分析可以对种族主义意识形态有何帮助?》，Critical Approaches to Discourse Analysis across Disciplines 2，no. 2（2008），第5页。12世纪极端排外的修辞和纳粹意识形态之间也有一个关键的区别：宋朝作者们无法想象没有异族世界的可能性。

人（所谓的女真人后裔），以及煽动汉人和非汉人臣民之间紧张关系的术语。他们收录了不少宋人出使行记，但是，依赖四库版本的读者，会对出使行记中宋辽金冲突的表现有截然不同的解读，编辑们删除了诸如“虏”这样在传世的清朝之前的版本中占主导地位的贬义词，并改变了对异族古老词语的贬义用法。大量改动其中的词句，如改“虏”为“北”，改“敌”为“人”，改“夷夏”为“中外”，改“故疆”为“边疆”，改“蠢兹獯狁”为“瞻兹北陲”，改“边塞”为“朔漠”，改“边落萧疏”为“雪岭迢遥”。在四库版本中，因为编辑们认为他们更适合替代更具妥协性的原文，所以要么完全保留下来政治上更中立的词语，要么在使用中增加了这样的词语。诸如“敌”“敌人”“仇”等词，取代了更具攻击性的词语。

在行记中收集的文字和对话，表明人们认为宋朝统驭已知世界的观念是不容置疑的。虽然多元世界的现实导致了一种世界观，即北方官僚国家的形成及其自己的臣民一样被人们承认，但作为“天下之人”（夷夏）君主的中央国家统治者的帝国理想仍然没有受到挑战。

某种程度上，宋朝对异族他国的看法承认了一个多政权林立的世界。正是透过这些使臣提供的异域情报，有利于积累对异域的认知。使臣前往异域带回的情报是亲耳所闻，亲眼所见，可信度高，宋朝前往辽、金的使臣，在完成出使任务的同时，从未停止过探听情报，如搜集辽国皇帝、皇太后相关信息，大中祥符元年（1008），宋抟等使契丹还，言：“惟国母愿固盟好，而年齿渐衰。国主（辽圣宗）奉佛，其弟秦王隆庆好武，吴王隆裕慕道，见道士则喜。又国相韩德让专权即久，老而多疾。”① 仅三年后，大中祥符三年（1010），萧太后和韩德让便相继逝去。即位的辽圣宗则“暗弱，

① 《续资治通鉴长编》卷68，大中祥符元年（1008）二月丁卯，第1527页。

其弟隆庆尤桀黠，众心附之，言事者谓因遣使特加恩隆庆。上（真宗）曰：‘柔远之道，务存大体，正当讲信修睦，使之和协。如其不法，岂宜更加礼耶?’”[①]。还有使者或是从习惯上关注辽国皇帝。如大中祥符五年（1012）王曾使还言：“将至馆（金钩馆），川原平光，谓之金钩淀，国主（辽圣宗）尝于此过冬……正东望马云山，山多鸟兽、林木，国主多于此打围。”[②] 大中祥符六年（1013）晁迥等使还，上奏：“辽主（辽圣宗）射猎，领帐下骑击扁鼓绕泊，惊鹅鸭飞起，乃纵海东青击之，或亲射焉。”[③] 天禧五年（1021）宋绶使还，上奏：“国主帐在毡屋西北，望之不见。尝出三豹，甚驯，马上附人而坐，猎则以捕兽……（晁）迥至张司空馆，闻国主（辽圣宗）在土河上罩鱼，以鱼来馈。”[④] 庆历二年（1042）张方平出使契丹，回国后，言：“尝使北辽，方燕，辽主（辽兴宗）在延下打球，安道见其缨绂诸物，鲜明有异，知其为戎主也，不敢显言，但再三咨其艺之精耳。接伴刘六符意觉，安道知之，色甚怍，云：‘又与一日做六论不同矣。’”[⑤] 或是关注他们的爱好。如天圣四年（1026）三月戊寅，李维使契丹，“契丹主（辽圣宗）素服其名，馆劳加礼，使即席赋《两朝悠久诗》，下笔立成，契丹主大喜”[⑥]。当然这些消息的打探，主要还是为了维持澶渊之盟誓书的各守疆界的规定，很多时候宋朝都是出于防备的目的，法国学者蓝克利认为宋朝使臣对辽国国主、地理、民风的了解，丰富了宋朝对边界的认识，对契丹的实证认识很大程度上即是通过边疆上面积累起来的。

出使行记中记录了相关交聘经过，有助于进一步了解宋朝的外

---

① 《续资治通鉴长编》卷73，大中祥符三年（1010）二月戊子，第1654页。

② 《续资治通鉴长编》卷79，大中祥符五年（1012）十月己酉，第1796页。

③ 《续资治通鉴长编》卷81，大中祥符六年（1013）九月乙卯，第1848页。

④ 《续资治通鉴长编》卷97，天禧五年（1021）九月甲申，第2254页。

⑤ （宋）孔平仲：《孔氏谈苑》卷1，上海古籍出版社2001年版，第2239页。

⑥ 《续资治通鉴长编》卷104，天圣四年（1026）三月戊寅，第2402页。

交形势。自北宋末年起，宋、金双方就围绕着攻辽、和战以及燕云十六州的归属等问题多次遣使往来商议，其交聘之语多被宋使记录在行记之中，我们可以从中了解到比正史记录更为详细的交聘经过。比如在燕云地区的归属上，金国威胁宋朝“莫道是与了南朝燕京管下六州二十四县，如我取了燕京，都不与南朝，怎生不依契丹一般与我银绢”。而宋朝则只能拿盟约说事，劝告金人“当以信义为胜，不可以力为强”。靖康元年（1126），金军围汴，面对金人“既要金帛，又要割地”的无理要求，宋使郑望之只能以“主上嗣位未旬日间，正是做手脚不及，亦非事力单弱”为借口，希望金人能够“以中国为重，结为邻好”，同时许诺“多增岁币”。

还可从使节之选派方面看出宋朝的外交局势。使团人员一般是由正、副使，上、中、下三节人从组成。正、副使国信使及副使，由中书、枢密院择才进名，惯例是由一文一武两位官员分别担任。一般情况下，文官担任正使，是整个使团的核心，武官担任副使，协助正使管理使团。事关国家大政及利益得失，因此朝廷对正、副使的选派十分慎重。天圣元年（1023），宋仁宗听从臣僚的建议，下诏“每差臣僚奉使，尤须经济得人。欲乞今后差文臣给事中、武臣遥郡以上。每至选差入国之次，预行诏敕，专委奉举行止，方得差充”①，对正、副使的选任条件提出了明确的要求。一般来说，北宋时的使臣是五品六品官，有时甚至低至七品八品，而南宋则因其地位较低，派出的使臣多是四品以上。② 但是，出使事关本国尊严，因此使节的官职过高或过低都不妥当，解决的办法就是借官。即是说，出使之人如果职位较低，可以向朝廷借一个较高的官职。这样，既显示了使节的重要性，又保住了本国的体面。正使、副使都可以借官，如靖康元年（1126），钦宗下旨向郑望之“借尚书工部

① （清）徐松辑：《宋会要辑稿·职官》三六《主管往来国信所》，第3089页上。

② 李辉：《宋金交聘制度研究（1127—1234）》，博士学位论文，复旦大学，2005年，第29页。

侍郎充奉使大金军前计议使”[①]出使，淳熙三年（1176），周辉一行人出使时，就是以“待制敷文阁张子政，假试户部尚书、充贺金国生辰使，皇叔祖右监门卫大将军士褒，假明州观察使、知东上合门、兼客省四方馆事副之”[②]。又如嘉定四年（1211），朝散郎尚书、刑部员外郎程卓假借了朝请大夫、试工部尚书、清化县开国侯、食邑一千户、食实封一百户、赐紫金鱼袋的身份充任贺金国正旦国信使，副使赵师岩本职是忠州防御使、知大宗正事，也借了昭信军承宣使、左武卫上将军、天水县开国伯、食邑七百户的身份。[③]可见使臣不仅可以借用职事官、散官的身份，连爵位也可以借用。

还可从中了解到使团的人员情况，如三节人从，又称三司使，是使团中除正、副使外的随从人员，“或自朝廷差，或由本所辟”[④]。《宋会要·职官》中记载三节人从是由“上节都辖一员，指使二员，书表司二员，礼物六员，引接二员，医候一员中节职员四员，亲属亲随六员，执旗信三员，小底二员下节御厨、工匠二人，翰林司二人，仪莺司一人，文思院针线匠人一人，将校二人，管押军员二人，军兵六十人，教骏二人”[⑤]组成，但这并不是绝对标准，实际使团人数是五十到二百人不等。如《宣和乙巳奉使行程录》中就记载当时的出使人员“除副外，计八十人都辐一，医一，随行指使一，译语指使二，礼物抵应二，引接抵应二，书表司二，习驭司二，职员二，小底二，亲属二，龙卫虞候六，宣抚司十将一，察视二，节级三，翰林司二，莺仪司一，太官局二，驰务槽头一，教骏

---

① （宋）徐梦莘：《三朝北盟会编》卷28《靖康中帙》引郑望之《靖康城下奉使录》，第210页。

② （宋）周辉：《北辕录》，第1页。

③ （宋）程卓：《使金录》，第443页。

④ （宋）确庵、耐庵编，崔文印笺证：《靖康稗史笺证·宣和乙巳奉使金国行程录笺证》，第2页。

⑤ （清）徐松辑：《宋会要辑稿·职官》五一《国信使》，第3541页下。

三，后院作匠一，鞍髻库子虎翼兵士五，宣武兵士三十”①，使团的规模还是十分庞大的。由这些记录中，我们可大致窥探交战过程中宋朝的被动处境。与宋朝同时存在着辽国、金国、西夏、高丽等国，它们各自有强大的国家机器，宋朝并没有在真正意义上控制过它们，这种外交格局史无前例。

◇◇ 第三节　出使行记与宋代社会心理

人类的社会心理是文化的重要组成部分。当某些心理成为社会共识的时候，它就会成为人们处事的潜在的、强有力的智能要素。在出使行记中，承载了人们出使异域的各种心理，其所折射的社会心理的变化，既是一个国家社会综合心理的反映，也是人们作为个体表现出的历史的心理嬗变。社会心理是以群体来划分的。不同的社会群体，由于其接受的文化程度，面临的社会义务、社会压力、社会责任等的不同，会形成不同的社会心理。社会心理是变化的，具有典型的时代性，会随着时代的崇尚而不断发生变化。

出使异域，令使臣关心的，是当时燕山地区，还有中原地区汉人的民心向背，因为在同时出现两个自封为“中国”的大帝国的情况下，对于强大的后起之秀，宋人的心态一直非常紧张，因为天无二日，彼方的强势，以及彼方境内汉人的态度，势必影响到自己的合法性建设。虽然很多宋人会说“遗民泪尽胡尘里，南望王师又一年”，但是真实的民心向背往往非常打脸。中原汉族民众，开始逐渐习惯异族统治，“苍龙观阙东风外，黄道星辰北斗边。月照九衢平似水，胡儿吹笛内门前”（庞谦孺《使虏过汴京作》），便是汉人普遍适应了新生活状态的写照。

两宋初期，新沦陷区的百姓对于故朝故国尚有各种回忆，而且

---

① （宋）确庵、耐庵编，崔文印笺证：《靖康稗史笺证·宣和乙巳奉使金国行程录笺证》，第2页。

基于当下的苦难，愿意迎接南方同族的军队北伐，如宋太宗的两次北伐期间，燕云汉儿多有带着州县和军队来投靠宋军的情况，“王师北入境，所在城邑多降宋”，甚至有主动上缴契丹人发的金牌银牌，杀死契丹将领的情况；太宗的两次北伐失败之后，还有云，应，寰，朔居民五百户和突厥，吐浑三部落安落等族八百帐祈求宋军保护，内迁汉地。至少在澶渊之盟前后，还有燕人对宋军北上抱有期待：“近有边民，旧为虏所掠者，逃归至燕，民为敛资给导以入汉界，因谓曰：‘汝归矣，他年南朝官家来收幽州，慎无杀吾汉儿也。’”[①] 但是经过辽人的同化和任用，加之宋辽战事平息，辽国汉人整体上已发展出先忠于辽国，其次保卫乡邦的认同。对宋朝已经谈不上向往了。马扩《茅斋自叙》中，辽国汉人对于宋朝就没有故国的认同感：当时随着马扩回到宋军军营的辽国汉人士大夫王介儒就讲得很明白：“两朝太平之久，戴白之老不识兵革，南朝每谓燕人思汉，殊不思自割属契丹已近二百年，岂无君臣父子之情?”虽然能言善辩的马扩表示，宋朝皇帝思念燕山的故土和旧民，不希望燕地百姓生灵涂炭，但是辽国汉人的代表王介儒的态度也很明确，介儒云：“燕人久属大辽，各安乡土，贵朝以兵挠之，决皆死战，於两地生灵非便。仲生云：谚语有之一马不备二鞍，一女不嫁二夫，为人臣岂事二主？燕中士大夫，岂不念此?”很多辽国汉人士大夫已经心向辽朝。对于燕云汉人的认同改变的事实，宋人自己也并非毫无察觉：“燕人本无思汉心，乃和诜侯益唱之，童贯蔡攸辈和之。”

到了金国时代，除了用五行德性理论论证金国法统的合理性外，金国的汉人士大夫也开始从淡化种族和地域的高度论述对中国的理解，他们认为判别中国之“正统”的标准，是否以“公天下之心”行“公天下之道”。如金国汉人士大夫和南宋人一样推崇蜀

① 《奉使辽金行程录》，第 15 页。

汉王朝："西蜀僻陋之国，先主武侯有公天下之心，宜称曰汉，汉者，公天之言也。自余则否。"原来汉地的民俗演变，以及辽金境内汉人认同的变化，都深深刺痛着他们的内心。

从使者的反馈来看，记载体现的问题是：对宋遗民比较苛刻残暴，路振大中祥符元年（1008）初使辽就曾注意到了辽地百姓的痛苦生活："虏政苛刻，幽蓟苦之，围桑税亩，数倍于中国，水旱虫蝗之灾，无蠲减焉。以是服田之家，十夫并耨，而老者之食，不得精凿；力蚕之妇，十手并织，而老者之衣，不得缯絮。征敛调发，急于剽掠。"①

"虏待我民"，尤其是河南地区民间财富遭到严苛的掠夺，金国人前期为了营建以南京析津府为中心的地区大量榨取河南民力财力；后期为了防范蒙古崛起，更是加重了对河南民力、兵力、财力的掠夺：如楼钥在《北行日录》中记载：开封城"城外人物极稀疏，有粉壁曰信陵坊，盖无忌之遗迹，城里亦凋残"；在经过河南其他地方的时候，"虏人浚民膏血以实巢穴，府库多在上京诸处，故河南之民贫甚，钱亦益少"②；而范成大在《揽辔集》中，则表示当时的东京开封"民间荒残自若。新城内大抵皆墟，至有犁为田处；旧城内粗布肆，皆苟活而已。四望时见楼阁峥嵘，皆旧宫观，寺宇无不颓毁"；而且他还细心地记载，当时金人以在河南大肆发行容易仿造，容易贬值的纸币，以此兑换民间的宋朝铜钱，然后大量将宋朝铜钱运往燕山地区充实金国府库。这就导致了河南地区的赤贫化。到了更晚的周辉的时代，根据他的观察，河南地区"人烟极凋残，行户倍尝都穷"；而到了河北地区，由于和蒙古人作战不利，所以河北汉人承担的兵役劳役远重于河南地区：车末走乏屡佥民兵，其数多于河南，加之科敛刍粟，民间罄竭，肆耆无忌，沼途承应人，无非市户，随行骑士，亦无官中卒马，所至

① （宋）路振：《乘轺录》，赵永春编订：《奉使辽金行程录》，第16页。
② 《楼钥集》，第2094页。

率驱市户为之。而且，女真统治下的汉族官吏，对于女真人的经济掠夺政策大吐苦水：楼钥在回程的路上经过相州，夜宿城外安阳驿，护送小吏向他控诉："我见父母说生计人口都被他（女真人）坏了，我辈只唤他作贼。应河南、河北钱物都搬向里去，更存活不得。"而且女真人对于士大夫做官犯错，也有鞭打的惩罚措施，这让金国境内的汉人士大夫都倍感受辱：楼钥就听过金国汉人官员大吐苦水："此间与奴隶一等，官虽甚高，未免棰楚（鞭打），成甚活路？"

但即便如此，所有行记的记载中，都没有体现出金国治下大多数汉人心向南宋，或者渴望南宋北上收复失地，顶多只有抱怨之语。建炎元年（1127），曹勋自河北逃回，称"河北之民，忠义赤心，贯于白日"[①]，遗民们忠宋之情是何等的强烈！绍兴十一年（1141），相隔仅十数年，当他再次来到汴京时，他对恢复已经信心不足，"虽觉人情犹向化，不知天意竟何如"[②]，"犹向化"三字，语带勉强，说明民心已大不如从前。两年后，自金归宋的洪皓也有类似的感受。途中他注意到"父老行叹息"[③]的言行，同时他也目睹了遗民后代麻木的表情。在河北，有父老指着一群青年，告诉他："是皆生长兵间，已二十余矣，不知有宋。我辈老且死，恐无以系思赵之心。"[④]这时离北宋灭亡尚不足二十年，河北青年的感情就已经疏远了宋朝，以后就更可想而知了。乾道五年（1169）楼钥使金，途中所见"叹息掩泣"者，也都是些"戴白之老"。[⑤]一些曾经历过北宋承平年代的承应人，多"能言旧事"，一些较年轻的承应人也往往听父辈详细讲述过昔日的繁华，甚至他们父亲还嘱咐说"我已矣，汝辈当见快活时"，只是哪知道"耽搁三四十年，犹

① 《松隐集》卷26《进前十事札子》之五。

② 《松隐集》卷12《持节过京》。

③ 《鄱阳集》卷2《白马渡》。

④ （宋）洪适：《盘洲文集》卷74《先君述》，《景印文渊阁四库全书》。

⑤ 《攻愧集》卷111《北行日录上》。

未得见”，语气中不无对南宋恢复中原的失望。这些都可以见出遗民们的感情变化。南宋子民对故国的情感越来越淡。这些深深刺痛着使者的内心，沉痛不已。

对于许多使臣来说，行记属于提醒人们帝国使命的一系列文本和实物。陆游就曾写过他阅读范成大《揽辔录》的思考：“夜读范至能《揽辔录》，言中原父老见使者多挥涕，感其事，作绝句。”在这首诗中，作者进一步表达了对像岳飞（1103—1141）这样勇敢的战士不再被选拔为宋军统领，以及对统一北方的支持并没有在南方得到执行的痛惜之情。可以说，中原对使者而言，是一个情感上的异域，他们不仅站在使者的角度看待这一事实，我们不难看到，辽、金汉民衣冠文物的胡化令使者担忧，他们深知这种看似无关紧要的外在变化，所反映的正是文化的不断浸透，同时，还不由自主地站在了历史的高度俯视这一历史，一面是对辽、金的掠而不治提出最严厉的指责，一面是对遗民的体恤之情。诚如周汝昌在《范石湖集》前言中说：“……像‘茹痛含辛说乱华’的老车夫。叹息‘曾见太平’的种梨老人，天街上‘年年等驾回’的父老，迎逐扶拜、争看‘汉官’的白头翁媪，这些被宋高宗、秦桧等出卖、遗弃，甚至遗忘了的苦难忠贞的人们，却在诗人的作品里受到了真挚的同情和关切。”[①] 任何个体化的叙述都不可避免地带有“社会文本”的痕迹，集体记忆正是通过个体化的充满张力的叙事而展开其逻辑的，出使之于异域书写的最大影响，或在于通过行记中充满张力的叙事，展开集体记忆，使其遗民的“自我”意义与“群体”意义得以生成，行记中的诸多文字，寄寓了使者的政治态度和现实关怀以及其对历史兴衰变迁的感慨与反思。在他们那些可能含有丑化倾向的描述中，隐含着中原文化失落的沉思以及收复故国的迷茫之感。

---

①　周汝昌：《范石湖集·序》，上海古籍出版社 1979 年版，第 3 页。

◇◇ 第四节　超越族性与民族：出使行记的认知意义

一种立场的出现，总是伴随着其他立场而生。作为南方宋国的对立面，北方辽、金却尽被大历史叙述掩藏，即便对12世纪的中国来说，金国才是主宰，仍不减“正统论述”的精神胜利。这样的宣称，在“政府王朝”与“民族文化”研究相继崛起的今天，或许听来托大。[①] 然后，反思现今的辽、金研究，大抵呈现了两种情景：一种是最先生成，也是我们所熟悉的“由宋解辽”“由宋解金”的切入，将“汉宋视域”拉长为“胡汉关系”的思考范畴；[②] 一种是透过文献审定，所重现的辽、金考实。

其实，国与国之间向来都是交互作用，研究两宋，难以避开辽、金的重要性。但，以往研究多半受到“自文化中心”（ethnocentrism）与“汉族本位”的惯习左右，以史料作为研究基础的关系，它们多为皇权所修撰。这固然对了解辽、金的缘起和发展贡献良多，却鲜少企图进入辽金主观的思想世界中，开展与“宋”相对应的“辽”“金”的研究取向。辽、金与宋的二元对峙，在研究领域上，宋压倒性地占上风，迄今其独尊地位不曾受到严重挑战。[③] 倘若，能透过不同的角度，来思考这原本是一体两面、息息相关却被相互间隔的问题，不仅可以重新发现被忽视的另一面存在，也可以更通透理解传统精神思维，甚至，获得更

① 辽金文学研究，参见吴凤霞《近六十年来的辽金史学研究》，《东北史学》2010年第2期；李锡厚《辽西夏金史研究》，福建人民出版社2005年版。

② 参见王明荪《宋辽金史论文稿》，台北：明文书局1981年版。

③ 即便同属女真的清，高宗乾隆在正统传承上，依然斥金：“……至于宋南渡后偏处临安，其时辽、金、元相继起于北边，奄有河北，宋虽称侄于金，而其所承者究仍北宋之正统，辽、金不得攘而有之也。”（清）清高宗：《命馆臣录存杨维桢〈正统辩〉谕》，收入于《四库全书》（上海古籍出版社1987年版），册1221，《东维子集·圣谕》卷8，第375页。“宋虽称侄于金”，将现实的孰强孰弱完整地表露，然而在文化道统上，宋仍获压倒性胜利。

高层面的文化特质。[①]

20 世纪 50 年代后半叶，人类学和语言学领域一些研究者开始研究人的认知过程。借鉴了语言学家派克的观点，提出要以文化负荷者的观点去了解文化和记录文化，要把文化负荷者的观点和人类研究者的观点区分开来，或者说要区分文化主位（epic）即“族内人观点”与文化客位（etic）即“局外人的看法”。同时产生了一种新的思潮，认为人类学者仅仅像从前那样从调查点带回描述性的资料是远远不够的，需要从民族志调查中提炼一些新的概念。为此，研究者寻求新的方法论，力图从调查对象那里得到更正确的反映，通过某个民族自己的观点来认识他们心中的世界，从对民族志材料的逻辑分析中推导出某个文化内在的思维规则，抽象出反映该社会的文化，而不是根据事先确定的人类学范畴来收集资料。这给我们一种启发，那就是为了理解他者，不应将对方当作自己的附属品，而应成为对方的客人，从对方的视角来审视自我与他者的关系，这样才能更好地理解他者。其实，使臣出使异域，行记中的相关记载，即很好地诠释了这种认知。

渐随使臣的出使，经过近距离接触北族的生态环境与其地的民风习俗，北族与中原的彼此了解得到加深，对北族的认识更为客观。如宋朝君臣对契丹的认识即经历了一个变化发展的过程。宋初太祖曾说：“今之勍敌，正在契丹。”[②] 宋太宗在经历两次伐辽后，趋于务实，慨叹：“此一时，彼一时也。今之獫狁，群众变诈，与古不同。”[③] 澶渊之盟之后，景德四年（1007）出使的宋抟写道：“大率颇慕华仪，然性无检束，每宴集，有不拜不拱手者。”[④] 并没有写羡慕华仪的内容。到大中祥符元年（1008）路振出使，就对学

① 关于这点，可参见刘浦江《穷尽·旁通·预流：辽金史研究的困厄与出路》，《历史研究》（中国社会科学院）2009 年第 6 期。

② （宋）魏泰：《东轩笔录》，中华书局 1983 年版，第 1 页。

③ 《续资治通鉴长编》卷 32，太宗淳化二年（991）四月辛巳，第 714 页。

④ 《奉使辽金行程录》，第 13 页。

习华仪内容做了介绍："岁开贡举以登汉民之俊秀者，榜贴授官，一效中国之制。其在廷之官，则有俸禄；典州县则有利润庄。藩汉官子孙，有秀茂者，必令学中国书篆，习读经史。自与朝廷通好已（以）来，岁选人材，尤异聪敏知文史者，以备南使，故中朝声教，皆略知梗概。至若营井邑以易部落，造馆舍以变穹庐，服冠带以却毡毳，享厨爨以屏毛血，皆慕中国之义也。"契丹选官制度效仿中原，而且那些贵族子弟也阅读经史，学习中国的文化艺术，但仍然强调契丹的本性很难改变："夫惟义者可以渐化，则豺虎之性，庶几乎变矣。"①

宝元元年（1038）出使过辽国的枢密副使韩琦说："契丹宅大漠，跨辽东，据全燕数十郡之雄，东服高丽，西臣元昊。自五代迄今，垂百余年，与中原抗衡，日益昌炽。至于典章文物、饮食服玩之盛，尽习汉风。"② 康定元年（1040）和庆历二年（1042）出使过辽国的枢密副使富弼上奏河北守御十二条中论述更加深刻："自契丹侵取燕蓟以北，拓跋自得灵、夏以西，其间所生豪英，皆为其用。得中国土地，役中国人力，称中国位号，仿中国官属，任中国贤才，读中国书籍，用中国车服，行中国法令，是二敌所为，皆与中国等。而又劲兵骁将长于中国，中国所有，彼尽得之，彼之所长，中国不及。当以中国劲敌待之，庶几可御，岂可以上古之夷狄待二敌也？"③ 富弼对契丹的认识已经发生根本改变，明确指出不能把契丹看成上古时期的夷狄，因为他们学习了中原的先进政治制度。庆历二年（1042）出使辽国的宣徽南院使、判应天府张方平言："自唐末朱温受封于梁国而建都，至于石晋割幽蓟之地以入契丹，遂与强敌共平原之利。"④ 也就是说，契丹疆土里也有平原，也

① 《奉使辽金行程录》第20页。
② 《续资治通鉴长编》卷142，庆历三年（1043）秋七月癸巳，第3412页。
③ 《续资治通鉴长编》卷150，庆历四年（1044）六月戊午，第3640页。
④ 《续资治通鉴长编》卷269，熙宁八年（1075）十月壬辰，第6592页。

有农耕文化。

宋神宗对契丹认识更加深刻，他对辅臣说：“唐明皇万年逸豫，以致祸乱。如本朝无前世离宫别馆、游豫奢侈之事，非特不为，亦无余力可为也。盖北有强敌，西有黠羌，朝廷汲汲枝梧不暇。然二敌之势所以难制者，有城国，有行国。自古外裔能行而已，今兼中国之所有，比之汉唐尤强盛也。”① 其中，“城国”是城郭以治的农业社会及其政治制度，“行国”是逐水草、游牧社会及其政治制度。宋神宗认为辽兼有草原和农耕两种制度文化，因而难治。

直到哲宗年间，元祐四年（1089）出使的苏辙返朝进奏《北狄论》：“北狄之人，其性譬如禽兽，便于射猎，而习于驰骋，生于斥卤之地，长于霜雪之野，饮水食肉，风雨饥渴之所不能困，上下山坂，筋力百倍，轻死而乐战，故常以勇胜中国。然至于其所以拥护亲戚，休养生息，畜生马，长子孙，安居佚乐，而欲保其首领者，盖无以异于华人也。”② 苏辙对北方夷狄的评价是：他们不仅有中原华人的制度，还有华人没有的勇毅。他对契丹人更是做出了一种新的解释。元符三年（1100）陆佃出使辽国后也说：“辽人虽外窥中国礼仪，然实安于夷狄之俗。”③ 可见契丹人在保留自己本族特性的同时学习华夏的文化。

正是这些到过辽朝的宋朝使臣，他们亲历了辽境的生态环境，感受到辽人的乡风民俗，对契丹的认识也就比较客观。这样的认识带回国之后又上奏皇帝，对于消除民族间隔阂和消除盲目优越感心理具有重要的意义。

使臣的行记表明，宋代士人期望熟悉中国疆域和外国政权的大致情况。首先，我们可以对边界得出一种新认识。辽、金的全部疆

① 《续资治通鉴长编》卷328，元丰五年（1082）秋七月乙未，第7899页。

② （宋）苏辙：《栾城应诏集》卷5《北狄论》，四部丛刊初编。

③ （宋）陆游：《家世旧闻》，中华书局1993年版，第196页。

土被列入原为中国疆土准备的记录项目之中。地理叙述即使在行文中也把这些疆土当作已知世界一体对待。“行记”的记叙纯属为撰写地方志或王朝史提供素材，但“行记”似乎开风气之先，最早把虏地当作王朝疆土加以介绍。其次，使者看到当地居民的生活、劳动，发现辽、金的政治组织，进而并着手比较。毫无疑问，使者往往鄙视所见之事，但他们的分析，即使故意贬低，也始终离不开中国体制的概念框架，这就势必导致对胡虏的双重认识。胡虏本质上不同于我，但他们的行为却又是可以认知的。确实，不仅辽、金的官制礼仪与宋国相仿，而且苏颂还谈道，盖知其爱好之实也，故次之以“国俗”。这些类比与发现辽、金的组织——城市、行政区划、居民（不仅分属不同部族，而且从事不同活动，具有适应环境的不同生活方式）——很难分开，所有这些因素都对通过实地考察重新认识胡虏大有帮助。这些使者就在关外和幽州附近发现北国土地的过程中，在对北方土地进行重新认识的同时，认识到宋国疆土的特性。

正如德国著名汉学家傅海波在为《剑桥中国辽西夏金元史》撰写的《导言》中强调，尽管每一个征服王朝都向中国文化的整体性、至上性及其世界秩序提出了严重的挑战，但每一个征服王朝都是中国的王朝，是中国历史和文化的一个部分。征服王朝的制度、文化、生活具有“内亚性”与“中国性”复杂结合的特点，而正是征服王朝使得中国式的皇权—官僚统治方式成了东亚的政治规范，被各种“化外”政权采纳和适应。也即是说，10—13 世纪创建征服王朝的民族无论契丹、女真还是蒙古，都不是新来者或局外人，他们很久以来就是中国体系的一部分，在建立一个帝国的前后，其政治上文化上的成熟都达到了相当的程度；他们也绝对不是纯粹的游牧民，不是所谓的游牧帝国，他们从事混合经济、进行大规模的贸易活动，本身都是多种族多语言的联盟，其中汉人是重要的组成。因此，我们绝不能把征服王朝和中原王朝之间的对抗，按传统的方式想象成华夷之间即高等文明和野蛮之间的对抗。五代以来中华世界乃至整个东亚地区发展出了一种多国体制，但是，在长达3个世纪的多国体制中，多国共享一套礼仪象征系统，共享“正统”观念和历史记忆，虽然政治上四分五裂，但仍然形成了一个整体性的中华世界，被一种共同的中国文明笼罩。

总体来看，出使辽、金的宋使，对待契丹人和女真人，整体上有一种文化上的紧张心理，虽然极力论证对方是伪政权，宋朝是唯一的“中国”，但是对方境内的民心向背却并不支持他们的论述。实则，在共同的民族交往中，部分汉族、北族民众在服饰、饮食、语言文字、艺术形式、宗教信仰等文化因素方面，产生了一定程度的变化。部分汉族、北族民众在客观的外在表现层面以及主观的意识、思想层面经历了一定程度的变化，进而在文化互动过程中产生杂糅共通的新民族文化。汉族、北族通过动态的文化互动与渗透，将静态的民族心理悄然改变，在保留和传承本民族文化的同时又增强了对他族的文化认同与民族认同。宋辽金时期汉族与北族文化互动的社会现象，调节了民族关系，对当时两族民众的生活习俗、生产方式、文化认同、思想观念和民族观念等方面均产生了一定程度的影响。

最后，宋朝边境的地域性和多元性的结合应该会提醒我们，不要把它们与早期现代和现代国家所构建的国家边境等同起来。虽然宋代建立了边境线，但它们并没有得到系统的实施，也没有被认为是将平等政权的地理体分开。在宋代，边境仍然是文明的边疆，是一个假想的普遍的“中华帝国”的化身，与超越它的其他民族和国家的短暂性对抗。12世纪的危机确保了整个南宋领土，特别是位于南方核心京津和文化中心的精英们，承担着保卫帝国的使命。自10世纪末以降，分别统治边疆地区南部和北部的王朝之间逐渐产生了政治分歧，这些分歧是伴随着南北差异的凸显而产生的，尽管两者文化趋同，但后来的史家硬要让人看到宋与辽金之间长期的对立，只能说明那个时期更看重文化身份的认同；强调文化差异虽然只是为政治服务，但文化认同明显开始趋近现代族性认同的概念。

第五章

世变下知识分子的生命困境与自我安顿

——以洪皓为中心的考察

宋代使臣出使异域，也正是他们找寻自我定位的历程，一种新的价值取向、一种新的士大夫形象，冉冉升起。本部分，以洪皓为个案，拟自其文学作品，导入使臣的思想世界，勾勒其入金后，对于身份抉择与文化认同的重构，进行文学、文化与史论双向并行、互证甚至辩证之研究。意图开展一个认知诠释的新尝试。

◇◇ 第一节　板荡中的身心试炼

1115年，“金”正式建国。凭借着压倒性的武力，金军摧枯拉朽地亡辽破宋，由女真人主导的世局变革，就此揭开序幕。1125年三月金军灭辽，同年八月，旋即征宋。由此奉使金国，便成了一件苦差事。宋使赴金，宛如踏上不归路：“六飞南渡，使金者几三十辈，其得生渡卢沟而南者，鄱阳洪公皓、新安朱公弁、历阳张公邵，才三人耳。”[1] 世变洪流，得以生还家国者，仅三人。使金乞和处境之严峻，可想而知。

宋高宗建炎三年（1129），洪皓（1088—1155）奉命出使金国，羁留十余年，坚贞不屈，艰苦备尝，绍兴十二年（1142）被释归宋，授徽猷阁直学士。归国后，洪皓痛斥秦桧（1090—1155），结果远贬英州（今广东英德），十二年后病逝于南雄（今广东南雄）。[2] 值得玩味的是，女真人对于洪皓的钦佩，竟比宋人更加珍惜：“（洪皓）既归，后使者至，必问皓为何官、居何地。”[3] 宋人歌颂的贞洁义士却备受金人推崇，这不会仅是单纯钦佩其人高尚而生。探其缘由，应为其滞金时期的作为，获得金人认同与激赏。即便对洪皓来说，滞金，仍是一段不堪回首的往事。洪皓又是如何收摄与安顿自我，从而守节十多年，不改初衷？我们拟从三个阶段：无法返回的旅程、留滞异域、命之所归进行阐述，此乃滞金生活的三面向：从出发、遭扣留、到最后的抉择，以此探究其出使心迹，得以体现其深层的文化价值心态。

一　无法返回的旅程

宋廷对于使节的挑选，是有既定成制的，[4] 大要为：“其文臣择有出身才望学问人，武臣须达时务更职任者充。”[5] 原则上，文臣而为使金使，多是学术涵养高的文人雅士，使节的中贞观是较为强烈的，使节出使前，多有赴死之心态。

对使金使而言，时局的动荡、国破家亡的感触、国家所赋予的重任，都是敦促他们赴汤蹈火的动力。宋军的节节败退，故国山河

---

① （宋）胡次焱：《梅岩文集》，《四库全书》（上海古籍出版社 1987 年版），第 1188 册，卷 7，“跋輶轩唱和集”，第 569—570 页。

② （元）脱脱等撰：《宋史》卷 373，册 33，传 132，《洪皓传》，第 11562 页。

③ （元）脱脱等撰：《宋史》卷 373，册 33，传 132，《洪皓传》，第 11562 页。

④ 参见吴晓萍《宋代外交使节的选派》，《安徽师范大学学报》2005 年第 33 卷第 5 期。

⑤ （宋）李焘：《续资治通鉴长编》卷 161 第 12 册，中华书局 1985 年版，第 3884 页。

沦为被征服的“异域”，令使金使在漫长的使途中，势必穿越破碎的河山，以往熟悉的场景，化作勾摄使节“剩水残山”的悲悯情绪。建炎三年（1129）任大金通问使的洪皓，路经故都汴京的心境抒发：“都驿荒凉尚邃深，息肩藉庇有馀阴。故宫今已生禾黍，翻作行人倍痛心。”① 诗题《都亭驿诗》，都亭驿为汴京最大的迎宾馆，洪皓奉使路经汴京时，入住于内。此时的汴京已沦陷，② 相较洪氏于宋徽宗政和五年（1115），进士登第时所见之大宋皇城，汴梁昔日光景已不复在。不过对洪氏而言，过往都驿虽荒凉，仍不改其曾经的邃深宏大，故都仍旧提供行人以庇荫，而“故宫今已生禾黍”的荒芜固然令人痛心，身处故都而今“翻作行人”，更令人痛心不已。

透过洪皓的亲身游历，深刻且细腻地观察沦陷区的今昔之景与民风向化，不仅能供作宋廷参照。其诗文所吟咏的风土人情，视角比之史笔更细腻具体，情志并透其内心。如《羑里庙》中写为：“羑河依旧羑城空，十亩颓基象四墉。重易待更三圣备，诸侯那得七年从。斯文未丧今犹在，遗像虽存祭不供。尚有神灵能济旱，往来拜谒日憧憧。”③ 羑城，位于今河南汤阴，为周文王（前1152—前1056）遭纣王（前1105—前1046）囚禁七年之地，后以周文王

① 《全宋诗》册30，第19165页。

② 《宋史·高宗本纪》：“（建炎三年）六月戊申朔，以东京留守杜充引兵赴行在”。（元）脱脱等撰：《宋史》册2，卷24，本纪24，第465页。由此可以看出，宋军在建炎三年（1129）六月撤守汴京，而据《宋史·高宗本纪》载：“（建炎三年）五月……乙酉，至江宁府，驻神霄宫，改府名建康。起复朝散郎洪晧为大金通问使。”（元）脱脱等撰：《宋史》，卷24，本纪24，第2册，第465页。可以看到洪皓在五月由建康府出发，然据《宋史·洪皓传》载：“建炎三年五月……迁皓五官，擢徽猷阁待制，假礼部尚书，为大金通问使，龚璹副之。令与执政议国书，皓欲有所易，颐浩不乐，遂抑迁官之命。时淮南盗贼踵起，李成甫就招，即命知泗州羁縻之。……皓至泗境，迎骑介而来，龚璹曰：‘虎口不可入。’皓遂迁……皓遂请出滁阳路，自寿春由东京以行。”（元）脱脱等撰：《宋史》册33，卷373，列传第132，《洪皓传》，第11557—11558页。可以知悉，洪皓五月出发即遇泗州叛乱而返，待李成受抚后，才由滁阳、寿春经汴京使金，而此时汴京已沦陷。

③ （元）洪皓：《羑里庙》，《全宋诗》册30，第19166页。

庙所在闻名。透过途经羑城的洪皓之视域，得以自羑城、文王庙，观察今昔物是人非的对比。

作为一位使节，一位“归来者”，甚至是一位观察者，沦陷故土不仅勾勒出险恶的时势氛围，更激荡出他对于时代的焦虑。以“讲武城”来看：“长笑袁本初，妄意清君侧。垂头返官渡，奇祸怜幕客。曹公走熙尚，气欲陵韩白。欺取计已成，军容漫辉赫。跨漳筑大城，劳民屈群策，北虽破乌丸，南亦困赤壁。八荒思并吞，二国尽勍敌。四陵寄遗恨，讲武存陈迹。雉堞逐尘飞，浊流深莫测。回首铜雀台，鼓吹喧黾蝈。”[①] 讲武城位于今河北邯郸市磁县，传为曹操（155—220）屯兵讲武之地。洪皓据此列举袁绍（？—202）与曹操间的纠葛，带出一个俱转折过程的心灵安顿。

靖康之变，面对金军之逞威，洪皓熟悉的家国，化为被征服的“异域”。破败的环境与严峻的局势激扬忠贞气节。以使金使身份的特殊性，亲身行经故土，并意识到过往，借怀古之酒，浇一己之愁。弱国无外交，在金军逞威之时出使的洪皓，多少会自觉到自己将面临的处境。值此危难之际，展现出浓烈的爱国情仇，屈滞拒降、奉节守道。

二　留滞“异域”

1125 年金军征宋，并开始扣留使节；1141 年宋、金绍兴和议；1143 年，金熙宗特赦屈滞金国，尚未仕金的宋使。尽管以后学的视域，能为“滞金宋使”这段留滞岁月划出期限，但对处于当下的“滞金宋使”洪皓来说，这实是一段看不见尽头的折磨：“两年不给食，盛夏衣粗布，尝大雪薪尽，以马矢然火煨面食之。”[②] 幽禁、流放松漠、不给食……，履遭金人恫吓，而且对洪皓来说，这样的恫吓是无止境的。毕竟他无法预测到十多年后金熙宗会特赦。身躯

① 《全宋诗》册 30，第 19166 页。

② （元）脱脱等：《宋史》册 33，卷 373，第 11559 页。

遭受漫长无尽的羁留与压迫，会激发很多深邃的心理哀愁。更重要的是，人生有多少个十五年，史载节烈之士的名垂千古，是用生命换来的。

（一）留滞的身躯与流逝的岁月

漫长的留滞，会消磨掉许多坚持。这是一个状态，也是一个选项，如果降金，则能跳脱而出，否则它会持续地运行，直至终结。随着时间的持续流逝，洪皓遭受拘禁的身躯，会愈来愈明显地显示“时不待我”的骚动，其《又和春日即事》一诗，具备由苦闷到自我安适的完整过程。这都与时间流逝的催化有关，形成一种共通的焦虑：“淹留逢地僻，将老惜韶光。齿与青春暮，愁随白日长。寻芳无处问，对酒有时狂。漫学樊迟圃，空登子反床。霏霏观雪集，冉冉望云翔。念母歌零雨，忧君诵履霜。击书思雁足，看剑忆鱼肠。驽马先骐骥，鸱枭笑凤凰。一身缠疾病，四载废烝尝。作个头风愈，陈琳檄在旁。”① 首句的“淹留”，即有长期羁留之意。随着“淹留”而日渐心生“将老惜韶光”之感，这与“齿与青春暮”相同，都有着时不我与的焦虑，“愁随白日长”更是提点诗人面对屈滞的无能为力，唯能独自愁。这样的哀愁状态，连着诗题来看《又和春日即事》，诗人是在万物盛兴的春日写下如此之作，更显哀戚。紧接“寻芳无处问，对酒有时狂”，即事，有做事之意，寻芳、饮酒，这一类春日所做之事，却因“无处问”“有时狂”形生一种浓厚、强烈的抑郁氛围。与上句相仿，个中缘由指向下半段：“漫学樊迟圃，空登子反床”，洪氏以樊迟（前515—?）、子反（? —前575）来陈说抒情。“漫学樊迟圃”，莫学樊迟圃，② 洪氏似乎提点自己志存高远，然而“空登子反床”，这典故为：春秋时宋国花元

① 《全宋诗》册30，第19171页。

② 《论语·子路篇》：樊迟请学稼。子曰：“吾不如老农。”请学为圃。曰：“吾不如老圃。”樊迟出。子曰：“小人哉，樊须也！上好礼，则民莫敢不敬；上好义，则民莫敢不服；上好信，则民莫敢不用情。夫如是，则四方之民襁负其子而至矣，焉用稼！”《论语新注新译》，杜道生注译，《子路篇第十三》，中华书局2011年版，第112页。

（？—前573），夜登楚军中的之反之床，以己为质，说退楚军，宋、楚和好。[①] 这和好之典，却因“空登”而显得徒劳无功，更令洪氏的高远之志形同虚设。这造成“霏霏观雪集，冉冉望云翔”这样蕴含复杂压抑情思的情结，而这压抑的枢纽，即为“念母歌零雨，忧君诵履霜”，“念母”与忧“虑霜操”，[②] 这两句突显出洪皓另一种的哀思——思亲。随着时间的推移，在忠孝节义的传统价值观下，洪皓的心思摇动，会越来越明显地萌现。在书写题材的呈现上，也更多地陈述自我的内心。

继续自本诗来看：“思雁足”与“忆鱼肠”都透露诗人的不满足，这样的状态应与“驽马先骐骥，鸱枭笑凤凰”有关，骐骥为良马，却令驽马为先；以腐鼠为食的鸱枭，却耻笑“非练实不食，非醴泉不饮”（《庄子·秋水》）的凤凰，想来这是诗人现实的处境，与心中的惶恐。再来“一身缠疾病，四载废烝尝”，秋祭称尝，冬祭称烝，四载未祭天，兼之一身缠疾，这又该如何医治？“作个头风愈，陈琳檄在旁”，“作个”，有一种突然、一次令头痛全都痊愈的感觉，药方应为在旁的陈琳檄。来看陈琳（？—217）最著名的檄文《陈孔璋为袁绍檄豫州》中有“盖闻明主图危以制变，忠臣虑难以立权。是以有非常之人，然后有非常之事，有非常之事，然后立非常之功”[③] 等语，这似乎是一种安顿，但更多的却像决断。虑难为忧虑灾难之意，故而洪皓以“非常之人”、有“非常之事”、然后方得“非常之功”，来作为面对逆境时的态度，这其实相近于

---

① 参见（周）左丘明撰，杨伯峻编《春秋左传注》（中华书局1995年版），册2，《宣公十五年》，第761页。

② 《履霜操》为古乐府琴曲，可见于（唐）韩愈《履霜操·序》：伊吉甫之伯奇无罪，为后母谮而见逐，自伤作。本词云：“朝履霜兮采晨寒，考不明其心兮信谗言。孤恩别离兮摧肺肝，何辜皇天兮遭斯愆。痛殁不同兮恩有偏，谁能流顾兮知我冤。”而韩愈《履霜操》一诗为：“父兮儿寒，母兮儿饥。儿罪当笞，逐儿何为。儿在中野，以宿以处。四无人声，谁与儿语。儿寒何衣，儿饥何食。儿行于野，履霜以足。母生众儿，有母怜之。独无母怜，儿宁不悲。”（唐）韩愈：《履霜操》，《全唐诗》（中华书局1999年版），册5，卷336，《韩愈一》，第3767页。

③ （梁）萧统编，（唐）李善注：《文选》册5，《陈孔璋为袁绍檄豫州》，第1967页。

孟子（前372—前289）所言："天将降大任于斯人也，必先苦其心志，劳其筋骨，饿其体肤，空乏其身，行拂乱其所为，所以动心忍性，增益其所不能"（《孟子·告子下》），洪皓将之作为愈头风的良药，所呈现的是一种生存的准则，更是一种慰解，仿佛这诸多苦难，是令其得以成"非常之功"的磨炼。这样的状态，得以借此反思遭留滞后，寻找心理危机的出路，自我压抑的种种情志，甚至是欲望。

（二）纡郁的波荡

于是，因持续的身陷周遭环境所带来的挑战，而且随着时间的推移，会愈加强烈："异域相逢臭味同，高谈剧论尽由中。情如兄弟坚胶漆，义薄云天压华嵩。半岁连床忘尔汝，一朝改馆任王公。过从莫惮途泥泞，六艺遗文要折衷。"[①] 自诗题《次迁居见忆韵》中的迁居推测，应为洪氏遭金人迁移所因之地的感怀。从诗中"情如兄弟""半岁连床"等语，可见洪氏与咏怀之人的亲密，再从"一朝改馆任王公"来看，此亲密之人背节投降。缘由如此，此诗应作于洪氏遭扣留的第二年末［建炎四年（1130）］，原本被羁押在云中的洪皓，再被迁往冷山（约于今黑龙江五常境内的大青顶之山）。[②] 此时，洪皓的副使龚璹［建炎三年（1129）为洪皓副使］投降。[③]

在前四句，足见两人的情思意切与相互依偎，于"异域"，两人"高谈剧论"，更有"义薄云天压华嵩"的体悟。然而，前半与后半，仿佛天与地的差异，昔日的共枕眠与高谈剧论如同玩笑一

① （宋）洪皓：《次迁居见忆韵》，《全宋诗》册30，第19177页。

② 《建炎以来系年要录》：初，徽猷阁待制洪皓与右武大夫龚璹，持命至太原……留几岁，金遇使人礼益削，是岁，始遣皓、璹至云中。时通问使朝奉郎王伦、閤门宣赞舍人朱弁已被拘……元帅宗维召皓等，遣官伪齐，皓力辞不可……遂流递于冷山，与假吏沈珍、隶卒丘德、党超、张福、柯辛俱流递，犹中国编窜也。云中至冷山行两月程，距金国二百余里，地苦寒，四月草始生，八月而雪。李心传：《建炎以来系年要录》卷40，第751页。

③ 《宋史·洪皓传》：得流递冷山。流递，犹编窜也。惟璹至汴受豫官。（元）脱脱等撰：《宋史》卷373，册33，传132，《洪皓传》，第11559页。

般，看着同伴降金离去，这更让人难受。洪皓在后半的类比，不仅明示他的立场，“半岁连床忘尔汝”更足见他的失落，而“一朝改馆任王公”至“过从莫惮途泥泞，六艺遗文要折衷”，更反讽叛降的昔日同袍：与金人的相往来，不用忌惮玷污自己，因为对尔等来说，所读的、所理解的六经，已折中不复。批示了降者的失节，不能自守。

洪皓返送后，对于降金文士的评语：“如宇文虚中，以儒术进，尝为近臣，犹且卖国图利，靡所不为，况其下者乎。”[①]“以儒术进”，点名了叛降者抛弃所操持的价值思维。“儒”，为拒降使节们提供一种心灵救赎，但，亦可能是挥之不去的无形桎梏：“中原分裂似天倾，公带群英世作程。我坐儒冠稽复命，王郎代匮已之荆。见危讵敢惜余年，若欲作生义则骞。久困监车思仰首，如蒙赠策胜金鞭。”[②] 此诗为洪皓予已仕金的昔日汴京太学同学，孙九鼎（1080—1165）之作。[③] 全诗看来语气平和，貌似同窗友谊的联系，但其实暗潮汹涌。

首句即点出分裂的现状，“似天倾”突出了洪氏的感触。“公带群英世作程”，作程有楷模、立准则等义，看来似乎是在勉励孙九鼎。而下句的“我坐儒冠稽复命，王郎代匮已之荆”，像是平顺地述说现今之况。宋高宗绍兴二年（1132），金廷放回扣押使节中的王伦（建炎元年使金，朱弁为其副使）归国，续谈和议。[④] 洪氏

① （宋）洪皓撰：《鄱阳集》，《景印文渊阁四库全书》（商务印书馆 2005 年版），册 378，集部，别集类，卷 4，《乞不发遣赵彬等家属札子》，第 627 页。

② （宋）洪皓：《再寄孙文二首》，《全宋诗》册 30，第 19180 页。自注：《后汉赞》云：“专为生，则骞义。”

③ 孙九鼎字国镇，忻州（今山西忻县）人。入金后，于金太宗天会五年（1127）状元及第，名显一时。金中叶国朝（中州）文派士子，多为孙氏传教。元好问：“中州文派，先生指授之功为多。”（金）元好问：《中州集》，第 75 页。

④ 洪皓诗中所言王朗，应为王伦。在《宋史·王伦传》有：“绍兴二年，粘罕忽至馆中与伦议和，纵之归报。”（元）脱脱等撰：《宋史》册 33，卷 371，列传第 130，《王伦传》，第 11523 页。王伦为被拘使节中发，得以归宋，复谈议和者。

所指称："我坐儒冠"，"坐"字，以副词用有坚守不去之义；以介词用有因为之义。故"儒冠"对洪皓是有内在深刻意涵的，这是对于自我的内在责求，更是一个足以自得、自慰的情感价值。洪氏表明自身坚守儒道，王伦代为复盟，而己身停留，等待复命。这暗批孙氏在内的"群英"，叛离道统期许，已失"儒冠"。紧接着，在第二首中，"见危讵敢惜余年，若欲全生义则骞"，讵敢，有岂敢之义；义则骞，则为《后汉书·李杜列传》中的："夫专为义则伤生，专为生则骞义。"[①] 综览此两句，洪氏言其见危难岂敢惜生命，若欲全生则亏损"义"，题旨鲜明，然而将之寄予已降金的孙九鼎，反成一种沉重的压力，逼压着孙氏。但，实际上这对洪皓来说，亦是种不断缠绕的负担。自"久困监车思仰首"来看，监车之典，为伯乐（周代著名相马师）遇载运监车之千里马，[②] 通常写作贤才屈沉于下之意。洪皓言己久困与屈滞，并向孙九鼎商讨解决之道。"如蒙赠策胜金鞭"，搭配全首诗先提点了"儒冠""义"等，可见洪皓冀望孙氏能协助宋、金复盟。甚至使助其南返，结束"久困"与"稽复命"的状态。

再看一首洪皓之诗："节至思亲，不觉泪下。因记杜子美诗云：'无家对寒食，有泪如金波。'又云：'佳辰强饮食犹寒，隐几萧条带鹖冠。'"《清明》诗云："风水春来洞庭阔，白蘋愁杀白头翁。"王元之诗云："无花无酒过清明，兴味都来似野僧。"二公佳句正为我设也，将命求成五年矣。去秋和议，王侍郎南去，命也如何？感时述怀，赋四韵呈都官兼简监军。这首诗歌，显现愈来明显的"儒

---

① （南朝宋）范晔撰，（唐）李贤等注：《后汉书》卷63，传53，第2094页。

② 《战国策·楚》：汗明曰："君亦闻骥乎？夫骥之齿至矣，服盐车而上太行。蹄申膝折，尾湛胕溃，漉汁洒地，白汗交流，中阪迁延，负辕不能上。伯乐遇之，下车攀而哭之，解纻衣以幕之。骥于是俯而喷，仰而鸣，声达于天，若出金石声者，何也？彼见伯乐之知己也。今仆之不肖，阨于州部，堀穴穷巷，沈洿鄙俗之日久矣，君独无意湔拔仆也，使得为君高鸣屈于梁乎？"（汉）刘向辑录：《战国策》（上海古籍出版社1985年版），卷17，《楚四·汗明见春申君》，第573页。

冠”作用：“寒食无家泪满巾，清明无酒更愁人。不闻东道开东阁，空欢白头歌白苹。日永萧条徒隐几，雪埋苍莽阻寻春。王郎归去我留滞，始信儒冠解误身。”① 自诗题中的“将命求成五年矣。去秋和议，王侍郎南去，命也如何?”，可知约略与上两首为同时期所作。然而，我独淹留，命也如何？似乎陷入精神危机，原因当为“寒食无家泪满巾，清明无酒更愁人”，节至思亲，令洪皓泪流困愁，并借杜甫（712—770）“一百五日夜对月”、王禹（954—1001）“晴明”述怀。自末两句的“王朗归去我留滞，始信儒冠解误身”观之，误身有贻误自身之意。王伦归去，洪皓续留，并始信“儒冠”得以解消贻误自身的严重精神危机。留滞是让“自身”失当的根源，是从慈亲、难以复命等的压抑累积迸发。“日永萧条徒隐几，雪埋苍苍莽阻寻春”，更可以看出诗人对留滞异域的阴影与创伤。

忧愁困苦的羁留岁月，此间之艰辛，虽已有提及，然而对洪皓自身来说，留滞前后的巨大反差，是激烈心理冲突的显著表征：“昔我所居，巨室高门。或出或处，笑傲乾坤。终日熙熙，省定时昏。致君泽民，北志常存。今我所居，圭窦荜门。俯首折腰，如坐覆盆。终日谗谗，形弊神昏。死所未知，旧事谁谕。人亦有言，祸福无门。忠孝弗著，淫侈实繁。天其罚我，我又奚怨。傥谨言行，或反邱园。作为此诗，以告同阍。”② 诗句中，“昔我所居，巨室高门。或出或处，笑傲乾坤”；“今我所居，圭窦荜门。俯首折腰，如坐覆盆”，如此的反差，再加上末句“天其罚我，我又奚怨”，很容易将诗人想象为一位愤世疾俗者，然如此又将全诗窄化，无法领略个中丰厚意蕴的心理转折。本诗在末句踩了刹车，“作为此诗，以告同阍”。从洪氏流放时的心境连贯着来看：“终日谗谗，形弊神昏”，谗谗有“怒叫”

---

① 《全宋诗》册30，第19171—19172页。

② 《全宋诗》册30，第19167页。

之义，显见持续整日的高亢情绪，令人身躯疲惫，神志不清，而在冷静下来后，心思复而活络，旋即面临很实际的问题："死所未知，旧事谁谕"，死了无人知，无人论，这对滞金宋使们来说，是多么现实与残酷的问题。"天其罚我，我又奚怨。傥谨言行，或反邱园"，可以看出洪皓最终也没给出答案，如果谨言慎行，或许能回去。这样的自答，是一分为诗人自身也不知到底能否归乡。如此，洪氏的"天其罚我，我又奚怨"，某种程度上，体现对其自身遭拘留的反思，甚至是在尝试自我慰藉。羁旅的身躯与死亦无人知的心理压力，是滞金宋使们内心持续的恐惧与沧桑。

精神危机中缠绕着的"使命"与"屈滞"，随着时间流逝的催化，这造成巨大的心理冲击。洪皓其"念母"说："复命无由责在身，可堪甘旨误慈亲。飘零殊异三年宦，遗肉知存愧饿人。""复命无由责在身"，是守节不屈使节的标志。而"可堪甘旨误慈亲"，甘旨为养亲的食物，以指对双亲的奉养。妨碍奉养慈亲，是守节不屈下的产物，成为洪皓心理危难的发端，"飘零殊异三年宦，遗肉知存愧饿人"，诗人尚知存"遗肉"，表生活无娱，以此投射远方的家人，甚至伤感，愧对同道。这正是其生命中最大的隐痛。

透过洪皓的诗作，我们看到其所度过的一段彷徨无助的羁留岁月。其诗作中，是焦虑地在寻找生命的出路。他是如何解决这迷惘与困惑？并博得金人的认同与激赏。尚须自所选择的生命归向，才能充分阐明。

三　命之所归

洪皓在漫长无止境的流放中砥砺忠贞。然而，愁困的身躯激发迥异的身心状态，这必定难挨。于是，他又将如何寻找解决之道。

从此修文定止戈。“苟不志于仁，终身忧辱”，再搭上“保身将保国”这未可废的箴规，保身等于保国与仁德，回溯儒学道法之志，仁以免忧，似乎提供了洪皓一个升华与救赎的渴望：“土庐不满百，皆陈王悟室聚落，悟室使诲其八子。《先公行状》。”[①]“皓留金时，以教授自给，无纸则取桦叶写《论语》《大学》《中庸》《孟子》传之，时谓‘桦叶《四书》’。”[②] 传授四书、五经之儒学道义，这不仅是洪皓自身的文化连接，更是糊口的手段。然而，从中也可看出他教书未敢忘忧国。透过洪皓的诗文，可以观察其别具用心的家教：“传闻公子降生时，庆罢周正继诞弥。谁识止戈方黩武，独知好学务求师。少年已见镃基好，他日应为将相期。仁者自然天锡寿，若修阴德更何疑。”[③] 此诗为洪皓庆贺完颜悟室长之，完颜彦清（？—1140）生辰所作。诗中诸句，可以助我们解读出洪皓的学风：“谁识止戈方黩武”，谁识？洪皓这样的感叹，带出下句的“独知好学务求师”。全诗为贺彦清生辰，这个止戈观念，受“务求师”影响，以“仁者自然天锡寿”熏陶彦清止戈兴仁的儒雅。

仁德，是洪皓教学的宗旨。借由女真贵族对文化的追慕，刻意地推动教化，使“仁”逐渐形成重要的文化论述。即便为家教，洪皓仍策略性地运用，以达成构和之目的：“日长漏永滴铜壶，酒冽杯深困腐儒。公子殷勤歌舞劝，献酬交错屡传呼。虽遇严冬喜气和，开筵出妓骋婆娑。折腰翘袖为公寿，愿赞监军早戢戈。祝寿开樽象乐和，傞傞态度屡婆娑。动空咏德终宵乐，从此修文定止戈。”[④] 自“为公寿”“祝寿”观之，本诗同样为贺生辰作，所贺者为完颜悟室另一子：完颜彦深（？—1140）。题旨更加鲜明：“从此修文定止戈。”

---

① （宋）洪迈：《先公行状》，《盘州文集》卷 74，收入《四部丛刊初编》，上海书店出版社 1985 年版，景上海涵芬楼藏宋刊本，第 1179 册，第 134 页。

② 丁传靖辑：《宋人轶事汇编》卷 16，下册，中华书局 1981 年版，第 879 页。

③ 《全宋诗》册 30，第 19170 页。

④ 《全宋诗》册 30，第 19173 页。

事实上，本诗展现洪皓由愁困到期盼的过程。“日长漏永滴铜壶，酒洌杯深困腐儒”，漏永滴铜壶为古代的计时工具，日长则透露漫长的时间，而困腐儒，则带出愁未展；首两句带出愁困且虚度的现状。“献酬交错屡传呼”，洪皓因而有“折腰翘袖为公寿”。这并非心理退行，而是困腐儒的呼应，“愿赞监军早戢戈”则像是下定决心后的作为。监军即任元帅右监军的完颜悟室，“靖康之变”即由完颜悟室与完颜宗翰（1080—1137；女真名：完颜粘罕靖康时任左路军副元帅）率西路金军破汴京开始。[①]“愿赞监军早戢戈”，是洪皓愁困良久后所做的决定，更是其心中的期盼，“从此修文定止戈”则是目标。最终目的，指向靖康之变实际的策划者，完颜悟室。

在长期潜移默化的儒学传教下，洪皓在彦清、彦深兄弟身上，留下明显的影响痕迹：“谏父休兵已可嘉，延儒教子尤堪羡。”[②] 在洪皓的鼓动下，王之门竟去劝谏其父罢兵止战。悟室一家逐渐受到洪皓的影响，洪皓甚至取得了完颜悟室的信任。难以置信的是，完颜宗磐（？—1139；女真名：完颜蒲鲁虎）意欲对宋议和之条约，[③] 竟由洪皓审核分析：“和议将成，悟室问所议十事，皓条析甚至。大略谓封册乃虚名，年号本朝自有；金三千两景德所无，东南

---

① 见《金史·完颜希尹传》：“及大举伐宋，希尹为元帅右监军。再伐宋，执二主以归”脱脱等撰：《金史》册5，卷73，列传第11，第1685页。《金史·完颜宗翰传》：“宗翰为左副元帅，自太原路伐宋。”脱脱等撰：《金史》册5，卷74，列传第12，第1696页。

② 《全宋诗》册30，第19172页。

③ 金熙宗登基后旋即释放和谈的氛围，金天会十五年（熙宗沿用太宗年号）熙宗废大齐。据《金史·熙宗本纪》：“（天眷元年八月；1138）己卯，以河南地与宋。以右司侍郎张通古等使江南”脱脱等撰：《金史》册1，卷4，本纪4，第73页。此时金国领三省事为完颜宗磐、完颜宗干（？—1141；女真名：完颜斡本），而完颜宗磐即意欲对宋议和：“至是倡议以河南、陕西与宋，使称臣。熙宗命群臣议，宗室大臣言其不可。宗磐、宗隽助之，卒以与宋。其后宗磐、宗隽、挞懒谋作乱，宗干、希尹发其事，熙宗下诏诛之。”脱脱等撰：《金史》册5，卷76，传14，第1730页。再据《金史·完颜希尹传》：“（天眷）三年，赐希尹诏曰：‘帅臣密奏，奸状已萌，心在无君，言宣不道。逮燕居而窃议，谓神器以何归，稔于听闻，遂致章败。’遂赐死。”（脱脱等撰：《金史》册5，卷73，传11，第1686页）据此完颜希尹于天眷三年（1140）遭赐死，因而可知悉，完颜希尹与洪皓讨论议和，为1138年之和议，而非1141年的绍兴和议。

不宜蚕，绢不可增也；至于取淮北人，景德载书犹可覆视。悟室曰：‘诛投附人何为不可？’皓曰：‘昔魏侯景归梁，梁武帝欲以易其侄萧明于魏，景遂叛，陷台城，中国决不蹈其覆辙。’悟室悟曰：‘汝性直不诳我，吾与汝如燕，遣汝归议。’遂行。”[①] 洪皓条析甚至地劝解完颜悟室，并得悟室曰：“汝性直不诳我”，足见洪皓之能。值得注意的是，文中“大略谓封册乃虚名”，洪皓轻描淡写地将宋廷最在乎的“礼”，描绘得不甚要紧，仅是虚名。使宋通问使张通古（1088—1156），即“先归河南地，徐议余事”，做出极大的让步；殊不知，宋廷正为了是否接受金帝册封，争吵不休。[②] 唯这个未谦让的和约，令金国上下震动，完颜宗弼（？—1148；女真名：完颜兀术）自军中入朝，诛杀议和者，并再度率军南征。[③] 牵扯其中的完颜悟室，在天眷三年（1140）：“留燕甫一月，兀术杀悟室，党类株连者数千人。”[④] 但，即便洪皓最终未能促成宋、金和平，仍显示其长袖善舞之能。

洪皓以渊深博大的学识，获得金人的敬重。在谋生之余，使节们仍不忘使事初衷，以教学讲座之便，极力促成和议，乃有趁机行间谍之实：“方二帝迁居五国城，皓在云中密遣人奏书……绍兴十年因谍者赵德，书机事数万言，藏故絮中，归达于帝。言：‘顺昌之役，金人震惧夺愧，燕山珍宝尽徙以北，意欲捐燕以南弃之。王师亟还，自失机会，今再举尚可。’十一年，又求得太后书，遣李微持归，帝大喜曰：‘朕不知太后宁否几二十年，虽遣使百辈，不

① （元）脱脱：《宋史》册 33，卷 373，第 11559 页。

② 《宋史·高宗本纪》载：“辛丑，诏：‘金国遣使入境，欲朕屈己就和，命侍从、台谏详思条奏。’……王伦言金使称‘诏谕江南’其名不正。秦桧以未见国书，疑为封册。帝曰：‘朕嗣守祖宗基业，岂受金人封册。’”（元）脱脱等：《宋史》册 2，卷 29，第 537—538 页。

③ 《金史·完颜宗弼传》：“天眷元年，挞懒、宗磐执议以河南之地割赐宋，诏遣张通古等奉使江南……宗弼自军中入朝，进拜都元帅。宗弼察挞懒与宋人交通赂遗，遂以河南、陕西与宋，奏请诛挞懒，复旧疆。……遂命元帅府复河南疆土，诏中外。”（元）脱脱等：《金史》，册 6，卷 77，传 15，第 1754 页。

④ （元）脱脱等：《宋史》册 33，卷 373，传 132，第 11559 页。

如此一书。’是冬，又密奏书曰：‘金已厌兵，势不能久，异时以妇女随军，今不敢也。若和议未决，不若乘势进击，再造反掌尔。’又言：‘胡铨封事此或有之，金人知中国有人，益惧。张丞相名动异域，惜置之散地。’又问李纲、赵鼎安否，献六朝御容、徽宗御书。其后梓宫及太后归音，皓皆先报。”① 自这些记载，都可以看到遭扣押流放的同时，洪皓仍无所不用地传递信息，为达目的，不惜与金人虚与委蛇，除了文教事业本身，这一点亦是洪皓的寄托。

金熙宗皇统元年（1141），宋金和议，带来近二十年和平。在多方交涉下，宋廷以遣返降宋辽文士、交付降金宋文士眷属，于皇统三年（1143）时始得以归国。对遭扣押十五年的洪皓来说，至此算是功德圆满。某种程度上，可以说结束世变状态。

◇◇ 第二节　实学求理——由《松漠纪闻》看洪皓的思想与学术进退

洪皓《松漠纪闻》乃记录其羁留金国期间的见闻。此作从历史的视角探讨宋金关系，记录金国内部的种种现状，在史鉴的写作自觉中表达着作者的政治见解。他一方面对儒者的历史世界进行学术反思和批判，另一方面又义无反顾地投身政治，在任职实务中贯彻自己的历史主张，传达出作者唯兴致和实用取舍，力图通过实学功夫以追求历史、社会之理，建立新儒学的新动向。相较洪皓出使时诗歌创作中展现的其守节不移的忠诚、困厄求生的坚毅、对平息战乱的和平渴望的三个心理活动层面，《松漠纪闻》在直笔与曲笔的书写中，其杂家化的写作方式对于认识其思想、学术更具有独特的认识价值。

---

① （元）脱脱等：《宋史》册33，卷373，传132，第11560页。

一　《松漠纪闻》的成书过程与史鉴的写作自觉

《松漠纪闻》[①] 系洪皓绍兴丙子年（1156）卒后，由其长子洪适（1117—1184）刻于歙越（今安徽歙县），分正续两卷，上卷三十一事，下卷二十七事，由于其流递的冷山，在唐松漠都督府以北，故名。乾道九年（1173），其次子洪遵（1120—1174）补增补遗十一事，[②] 重刻于建业（今南京市）。这样全书已达六十九事，一万四千余字，书中详细介绍了金国的山川地理、历史沿革、科举制度及社会风俗习惯等方面的内容。南宋目录学家陈振孙（1179—1261）在《直斋书录解题》一书中如此著录其书："《松漠纪闻》二卷，徽猷阁直学士鄱阳洪皓光弼撰。皓奉使留敌中录所闻杂事。"[③] 著录语言虽然甚是简略，但从"奉使留敌中"一句中，我们即可得知，《松漠纪闻》对于南宋读者而言的价值就在于其所叙录的金国的生活内容方面。事实上，从《松漠纪闻》对高宗一朝政治的记录与描述来看，便注定了其书所经历的复杂曲折的成书过程，以及强烈的以史为鉴的写作自觉。

《松漠纪闻》成书过程曲折复杂。洪适在《题松漠纪闻》跋记中详细记录了其书的成书过程："右，《松漠纪闻》二卷。先君衔使十五年，深陀穷漠，耳目所接，随笔纂录。闻孟公庾发箧汴都，危变归计，创艾而火其书，秃节来归。因语言得罪柄臣，诸子佩三缄之戒，循陔侍膝，不敢以北方事置齿牙间。及南徙炎荒，视膳余

---

① 其书在后来的流传中，又产生了近二十种的不同版本，如《顾氏文房小说》《辽海丛书》《四库全书》《学津讨原》《说郛》《洪氏晦木斋丛书》《豫章丛书》《丛书集成》等，其中以《晦木斋丛书》，尤其是《豫章丛书》校订最为精审。本书参自《全宋笔记》中的《松漠纪闻》校点本即是以《豫章丛书》本作为底本的。（朱易安、傅璇琮等主编：《全宋笔记》第3编第7册，大象出版社2008年版，第114页）

② 洪遵徙"知建康府、江南东路安抚使兼行宫留守"，"暇日，搜阅故牍，得北方十有一事，皆曩岁侍旁亲闻之者，目曰'补遗'，附载于此"。

③ （宋）陈振孙著，徐小蛮、顾美华点校：《直斋书录解题》卷5，上海古籍出版社2015年版，第140—141页。

日，稍亦谈及远事。凡不涉今日强弱利害者，因操牍记其一二。未几复有私史之禁，先君亦枕末疾，遂废不录。及柄臣盖棺，弛语言之律，而先君已赍恨泉下。鸠拾残稿，仅得数十事，反袂拭面，著为一编。"① 从材料中可知，《松漠纪闻》在洪皓拘留金国期间即已写成，只是作者为了顺利返回宋廷，被迫焚毁了书稿。归国后，又为秦桧所嫉，接连被贬饶州、江州、濠州，由此"不敢以北方事置齿牙间"，直到被安置英州（今广东英德县东），洪皓方凭借自己的博闻强识，在不曾涉及今日强弱利害关系的前提下，"操牍记其一二"。然而，世事难料，再度遭遇不测，被迫搁笔，"未几，复有私史之禁，先君亦枕末疾，遂废不录"。时年据考已是绍兴十四年(1144)，《宋史·高宗本纪》载，十四年四月"丁亥，初禁野史"②，是年洪皓尚在去英州的路途之中艰难地跋涉着。从中，我们也可揣测，《松漠纪闻》的写作时间应当就在洪皓刚到英州的一两年之内。

《松漠纪闻》成书过程的异常曲折艰难，自有着时局因素的影响，同时亦与其书所记录的内容紧密相关，从上文的跋记中即可得知，写作虽为"耳目所接，随笔纂录"，但体现着鲜明的为抗金大业搜集信息的强烈记录目的，所记内容多是关涉情报性质的事项，涵括政治、军事、文化方面的诸多内容。归国后，面对残酷的政治环境，洪皓的再度写作，虽是"不涉今日强弱利害"，但"或可广史氏之异闻云尔"，还是有着写作一部私家史书留给世人的强烈愿望，由此，他在书中不仅记载了女真后人羞见的先祖氏族部落遗风与女真贵族的残暴，而且肯定了女真苦辽被迫起兵的义举与金国大臣爱民护教的德行，善恶必书，不虚美，不隐恶，依据事实恰如其分地褒贬史事人物，由此，就整体上而言，《松漠纪闻》仍旧呈现

---

① （宋）洪适：《盘洲文集》卷62，张元济等辑，商务印书馆影印涵芬楼宋刊本1929年版。

② （元）脱脱等：《宋史》卷30，中华书局1977年版，第560页。

出正统史家的庄重样貌。诚如《四库全书总目》评论是书，曰："皓所居冷山，去金上京会宁府才百里。又尝为陈王延教其子，故于金事言之颇详……盖以其身在金廷，故所纪虽真赝相参，究非凿空妄说者比也。"[①]

洪皓虽然被流放冷山，《松漠纪闻》所叙却不仅仅限如此，而是放大到整个金国，偏重于对金国宏观历史大事的叙述，开篇写道："女真即古肃慎国也，东汉谓之挹娄，元魏谓之勿吉，隋唐谓之靺鞨。"开篇即奠定了这种宏大的叙事特征。实际上，就洪皓写作的现实处境来看，也是应该隐藏自我，淡化个人色彩，以宏观历史大事的叙述视角为自己涂上一层保护色。书中对"冷山"的记叙就体现着这一写作特色，2卷书中仅有三处，叙及了洪皓的流放之地"冷山"，即："宁江州去冷山百七十里，地苦寒，多草木。""冷山去燕山三千里，去金国所都二百余里，皆不毛之地。""长白山在冷山东南千余里，盖白衣观音所居。"描写中，凸显了其地地理位置的偏僻，自然环境的苦寒特征，除此，在这种客观冷静的记录中，读者不会因此为冷山停留注目，也难以从中寻找捕捉到洪皓曾经在这里生活过的痕迹。

同样，由于客观叙事，书中作者洪皓自身的身影也是颇难寻觅到的。文中明确表示洪皓亲历之事仅有七处，分个人角度与宏观视角两种维度叙述。其中，从个人角度来记录的有："嗢热者，国最小"一事中，云："族多李姓，予顷与其千户李靖相知，靖二子亦习进士举，其侄女嫁为悟室子妇。"[②]"渤海国去燕京女真所都，皆千五百里"一事中，云："有赵崇德者，为燕都运……竹林乃四明人，赵与予相识颇久。"[③]"合董之役"一事中，云："予过河阴县，

① （清）永瑢等：《四库全书总目》卷51，中华书局1965年版，第464—465页。

② （宋）洪皓：《松漠纪闻》，第119页。

③ （宋）洪皓：《松漠纪闻》，第120页。

令以病解，独簿出迎。”[①] “西瓜形如匾蒲而圆，色极青翠，经岁则变黄”一则中，云：“予携以归，今禁圃、乡囿皆有。”[②] 从这些记录中，我们可感知洪皓在金国流放期间，与不少当时金国的上层官员有着密切的接触和交往，诸如与千户李靖、渤海人赵崇德等人，也正是与他们的交往过程中，获悉了诸多有关金国军事方面的动向与女真、契丹民族的历史资料，为其撰写《松漠纪闻》提供了第一手资料。

此外，着眼于宏观视角的我的显现，有着强调意味，渗透着作者强烈的史鉴意识。如在详细叙述女真历史时，就在叙及契丹对生女真统治“自宾州混同江北八十余里建寨以守”时，着意写道“予尝自宾州涉江过其寨，守御已废，所存者数十家耳”[③]，看似不经意的一笔，却有着为历史变迁中的惨重损失的沉痛，同时也暗含着女真也曾经臣服契丹，如今南宋只要掌握时机，出奇制胜，也是可战胜女真的。金与契丹合董之战时，金国令山西、河北运粮给军。“予过河阴”，亲眼所见河阴县令因“馈饷失期，令被挞柳条百，惭不敢出”。[④] 这里对北宋降臣在金国的悲惨处境着重进行了强调，似乎在警示读者，并非做了降臣就可平息无事，苟且偷安后的投降处境其实是相当惨淡的。还有提及金人对“赦”的慎重，“北人重赦，无郊霈。予衔命十五年，才见两赦：一为余都姑叛，一为皇子生”[⑤]。“才见两赦”，次数之少，或是为自己羁留金国多年不能归，寻找一个合乎情理的凭据，或是疑虑南宋朝廷对其失去信任，而想对此表达自己的衷心愿望。

《松漠纪闻》中，作者一边细细考察审视着女真的社会历史与生活现状，并将其种种面相真实记录在案；一边又始终刻意地有所

---

① （宋）洪皓：《松漠纪闻》，第 123 页。
② （宋）洪皓：《松漠纪闻》，第 132 页。
③ （宋）洪皓：《松漠纪闻》，第 115 页。
④ （宋）洪皓：《松漠纪闻》，第 123 页。
⑤ （宋）洪皓：《松漠纪闻》，第 128 页。

疏离这块土地上的民众，与他们保持着心理上极为遥远的距离，“刺探敌情”的写作自觉深藏其中，洪皓“以史为鉴”的写作初衷在这若隐若现的记录中被显现着。

二　《松漠纪闻》曲笔书写的写作用意

《松漠纪闻》主要着意于社会历史大事的简要记录，但宋、金的“战与和”，包括徽、钦二帝在内的宋人俘虏的悲惨遭际，这两个历史事件绝对都是洪皓要避开的话题，实则文中也未曾对此做明显的记录。虽是念念在心，时刻不敢忘，也只能将其深埋在心中，寄托于隐约的笔触。由此，在南宋国势日危，投降派甚嚣尘上，朝廷苟且偷安的状况下，洪皓还是不得已借助隐藏自我的书写方式，表达了以史为鉴的写作自觉，以曲笔的书写方式记录着相关重要信息。

其一，详细叙述金国历史、政治、军事现实，以此复兴汉人之精神与华夏之骨气。《松漠纪闻》首先记述了女真人的历史渊源与发展：“女真，即古肃慎国也。东汉谓之挹娄，元魏谓之勿吉，隋唐谓之靺鞨。”随即记录了靺鞨使者献舞时，隋文帝（541—604）与侍者的一席问答之语，“开皇中，遣使贡献，文帝因宴劳之。使者及其徒起舞于前，曲折皆为战斗之状。上谓侍臣曰：‘天地间乃有此物，常作用兵意’”。言语中，以隋文帝之口，表明女真前身靺鞨族亦非什么善类，也只是个好战之物。紧接着，作者继续控诉它们的残忍历史，唐太宗征讨高丽时即坑杀靺鞨兵三千人，“唐太宗征高丽，靺鞨佐之，战甚力。驻跸之败，高延寿、高惠真以众及靺鞨兵十余万来降，太宗悉纵之，独坑靺鞨三千人”。言外之意，好战是他们的本性，当下只有积极备战，给这个好战之物以狠狠的打击，方有可能实现“开元中，其酋来朝……讫唐世，朝献不绝”的长治久安的时局。[1] 这里，大约暗指南宋君臣一味地卑躬屈膝，不战而退，仅以议和怕是难以驯服女真的好战本性。

关于女真的崛起，《松漠纪闻》中更多的是记述了契丹统治者对女真人残酷的压榨和非人道的凌辱，深刻揭示了“官逼民反”的社会原因。如“大辽盛时，银牌天使至女真，每夕必欲荐枕者。其国旧轮中下户作止宿处，以未出适女待之。后求海东青，使者络绎。恃大国使命，惟择美好妇人，不问其有夫及阀阅高者，女真浸忿，遂叛”[2]。还有契丹统治者对女真的经济，也是进行残酷的剥削和压迫，以此激起了女真人强烈的怨恨和反抗：“宁江州去冷山百七里，地苦寒，多草木……每春冰始泮，辽主必至其地，凿冰钓鱼放弋为乐，女真率来献方物，若貂鼠之属，各以所产量轻重而打博，谓之打女真。后多强取，女真始怨。暨阿骨打起兵，首破此州，驯致亡国。”[3] 这些记录虽是平实，却言深旨远，说明契丹统治者对女真民族的恃势凌辱与残酷压榨，是导致其反辽灭辽的突出原因。

同时，《松漠纪闻》也揭示了战争过程中，辽方众叛亲离与女真勠力同心的对比，是女真得以崛起的重要因素。如起兵之初，“女真有戎器而无甲，辽之近亲有以众叛，间入其境上，为女真一酋说而擒之，得甲首五百……既起师，才有千骑，用其五百甲，攻破宁江州。辽众五万，御之不胜，复倍遣之，亦折北，遂益至二十万”。在此情况之下，女真内部虽出现“以众寡不敌谋降”的情况，但阿骨打虚心接纳了粘罕、悟室、娄宿的建议，攻坚克难，迎难而战，“以死据之”，领兵三千，“连败辽师，器甲益备，与战复克”。而与此相对照，辽方军心涣散、众叛亲离，乃至不堪一击，“天祚乃发蕃汉五十万亲征，大将余都姑谋废之，立其庶长子赵王。谋泄，以前军十万降，辽军大震。天祚怒国人叛己，命汉儿遇契丹则杀之。初，辽

---

① （宋）洪皓：《松漠纪闻》，第 115 页。

② （宋）洪皓：《松漠纪闻》，第 121 页。

③ （宋）洪皓：《松漠纪闻》，第 122—123 页。

制：契丹人杀汉儿者，皆不加刑，至是摅其宿愤，见者必死，国中骇乱，皆莫为用。女真乘胜入黄龙府五十余州，浸逼中京”。[①] 至此，辽师大势已去，不久遂为金所灭。虽然文字简约，但两个民族与政权的兴亡交替过程，特别是内在原因表达得非常清楚、明白。

女真族在契丹统治下虽然饱受凌辱和压榨，然而，一旦夺取政权，女真统治者对治下百姓和其他民族又极为残暴。这在《松漠纪闻》中也多有记载和揭露。如“契丹阿保机灭其王大諲撰，徙其各帐千余户于燕，给以田畴，捐其赋入，往来贸易，关市皆不征，有战则用为前驱”。至后来，“金人虑其难制，频年转戍山东，每徙不过数百家。至辛酉岁尽驱以行”。[②] 又如黄头女真“其人憨朴勇鸷，不能别死生，金人每出战，皆被以重札令前驱，谓之硬军。后役之益苛，廪给既少，遇卤掠所得，复夺之，不胜忿。天会十一年遂叛”[③]。对待辽国降人，金国统治者也是十分歧视。如契丹贵族大实林牙降金后，因与粘罕双陆发生争执，粘罕遂生杀机。“大实惧，及既归帐，即弃其妻，携五子宵遁。”天亮后粘罕不见大实，召其妻“询其所之，不以告，粘罕大怒，以配部落之最贱者。妻不肯屈，强之，极口谩骂，遂射杀之。大实深入沙子……沙子者，盖不毛之地，皆平沙广漠，风起扬尘，至不能辨色，或平地顷刻高数丈。绝无水泉，人多渴死。大实之走，凡三昼夜始得度，故女真不敢穷追。辽御马数十万，牧于碛外，女真以绝远未之取，皆为大实所得”[④]。文中“大实”，在《辽史》中记作“耶律大石”，又被称“大石林牙”，天庆五年（1115）进士，先在朝中任翰林应奉、翰林承旨，后外授泰、祥二州刺史，辽兴军节度使。延庆元年（1131）在叶密立称帝，称帝后又向西推进，并迁都八剌沙衮，成

① （宋）洪皓：《松漠纪闻》，第 121—122 页。
② （宋）洪皓：《松漠纪闻》，第 119—120 页。
③ （宋）洪皓：《松漠纪闻》，第 120 页。
④ （宋）洪皓：《松漠纪闻》，第 123 页。

为威震中亚的一个强大帝国。洪皓从民族压迫的角度，揭示了耶律大石降而复叛的原因，丰富了这一历史事件的内容。

另外，《松漠纪闻》亦谈及金朝的职官制度，依据金制，御史中垂作为副长官，其职责是协助御史大夫行使监察职责，[①] 但金朝中垂却是“唯掌讼谍”，至于朝廷内外大小官员的丑恶行径则视若无睹，置若罔闻，“故官吏赃秽，略无所惮”。[②] 金朝转运使也是从不检举奸恶，地方官吏气焰甚嚣尘上，贪赃枉法，民众不堪其苦。金国的吏治也是腐败异常。文中即记载了一桩惊心动魄的冤案：在金国“译语官”，掌控着重要的话语权，以致“上下重轻，皆出其手”，经常是混淆是非、颠倒黑白、收受贿赂、无恶不作，由此“得以舞文招贿，三二年皆致富”，民众由此苦不堪言。一个留守燕京的译语官，名银珠，战功显赫，家室显贵，但昏聩无能，不谙民法，并且与汉族百姓语言不通。数十户人家欠一富僧六七万吊钱不还，富僧因此告官，欠钱者随即相继贿赂银珠，以求暂缓审判，银珠趁机勒索钱财，曰“汝辈所负不赀，今虽稍迁延，终不能免，苟能厚谢我，为汝致其死。”富僧呈递状讼后，本想着静候结果，银珠却随即换掉状纸，曰“久旱不雨，僧欲焚身动天，以苏百姓”，随即签字，富僧还未明白怎么回事，即为数十个欠债者拥上早已准备好的柴草堆，“竟以焚死”。[③] 从中可见，当时金国内政之混乱腐败、法律制度之不健全可见一斑。

其二，一一记录金国境内各少数民族落后的民风习俗，以此在精神慰藉中激励宋人文化上的自信。在记载女真族珍稀民俗史料的

---

① 中丛，即御史中承，为御史大夫之副贰。御史大夫“掌纠察朝仪，弹劾官邪，勘鞫官府公事。凡内外刑狱所属理断不当，有陈诉者付台治之”。［见（元）脱脱《金史》卷55《百官志》一，中华书局1975年版，第825页］

② （宋）洪皓：《松漠纪闻》，第140页。

③ （宋）洪皓：《松漠纪闻》，第127页。

同时，《松漠纪闻》也一并记录了其“强效华风”的表征，[①]“女真旧绝小，正朔所不及，其民皆不知纪年，问之，则曰我见草青几度矣。盖以草一青为一岁也。自兴兵以后，浸染华风”[②]，事实即是女真政权建立初期，“法制简易，无轻重贵贱之别”[③]，甚至有乖风化之处。诸如保留着浓郁的氏族部落制的遗风：“胡俗旧无仪法，君民同川而浴，肩相摩于道。民虽杀鸡，亦召其君同食，炙股烹蒲。以余肉和綦菜，捣臼中糜烂而进，率以为常。吴乞买称帝亦循故态，今主方革之。”[④] 记叙了辽道宗由文化认同进而产生族源认同：辽道宗认为他们已是“吾修文物彬彬，不异中华”，不再是“上世獯鬻、猃狁，荡无礼法”的夷狄了。[⑤] 又记叙金粘罕保全曲阜孔庙孔墓：“初，汉儿至曲阜，方发宣圣陵，粘罕闻之，问高庆绪人，曰：‘孔子何人？’对曰：‘古之大圣人。’曰：‘大圣人墓岂可发？’皆杀之，故阙里得全。”[⑥] 说明儒学圣人在金国大臣心目中有着崇高的地位。正是通过对金国境内各少数民族对汉文化的倾慕和模仿的诸种事迹的记录，以此强化、凸显自身的观念、规范、价值观、法制和道德。

政治上，金国全面接受和效法中原的王朝制度、职官制度及科举制度。熙宗时，数兴大狱，铲除宗室元勋重臣，政权从宗室共治到皇权独尊转变。天眷元年（1138），颁行“天眷新制”，废除勃极烈制，[⑦] 全面采用汉官制，皇统三年（1143），颁行《皇统新律》，“大氏依仿中朝法律”[⑧]。其叙《皇统新律》制度在具体执行

---

① （宋）范成大：《揽辔录》，朱易安、傅璇琮等主编：《全宋笔记》第5编第7册，大象出版社2012年版，第10页。

② （宋）洪皓：《松漠纪闻》，第125页。

③ （元）脱脱：《金史》卷45《刑志》，中华书局1975年版，第669页。

④ （宋）洪皓：《松漠纪闻》，第127页。

⑤ （宋）洪皓：《松漠纪闻》，第121页。

⑥ （宋）洪皓：《松漠纪闻》，第131页。

⑦ 勃极烈管制是一种带有明显的贵族议事制痕迹的官僚制度，带有浓厚的血缘关系色彩。

⑧ （宋）洪皓：《松漠纪闻》，第127页。

的过程中却是“率皆自便”的[1]，可见金人在“中朝制度”掩饰下的野蛮贪婪的残暴风气。父家长视妻妾、子女如奴婢，甚至有生杀鬻卖之权。《松漠纪闻》言及太祖阿骨打次室所生之诸子云：“自固碖以下，皆为奴婢。”[2] 一般女真人家也是如此，甚者还可以殴杀妻子，“如殴妻至死，非用器刃者不加刑”[3]。丈夫殴打妻妾受到金国法律保护，身为人妇连奴隶都不如。金自太宗天会元年（1123），开始推行科举之制。熙宗天会十三年（1135）即位后，大刀阔斧改革科举制度，加速促进了金朝对汉文化的接受。《松漠纪闻》：“金人科举，先于诸州分县赴试，诗、赋者兼论，作一日；经义者兼论策，作三日，号为乡试，悉以本县令为试官”[4] 条，所记述的就是经熙宗重大改革后的新科举之制，七科目、考试内容与制度等方面均承袭了唐宋之制。在洪皓眼中，金人学习唐宋之制，但学而不精，甚至将很多部落时代的逸风裹进了这套胡汉混杂的体系之中。

作为一个羁留金国的使臣，“政治”于洪皓而言是一个晦涩的字眼，更是一个敏感的话题。

他的身份、处境以及性格注定在写作时要避开一些尖锐的问题，但他的职责与使命又驱使他不得不为宋搜集报送相关情报。事实上，洪皓在金就曾向二帝传送过南宋的消息，也曾搜集金人政治、军事情报，觅人暗中传递给南宋朝廷。[5] 在这种不得已而又不得不为的情况下，洪皓借助了曲笔的书写方式，记录着金国的种种内政、现实，旨在告诉他的同胞，令我们畏惧的金人其实内部权力争斗激烈，相互倾轧，残暴无疑，危机四伏，如今我们只要抓住有

---

① （宋）洪皓：《松漠纪闻》，第127页。

② （宋）洪皓：《松漠纪闻》，第117页。

③ （宋）洪皓：《松漠纪闻》，第127—128页。

④ （宋）洪皓：《松漠纪闻》，第117页。

⑤ 在金期间，据《先君述》记载洪皓向宋传递重要情报九次，“凡四年中，以文书至者九，数陈军国利病，谓施行之则，宗社生灵之福。留中皆莫得闻，先君言无隐情。归国，以此触罪诸子”。（宋）洪适：《盘洲文集》卷74，第747页。

利时机，趁机追击，并非没有克敌制胜的可能，作者的拳拳忠贞之心在这朴实隐晦的记录中，昭昭可见。可以说，《松漠纪闻》虽未言明写作目的，但其从历史的视角探讨宋金关系，记录金国内部的种种现状，显然表达了作者的政治见解。

三　士人的另一种在世方式

《松漠纪闻》在直笔与曲笔的隐晦书写中，呈现出含意深微而又致用的史学特征，容易令人联想到洪皓自成一体的思想格调与士人生态。在宋代学术极为繁荣的时局中，洪皓的思想建树总体上是有限的，他并没有形成自己独立的学派，也不曾精深开掘某一学术传统，但如果就余英时意义上的历史世界来说，却是有着独特掘进与拓展的。余英时在《朱熹的历史世界：宋代士大夫政治文化的研究》一书中指出，所谓“历史世界”并不仅仅局限于朱熹的个人生活史而是一个联系这更为广阔的时代社会，包括朱熹生活所处的政治世界，以及与其紧密关联着的国家政治生活和政治文化，外在表征着宋代士人群体的政治关切、政治主张和政治理想。[①] 在此一层面上而言，洪皓一方面对儒者的历史世界进行学术反思和批判，另一方面又义无反顾地投身政治，在任职实务中贯彻自己的历史主张，使其史学实体化，可以说，相比一般宋学家，洪皓的这个历史世界是一个深入有所作为的实践领域，是一个更为开阔、具体的历史世界。

（一）“以道进退”与士人主体意识

洪皓“少有奇节，慷慨有经略四方志”[②]，始终执着地追求“致君行道”，坚持自己的政治理想与见解，不以功名利禄为转移，一则视“忠孝节义”为家庭生活、社会生活和政治生活所遵循的重

① 余英时：《朱熹的历史世界：宋代士大夫政治文化的研究》，生活·读书·新知三联书店2003年版，第8—9页。

② （元）脱脱等：《宋史》卷30，第11557页。

要道德准则；一则认为明君应当是“道”的代表，重自守之道，君能尽礼，臣得竭忠，以社稷为重，辅佐君主，“以道进退”的士人主体意识表现得十分强烈。

建炎三年（1129），“苗刘兵变”刚刚平息，杭州时局未稳，高宗打算由扬州迁往建康。洪皓当时为朝散郎，官秀州司录，听闻此事，不顾自己位卑言轻，上《谏移跸疏》，“言今内难甫平，外敌方炽，若轻至建康，恐金人乘虚侵轶，宜遣近臣先往经营，庶事告办鸣銮未晚也”①。张浚对其胆识钦佩有加，举荐给高宗，获得高宗的接见时，“皓极言：‘天道好还，金人安能久陵中夏！此正春秋邲、郢之役，天其或者警晋训楚也’”②。历史上，秦将白起趁楚国边备废弛之机，积极防御，取得攻楚的战略主动。这里，洪皓借邲、郢之战劝慰高宗应当积极备战，选择合适时机攻打金国，也必将迎来战胜金兵的曙光。高宗听后大悦，赞其“议论纵横，熟于史传，有专对之才”③，立即擢升为“徽猷阁待制，假礼部尚书，为大金通问使”④。但方时洪皓却以“母老父丧恳辞”予以推脱，其为何而易？《建炎以来系年要录》中似乎可以为我们理解他这一动向提供线索：“起复朝散郎洪皓为徽猷阁待制、假礼部尚书为大金通问使。……而以武功郎龚璹为右武大夫，假明州观察使副之。上谓左副元帅书：‘愿去尊号，用正朔，比于藩臣。’上令皓与宰执议国书，皓欲有所易，颐浩不乐，遂罢迁官之命。”⑤ 洪皓本希望高宗能卧薪尝胆，而不是“去尊号，用正朔，比于藩臣”这样的摇尾乞怜，国书中的条件如此屈辱，此次使金对于洪皓来说就无疑是一种

---

① （宋）洪适：《先君述》。

② （元）脱脱等：《宋史》卷30，第11557页。

③ （宋）洪适：《先君述》，《盘洲文集》卷74，《四部丛刊初编·集部》第193册，上海古籍出版社1994年版，第474页。

④ （元）脱脱等：《宋史》卷30，第11558页。

⑤ （宋）李心传：《建炎以来系年要录》卷23“建炎三年五月己酉”，中华书局1988年版，第484页。

莫大的耻辱与讽刺，与他积极备战的思想背道而驰，岂不令人为之痛惜。然而君命难违，加之宋金形势所逼，“告一日，归别”[①]，洪皓在一日之内即告别家人，远赴金国。忠正之士，时刻以时局为重，为了国家危难，毅然使金。

洪皓留金凡十五年，不堪其苦，不惧贬谪危险，始终坚持自己的政治主张。绍兴元年（1131），完颜宗翰（1080—1137）迫其仕刘豫，洪皓毫无惧色，严词拒绝：“万里衔命，不得奉两宫南归，恨力不能磔逆豫，忍事之邪！留亦死，不即豫亦死，不愿偷生鼠狗间，愿就鼎镬无悔”[②]，自视南宋使者，不仕伪齐政权。绍兴十年（1140），再次面对高官厚禄诱惑，洪皓依然毅然予以拒绝：“初，皓至燕，宇文虚中已受金官，因荐皓。金主闻其名，欲以皓为翰林直学士，力辞之。皓有逃归意，乃请于参政韩昉，乞于真定或大名以自养。昉怒，始易皓官为中京副留守，再降为留司判官。趣行屡矣，皓乞不就职，昉竟不能屈。”[③] 洪皓的南归之意，为已降宋人韩昉（1082—1149）所察，当时，韩昉出任金国宰相，欲任洪皓为翰林直学士，洪皓呈《上韩相昉辞换官书》，以为母尽孝为由，“忧极肠回，泣尽目�，于亲有害，在义当辞”[④]，言辞恳切，极力推辞，不辱使命、为国尽忠的决心昭然若揭。

洪皓“以道进退”主体意识的另一层面则体现在对“治道”的强调上。他总能着眼于社会政治的现实与理论问题，切中肯綮，提出具有前瞻性、战略性、针对性的见解。南宋时期，“和战”问题激烈异常，成为这一时期“国是”的代名词，由政见之争上升为人事恩怨，甚是变成了朋党之争的大口实。但洪皓不曾介入其中，理性观察时局，冷静分析局势，审时度势，当战言战，当守言守，

---

① （宋）洪适：《先君述》，第474页。

② （元）脱脱等：《宋史》卷30，第11558—11559页。

③ （元）脱脱等：《宋史》卷30，第11560页。

④ （宋）洪皓：《鄱阳集》卷3，《景印文渊阁四库全书》第1133册，台北：台湾商务印书馆1986年版，第419页。

当和言和，只为抗金胜利。

作为南宋使臣，议和与探访被囚禁的徽、钦二帝就是洪皓在金国的主要职责。自南宋建炎四年（1130）至岳飞遇害前的绍兴十一年（1141）这一段时期，局势实际上是逐渐朝着有利于南宋的方向在转变。[①] 洪皓虽身在金国，却始终没有忘怀对南宋发展的关注，他不顾个人安危，收集情报，传回宋朝。绍兴十年（1140），他认为北伐中原的时机已到，"因谍者赵德，书机事数万言，藏故絮中，归达于帝"。其《密奏机事书》中有言："顺昌之役，虏震惧丧魄，燕之珍器重宝悉徙以北，意欲捐燕以南弃之。王师亟还，自失机会，今再举尚可。"[②] 其内容言明了抗金将领刘锜指挥的顺昌之战，使得金军遭受了南下攻打宋朝之后的最重大的惨败，金国统治者惊恐万分，意欲放弃对燕山的进攻。于此时机，洪皓认为这实为向金国发起进攻的绝好良机，不宜错失。绍兴十一年（1141）冬复以书奏上，并献六朝御容、徽宗御书。其密奏书曰："虏已厌兵，势不能久，异时以妇女随军，今不敢也。若和议未决，不若乘胜进击，再造犹反掌尔。"[③] 从奏疏中可透出如此信息，当时整个金国内部普遍厌战，男子出战都不再让妇女随军作战了。身处金人腹地，洪皓虽无法完成使命，但便于权衡宋金双方的政治军事形势，他以超人的胆识和机警，通过凝练的笔触与传神的语言记录着金人腹地的种种情报传回南宋朝廷。

同时，在冷山生活期间，洪皓亦时刻不忘自己的使命，一有

---

① 绍兴六年（1136），南宋朝廷与伪齐的对立进一步加剧。面对伪齐的凶焰，以张浚为主导的主动进击的态势更加积极，九月，张浚坚持"贼豫之兵以逆犯顺，若不剿除，何以立国？平日亦安用养兵？为今日之事，有进击，无退保"的迎战对敌方略，（《宋史全文》卷19下《宋高宗十》，李之亮校点，黑龙江人民出版社2005年版，第1220页）高宗亦以"若不进兵，当行军法"命令将帅，赢得了敌人拔寨遁去，北方为之大恐的压倒性胜利。（李心传：《建炎以来系年要录》卷106，第3册，中华书局1988年版，第1717页）

② 曾枣庄、刘琳主编：《全宋文》第179册，上海辞书出版社、安徽教育出版社2006年版，第236页。

③ （元）脱脱等：《宋史》卷30，第11560页。

机会就劝金国贵族与宋议和。利用在金国尚书完颜希尹家中教书的有利条件，努力以儒家的“仁爱”思想教育他们，反复阐述弭兵的道理。“悟室锐欲南侵，曰：‘孰为海大，我力可干，但不能使天地相拍尔！’皓曰：‘兵犹火也，弗戢将自焚，自古无四十年用兵不止者。’”[①] 寥寥数语，向悟室阐释了金向宋连年发动战争的伤害。在给完颜希尹的儿子灌输儒家思想的同时，以自己的言行来影响完颜希尹及其子孙的政治倾向，经常劝导他们施行“仁政”，宽政安民，发展文化，告诫他们做一个仁义的人，其潜移默化之功不可小觑。

（二）“保民而王”与基本价值目标

洪皓在政治实践方面总体上表现出趋于退守的一面，但在“保民而王”的主张上却表现得十分坚忍执着。他未曾从理论上对“民贵君轻”的思想做出过系统的阐述，但这一思想在他学术思想中始终居于核心地位，并贯穿于其学术和政治活动的全部和始终，其在实践中践行“施仁政于民”、奉行“民贵君轻”是同时代其他士人不可同日而语的，在躬身践行儒家民本思想、居官为民方面，可谓达到了中国古代官德的至高境界。

宣和六年（1124），洪皓为秀州录事。“秋大水，田不没者十一。”民多失业，洪皓主动请缨，向郡守请求担当救灾重任。紧急搜集秀州境内存粮予以平价出售，不久钱粮已尽，情况危急，不容刻缓。“浙东纲米过城下，皓白守邀留之，守不可，皓曰：‘愿以一身易十万人命。’”为此，秀州百姓方得以度过饥荒，幸存下来，“前后所活者九万五千余人”，人感之切骨，号“洪佛子”。[②] 拘金国期间，更是竭力帮助靖康耻中被俘至金国的王公贵族。在冷山，遇见在悟室家充当劳役的赵伯璘夫妇，感慨他们生活的贫困不堪，即拿出仅有钱财给予救济。大将刘光世（1089—1142）庶女为奴

---

① （元）脱脱等：《宋史》卷30，第11559页。

② （元）脱脱等：《宋史》卷30，第11557页。

后，被迫给金人养猪，洪皓得知其事为其赎身，并将其嫁给当地读书人。张侍之身死云中，洪皓在荒废寺庙中发现其棺材，乃带回燕山将其埋葬。[①] 被金人软禁在北方的十几年中，洪皓自己的生活条件虽然十分艰苦，但他仍然对身陷苦难境地的同胞伸出了援助之手。

综上，反观《松漠纪闻》，虽为见闻记录，但议论精当，鲜明呈现着作者极强的儒家正统思想与追效前贤的思想意识，体现出强烈的时代感与经世致用的特征。在其资料汇编的杂家式写作中，我们可以看到，洪皓在学术艺文上虽然没有体现出当时理学家那种对理论体系性的追求，而是唯兴致和实用作为取舍，力图在实学功夫中探求历史、社会之理，有着以学术杂家化建立新儒学的新动向，在这戋戋二卷书里，洪皓的思想与学术进退，贯彻颇为全面。对《松漠纪闻》文义的阐发，进一步揭示，他在记录见闻时，也曾有意以隐晦的方式表明以史为鉴的写作自觉，于其中，正昭示着作者自成一体的思想格调与士人生态。作者始终在进退之间实现着本有的经略之志，因时度势，依据面临的问题合时地提出“和战”策略；坚持民为邦本，始终秉持着恒定的处世原则与价值标准。可以说，洪皓虽然没有建构系统的思想和学术体系，所学所思所行也大体不出宋学视域，但较一般的宋学家，他的历史世界确是一个更为开阔、具体而又有作为的实践领域，其理论由历史进入理学的纵深，未必为一般理学家所能至。凡此种种表明，《松漠纪闻》其杂家化的写作对于认识洪皓学术思想具有独特的认识价值。

---

① 洪适《先君述》云：“懿节皇后之姨高氏与其夫赵伯璘隶悟室戏下，贫甚，先君屡赒之。范蜀公之孙祖平，敌不以为官，佣奴之。先君使以东坡所为蜀公铭白曰：‘我官人也’，敌曰：‘东坡书之，不疑矣’，即释之。先君资以归装。贵族有流于黄龙府优籍者二人，先君嘱副留守赵伦除其籍。刘公光世之庶女小丑敌豢豕，为赎，以重价求匹偶衣冠之家。略为人奴者，赎之数十人。张侍制宇发自蔚州，死云中，先君过荒寺见其椟，携之至燕山，授其仆重禹功使葬。”（宋）洪适：《盘州文集》卷74《先君述》，《景印文渊阁四库全书》。

结　　语

通过以上各章的论述，我们对宋代出使行记文献有一个比较清晰的认识。这些文献虽然支离零碎，但是其背后所反映的是出使这一古人时空转移中非常重要的文化现象，还是具有一定的整体性。对这些文献的整体研究，有利于我们从宏观上把握出使行记这种文本，同时大量行记文献的留存，也有助于我们认识出使这一重要的文化现象。

考虑到学术研究的重要一步是追本溯源，所以，本书在研究宋代出使行记之前，对宋前具有行记性质的文本进行了梳理和讨论。研究发现，行记之“记”的最初性质即是动词，核心意义是“记识”。在从行为方式向文本方式转变的过程中，以事件为记录对象必然会进行叙事，叙事与史紧密相关，最早的史书《尚书》自然成为对记体文溯源的首选。《禹贡》《顾命》并没有直接以“记”为名，但其叙事性为之赢得了后人心目中记体文之祖的地位。汉代，随着国家向域外的开拓，《出关志》《南越行纪》等最初的出使行记之作便已产生，但是这些作品并不成熟，尚在探索之中。南北朝时期，以各个政权之间的交流为中心产生了出使行记。唐代是出使行记的发展成熟期。行记的内容比较固定，主要是记述形成和采录见闻——或是叙述使程，或是言说事物，或是陈述事件——以讲述性的文字作为表现形式。

宋代行记上承晋唐，既有早期行记“纪行”与“传人”的文本特征，又是源于赵宋王朝这个特定政治环境的产物，高度繁盛的社会文化、复杂的社会背景、南北政权对立的局面，以及多边外交关系都为当时出使行记的创作提供了条件。宋人崇尚实学，通达治体，反对言事空疏无本，对于现实政治、邻国国情甚是关切，他们记载的重点，逐渐转移到这上面来。朝章国典、民风土俗，原原本本，一一记载，以期起到匡时救世的作用。宋代行记创作记录了使者跨越不同地理空间的过程，生动地展现了空间移动与文学书写的关系，拓展了行记展现异域景观、阐发使者情愫的文本内涵，使得行记作为一个文体，有了凝固的精神内涵。

遣使交聘事关国体，使臣大多怀有强烈的民族自尊心，政治是影响宋代出使行记创作的客观因素。但是，出使行记的创作又与使臣的主观意愿密切相关，他们有选择创作与否的自由。出使有离开原本习惯的政治、文化境地，向他者世界闯去的性质，是较一般行旅移动的更罕见的经历，正是透过这些南方人的叙述，“奇”开始变成为“异”。同时，由于带有公务行旅的特质，又有向朝廷完成任务，呈报两国互动状态及远方情姿的义务。这种珍奇与责任交叠而成的旅行经验，在异国旅程中，尤其是南宋使金的使臣旅人，他们的目光经常停留在与本国相关的事物上。这是因为猎奇之外，尚有更深刻的历史文化指引着他们的视线。

可以说，中原对使者而言，是一个情感上的异域，他们不仅站在使者的角度看待这一事实，同时，他们还不由自主地站在了历史的高度俯视这一历史，一面是对辽、金的掠而不治提出最严厉的指责，一面是对遗民的体恤之情。诚如周汝昌在《范石湖集》前言中说：“……像‘茹痛含辛说乱华’的老车夫。叹息‘曾见太平’的种梨老人，天街上‘年年等驾回’的父老，迎逐扶拜、争看‘汉官’的白头翁媪，这些被宋高宗、秦桧等出卖、遗弃，甚至遗忘了的苦难忠贞的人们，却在诗人的作品里受到了真挚的同情和关切。”① 任何个体化的叙述都不可避免地带有“社会文本”的痕迹，集体记忆正是通过个体化的充满张力的叙事而展开其逻辑的，出使经历之于这些作者的景观书写的最大影响，或在于通过他们行记中充满张力的叙事，展开集体记忆，使其遗民的“自我”意义与“群体”意义得以生成，行记中的诸多文字，寄寓了作者的政治态度和现实关怀以及其对历史兴衰变迁的感慨与反思。这种在礼仪和文字层面的强横背后，是他们在面对华夏（中原正统王朝）文化面临危机时，所激发出的一种自我保护机制。这是旅人与使臣两种身份交集发酵的反应。

从文化研究的角度来看，行记是以“我之眼光”对异域文化的体察，通过行记自可以看到不同文化之间的渗透、介入等问题。与“异质”的接触，同时也更反衬出双方界限的明朗，使得异地之“同”越发难能可贵。在某种程度上，宋朝对“异族”他者的看法承认了一个多政权林立的世界。南北朝相称在经过长时期的交聘机制的运行和周旋后，加深了相互间的不断了解，“异”的观念不断淡化，“同”的观念不断增强。这种由相互敌视到相互认同的结局，实则是一个历史性的进步。出使行记作为思想文化史建构的重要资料，其所呈现出的这种中国历史和文明内部的多元性、丰富性、异质性，给我们重新认识 10—13 世纪的文明提供了一个独特视角。

最后需要说明的是，行记在初创时期，很多作者可能都未曾将其视为一种固定化的文体，而是处于多样化的尝试之中，作者可以有多元化的选择，写成的作品总是拘于形式要素并未固定的游移状态。题为“传”者还能以史传为依傍，题为“记”者则无复依傍。因为涉及多个学科，融合有多种文体要素，文体和内容都显得有点不伦不类。其多科性和游离于文学内外的边缘状态，使得它始终不

① 周汝昌:《范石湖集·序》，上海古籍出版社 1979 年版，第 3 页。

能在中国传记文学和行旅文学中居于正宗和主流的地位。在文献学史上，却因其无可替代的史料价值而别具一格，地位奇高。这，乃是历史发展的结果，也是长期以来出使行记研究者不能不直面的尴尬处境。宋代出使行记卷帙浩繁，是有其自身独特风貌的，笔者认为此一领域，仍有非常宽广的空间值得深究。相关出使行记理论的研究开发，实值得研究者继续耕耘探讨。我们对宋人出使行记的研究只是一个初步的尝试，其中所隐含的大量问题还需要花费更多精力去解决。

参考文献

一　古籍（以经、史、子、集四部为序）

（汉）孔安国传，（唐）孔颖达正义：《尚书正义》，北京大学出版社1999年版。

（汉）郑玄注，（唐）孔颖达正义：《礼记正义》，北京大学出版社2000年版。

（汉）郑玄注，（唐）贾公彦疏：《周礼注疏》，北京大学出版社1999年版。

（汉）何休：《春秋公羊传解诂》，《十三经注疏》本，中华书局1980年版。

（汉）扬雄著，华学诚校释：《扬雄方言校释汇证》，中华书局2006年版。

（晋）杜预著，（唐）孔颖达疏：《春秋左传正义》，北京大学出版社1999年版。

（宋）王柏：《书疑》，《金华丛书》本，同治退补斋本。

（清）孙诒让：《周礼正义》，中华书局1987年版。

（清）孙希旦：《礼记集解》中华书局1989年版。

（清）焦循：《孟子正义》，中华书局1987年版。

杨伯峻：《春秋左传注》，中华书局2009年版。

（汉）司马迁：《史记》，中华书局1963年版。

（汉）班固：《汉书》，中华书局1964年版。

（南朝宋）范晔：《后汉书》，中华书局1965年版。
（梁）沈约：《宋书》，中华书局1974年版。
（北齐）魏收：《魏书》，中华书局1974年版。
（北魏）杨衒之著，周祖谟校释：《洛阳伽蓝记校释》，中华书局2010年版。
（北魏）郦道元著，陈桥驿校证：《水经注校证》，中华书局2007年版。
（晋）嵇含：《南方草木状》，《丛书集成初编》本。
（唐）魏征等：《隋书》，中华书局1973年版。
（唐）玄奘、辩机著，季羡林等校注：《大唐西域记校注》，中华书局2000年版。
（唐）慧超、杜环著，张毅笺释，张一纯笺注：《往五天竺国传笺释经行记笺注》，中华书局2000年版。
（唐）杜佑：《通典》，中华书局1988年版。
（唐）刘知幾著，（清）浦起龙通释：《史通通释》，上海古籍出版社2009年版。
（日）圆仁撰，白化文、李鼎霞、徐德楠校注：《入唐求法巡礼行记校注》，花山文艺出版社2007年版。
（后晋）刘昫等：《旧唐书》，中华书局1975年版。
（宋）薛居正等：《旧五代史》，中华书局1976年版。
（宋）欧阳修等：《新唐书》，中华书局1975年版。
（宋）欧阳修：《新五代史》，中华书局1974年版。
（宋）司马光：《资治通鉴》，中华书局1956年版。
（宋）乐史：《太平寰宇记》，中华书局2007年版。
（宋）王存：《元丰九域志》，中华书局1984年版。
（宋）王尧臣：《崇文总目》，《丛书集成初编》本。
（宋）陈振孙著，孙猛校证：《郡斋读书志校证》，上海古籍出版社1990年版。

（宋）尤袤：《遂初堂书目》，《丛书集成初编》本。
（宋）郑刚中：《征西道里记》，民国《续金华丛书》本。
（宋）徐兢：《宣和奉使高丽图经》，《丛书集成初编》本。
（宋）郑樵：《通志》，中华书局 1995 年版。
（宋）李焘：《续资治通鉴长编》，中华书局 1985 年版。
（宋）徐梦莘：《三朝北盟会编》，上海古籍出版社 1987 年版。
（宋）王象之：《舆地纪胜》，中华书局影印 1992 年版。
（宋）祝穆：《方舆胜览》，中华书局 2003 年版。
（宋）李心传：《建炎以来系年要录》，上海古籍出版社 2008 年版。
（宋）确庵、耐庵著，崔文印笺证：《靖康稗史笺证》，中华书局 1988 年版。
（宋）叶隆礼撰：《契丹国志》，上海古籍出版社 1985 年版。
（宋）程卓：《使金录》，《续修四库全书》第 423 册，上海古籍出版社 2002 年版。
（宋）宇文懋昭著，崔文印校证：《大金国志校证》，中华书局 1986 年版。
（元）脱脱等：《宋史》，中华书局 1977 年版。
（元）脱脱等：《金史》，中华书局 1975 年版。
（元）脱脱等：《辽史》，中华书局 1974 年版。
（元）马端临：《文献通考》，中华书局 1986 年版。
（清）黄虞稷：《千顷堂书目》，上海古籍出版社 2001 年版。
（清）厉鹗：《辽史拾遗》，《丛书集成初编》本。
（清）永瑢等：《四库全书总目》，中华书局 1965 年版。
（清）章学诚著，叶瑛校注：《文史通义校注》，中华书局 1985 年版。
（清）徐松辑：《宋会要辑稿》，中华书局 1957 年版。
（清）章宗源：《隋经籍志考证》，清光绪元年湖北崇文书局刻《三十三种丛书》本。
（清）姚振宗：《隋书经籍志考证》，见《师石山房丛书》，上海开明书店 1936 年版。
（清）叶昌炽：《汉西域图考序》，《奇觚庼文集》，民国十年刻本。
（东晋）法显著，章巽校注：《法显传校注》，中华书局 2008 年版。
（刘宋）刘义庆著，余嘉锡笺疏：《世说新语笺疏》，中华书局 1983 年版。
（梁）僧祐：《出三藏记集》，中华书局 1995 年版。
（唐）欧阳询：《艺文类聚》，上海古籍出版社 1965 年版。
（宋）李昉等：《太平御览》，中华书局影印 1960 年版。
（宋）李昉等：《太平广记》，中华书局 1961 年版。
（宋）晁补之：《鸡肋集》，据上海涵芬楼影印明诗瘦阁仿宋刊本。
（宋）程大昌：《演繁露》，中华书局 1985 年版。
（宋）王应麟著，（清）翁元圻等注：《困学纪闻》，上海古籍出版社 2008 年版。
（宋）王应麟：《玉海》，广陵书社影印浙江书局刻本 2003 年版。
（宋）陆游：《老学庵笔记》，中华书局 1979 年版。
（宋）范成大：《范成大笔记六种》，中华书局 2002 年版。
（宋）王明清：《挥麈录》，中华书局 1961 年版。
（宋）周辉：《清波杂志》，《丛书集成初编》本，中华书局 1985 年版。
（宋）张世南《游宦纪闻》，中华书局 1981 年版。
（元）刘壎：《隐居通议》，清海山仙官丛书本。
（明）陶宗仪等编：《说郛三种》，上海古籍出版社 2012 年版。
（明）何宇度：《异部谈资》，清钞本。
（明）胡应麟：《少室山房笔丛书》，中华书局 1958 年版。
（清）郝懿行：《〈山海经〉笺疏》，巴蜀书社影印 1985 年版。
（清）赵翼：《陔余丛考》，中华书局 1963 年版。
（清）李慈铭：《越缦堂读书记》，中华书局 2006 年版。
（清）于鬯：《香草校书》，中华书局 1984 年版。

袁珂：《山海经校注》，上海古籍出版社 1980 年版。
王贻樑：《穆天子传汇校集释》，华东师范大学出版社 1994 年版。
（梁）萧统：《文选》，上海古籍出版社 1986 年版。
（南朝）刘勰著，范文澜注：《文心雕龙注》，人民文学出版社 1958 年版。
（唐）李翱：《李翱集》，甘肃人民出版社 1992 年版。
（宋）欧阳修：《欧阳修全集》，中华书局 2001 年版。
（宋）欧阳修著，洪本健笔证：《欧阳修诗文集校笺》，上海古籍出版社 2009 年版。
（宋）苏辙：《栾城集》，上海古籍出版社 1987 年版。
（宋）苏颂：《苏魏公文集》，中华书局 1988 年版。
（宋）苏轼：《苏轼文集》，中华书局 1986 年版。
（宋）孟元老著，伊永文笺注：《东京梦华录笺注》，中华书局 2006 年版。
（宋）真德秀：《文章正宗纲目》，《景印文渊阁四库全书》第 1355 册，台北：台湾商务印书馆 1983 年版。
（宋）陆游：《陆游集》，中华书局 1976 年版。
（宋）范成大：《范石湖集》，中华书局 1962 年版。
（宋）周必大：《文忠集》，《景印文渊阁四库全书》第 1147 册，台北：台湾商务印书馆 1983 年版。
（宋）楼钥：《攻媿集》，清《武英殿聚珍版丛书》本。
（宋）吕祖谦：《入越录》，《吕祖谦全集》第 1 册，浙江古籍出版社 2008 年版。
（明）吴纳、（明）徐师曾：《文章辨体序说》，人民文学出版社 1962 年版。
北京大学古文献研究所编：《全宋诗》，北京大学出版社 1922 年版。
曾枣庄、刘琳主编：《全宋文》第 13 册，巴蜀书社 1999 年版。
陈述辑校：《全辽文》，中华书局 1982 年版。

二 近人著作及论文（以作者姓氏拼音为序）

著作：

仓修良：《方志学通论》，方志出版社 2003 年版。

昌彼得、王德毅等：《宋人传记资料索引》，中华书局 1988 年版。

陈邦瞻：《宋史纪事本末》，中华书局 1977 年版。

陈必祥：《古代散文文体概论》，河南人民出版社 1986 年版。

陈伯海：《中国文化之路》，上海文艺出版社 1992 年版。

陈来：《宋明理学》，华东师范大学出版社 2004 年版。

陈佳荣等：《历代中外行纪》，上海辞书出版社 2008 年版。

陈寅恪：《陈寅恪史学论文选集》，上海古籍出版社 1992 年版。

陈寅恪：《金明馆丛稿二编》，上海古籍出版社 1980 年版。

陈寅恪：《柳如是别传》，生活·读书·新知三联书店 2009 年版。

陈迎年：《感应与心物——牟宗三哲学批判》，上海三联书店 2005 年版。

陈垣：《通鉴胡注表微》，辽宁教育出版社 1997 年版。

陈垣：《陈垣学术论文集》第 3 集，中华书局 1982 年版。

陈植锷：《北宋文化史述论》，中国社会科学出版社 1992 年版。

陈钟凡：《两宋思想述评》，东方出版社 1996 年版。

陈左高：《中国日记史略》，上海出版翻译公司 1990 年版。

程千帆、吴新雷：《两宋文学史》，上海古籍出版社 1997 年版。

程千帆：《〈史通〉笺记》，武汉大学出版社 2008 年版。

褚斌杰：《中国古代文体概论》（增订本），北京大学出版社 1997 年版。

冯承钧译：《西域南海史地考证译丛》第 2 卷，商务印书馆 1962 年版。

葛兆光：《宅兹中国：重建有关“中国”的历史论述》，中华书局 2011 年版。

葛兆光：《何为“中国”：疆域、民族、文化与历史》，牛津大学出版社 2014 年版。
龚鹏程：《游的精神文化史论》，河北教育出版社 2001 年版。
顾宏义、李文整理：《宋代日记丛编》，上海书店出版社 2013 年版。
顾颉刚、刘起釪：《尚书校释译论》，中华书局 2005 年版。
顾实：《穆天子西征传讲疏》，上海商务印书馆 1940 年版。
郭少棠：《旅行：跨文化的想象》，北京大学出版社 2005 年版。
郭英德：《中国古代文体学论稿》，北京大学出版社 2005 年版。
郭预衡：《中国散文史》，上海古籍出版社 2000 年版。
郭世谦：《山海经考释》，天津古籍出版社 2011 年版。
韩兆琦：《中国传记文学史》，河北教育出版社 1992 年版。
黄侃：《文心雕龙札记》，中华书局 1962 年版。
贾鸿雁：《中国游记文献研究》，东南大学出版社 2005 年版。
贾敬颜：《五代宋金元边疆行记十三种疏证稿》，中华书局 2004 年版。
金毓黻主编：《辽海丛书》，辽沈书社 1985 年版。
李德辉：《晋唐两宋行记辑校》，辽海出版社 2009 年版。
李勇先：《〈舆地纪胜〉研究》，巴蜀书社 1998 年版。
林梅村：《汉唐西域与中国文明》，文物出版社 1998 年版。
刘师培：《中国中古文学史》，人民文学出版社 1959 年版。
柳诒徵：《中国文化史》，中国大百科全书出版社 1988 年版。
鲁迅：《中国小说史略》，上海古籍出版社 1998 年版。
梅新林、俞樟华主编：《中国游记文学史》，学林出版社 2004 年版。
钱公侠、施英：《日记与游记》，上海启明书局 1936 年版。
汤用彤：《汉魏两晋南北朝佛教史》，北京大学出版社 1997 年版。
唐长孺：《魏晋南北朝史论丛续编》，生活·读书·新知三联书店 1959 年版。
陶晋生：《宋辽关系史研究》，中华书局 2008 年版。

王国维：《王国维遗书》，上海古籍出版社 1985 年版。
王立群：《中国古代山水游记研究》，中国社会科学出版社 2008 年版。
吴承学：《中国古代文体形态研究》，中山大学出版社 2000 年版。
吴承学：《中国古代文体学研究》，人民出版社 2011 年版。
向达：《唐代长安与西域文明》，河北教育出版社 2001 年版。
杨建新主编：《古西行记选注》，宁夏人民出版社 1987 年版。
余太山：《两汉魏晋南北朝正史西域传研究》，中华书局 2003 年版。
余太山：《宋云、惠生西使的若干问题》《〈宋云行纪〉要注》，见《早期丝绸之路文献研究》，上海人民出版社 2009 年版。
赵永春：《奉使辽金行程录》，吉林文史出版社 1995 年版。
赵永春：《金宋关系史研究》，吉林教育出版社 1999 年版。
郑炳林等：《中国西行文献丛书》第 1 辑、第 2 辑，甘肃文化出版社 2017、2019 年版。
周裕锴：《宋代诗学通论》，上海古籍出版社 2007 年版。
朱瑞熙：《宋辽西夏金社会生活史》，中国社会科学出版社 2005 年版。
［德］傅海波、［英］崔瑞德：《剑桥中国辽西夏金元史（907—1368）》，中国社会科学出版社 1998 年版。
［日］小岛毅：《中国思想与宗教的奔流：宋朝》，何晓毅译，广西师范大学出版社 2014 年版。
［美］张聪：《行万里路：宋代的旅行与文化》，李文锋译，浙江大学出版社 2016 年版。
［澳］维克多·普莱斯考特、吉莉安·D. 崔格斯：《国际边疆与边界：法律、政治与地理》，孔令杰、张帆译，社会科学文献出版社 2017 年版。

论文：

陈大远：《宋代出使文学研究》，博士学位论文，吉林大学，2015 年。

成玮：《百代之中：宋代行记的文体自觉与定型》，《文学遗产》2016 年第 4 期。
冯承钧：《王玄策事辑》，载《西域南海史地考证论着汇编》，中华书局 1957 年版。
冯培红：《晚唐五代宋初归义军武职军将研究》，载《敦煌归义军史专题研究》，兰州大学出版社 1997 年版。
傅乐成：《唐代夷夏观念之演变》，《大陆杂志》1962 年第 25 卷第 8 期。
傅乐焕：《宋辽聘使表稿》，载《辽史丛考》，中华书局 1984 年版。
傅乐焕：《宋人使辽语录行程考》，载《辽史丛考》，中华书局 1984 年版。
顾颉刚：《〈穆天子传〉及其著作年代》，《文史哲》1951 年第 1 卷第 2 期。
顾浙秦：《敦煌诗集残卷涉蕃唐诗总论》，《西藏研究》2014 年第 3 期。
郭声波：《唐宋地理总志从地记到胜览的转变》，《四川大学学报》2000 年第 6 期。
郭声波：《〈大唐天竺使之铭〉之文献学研识》，《中国藏学》2004 年第 3 期。
黄玲：《宋代使金行记文献研究》，硕士学位论文，陕西师范大学，2011 年。
李德辉：《汉唐两宋行记的渊源流变》，《中华文史论丛》2010 年第 3 期。
李德辉：《六朝行记二体论》，《文学遗产》2012 年第 3 期。
李德辉：《论中国古行记的基本特征》，《宁夏大学学报》2003 年第 5 期。
李德辉：《唐人行记三类叙论》，《华南师范大学学报》2005 年第 2 期。

李剑雄：《缘于性情出于天然部隽永的游记〈入蜀记〉》，载《历史文献研究》总第22辑，华中师范大学出版社2003年版。
李由：《“尚有北宋典型”：陆游对欧阳修散文的继承与发展——以游记和题跋为中心》，《江西师范大学学报》2014年第3期。
林瑞翰：《北宋之边防》，载《宋史研究集》第13辑，《台大文史哲学报》1970年第19期。
刘珺珺：《范成大纪行三录文体论》，《文学遗产》2012年第6期。
刘浦江：《说“汉人”辽金时代民族融合的一个侧面》，《民族研究》1998年第6期。
刘浦江：《宋代使臣语录考》，载《世纪中国文化的碰撞与融合》，上海人民出版社2006年版。
莫砺锋：《读陆游〈入蜀记〉札记》，《文学遗产》2005年第3期。
聂崇歧：《宋辽交聘考》，载《宋史丛考》，中华书局1980年版。
钱云：《百年来两宋出使行记之研究》，《汉学研究通讯》第31卷第4期。
田峰：《唐宋行记研究》，博士学位论文，南京大学，2015年。
童书业：《〈穆天子传〉献疑》，《禹贡》1936年第5卷3、4期。
王国维：《宋代之金石学》，载《王国维遗书》第5册《静庵文集续编》，上海书店出版社1983年版。
王皓：《宋代外交行记与语录研究》，博士学位论文，四川师范大学，2012年。
王立群：《游记的文体要素与游记文体的形成》，《文学评论》2005年第3期。
吴雅婷：《移动的风貌：宋代旅行活动的社会文化内涵》，博士学位论文，台湾大学，2007年。
张国刚：《唐代藩镇军将职级考略》，《学术月刊》1989年第5期。
张劲：《楼钥、范成大使金过开封城内路线考证——兼论北宋末年开封城内宫苑分布》，《中国历史地理论丛》2004年第4期。

赵永春：《宋代出使辽金“语录”的史学价值》，《淮阴师范学院学报》2013 年第 3 期。

赵永春：《宋人出使辽金“语录”研究》，《史学史研究》1996 年第 3 期。